# Die Tote im Dünenhaus

Von

Ulrike Busch

## Buchbeschreibung

Das hat Okko Knudsen gerade noch gefehlt: Der frischgebackene Outdoor-Unternehmer ist mit Professor Bubendey im Süden Amrums verabredet. Im Dünenhaus am Wriakhörnsee wollen sie ein Naturschutzprojekt für Jugendliche vorbereiten. Doch statt des Biologen findet der Bruder von Hauptkommissar Kuno Knudsen die Leiche einer jungen Frau in dem Gebäude vor.
Hat Bubendey den Mord begangen? Oder handelt es sich um einen gezielten Akt der Amrumer gegen Ulf Janssen? Der verhasste Unternehmer aus Hamburg will das Dünenhaus erwerben und stößt dabei auf heftigen Widerstand der Insulaner. Während Kuno Knudsen und Arne Zander sich in den verzwickten Fall vertiefen, verfolgt eine wie aus dem Nichts aufgetauchte Kollegin von Inselreporter Friedrich Fliegenfischer einen Plan ...

## Über die Autorin

Ulrike Busch wurde 1958 in Essen geboren. Seit 1986 lebt sie in Hamburg. Sie liebt Norddeutschland, die Küsten von Nord- und Ostsee, die nordfriesischen Inseln und Halligen und die Menschen mit ihrer Geradlinigkeit, Bodenständigkeit und dem schnörkellosen Dialekt.
Viele Jahre war die promovierte Sprachwissenschaftlerin als selbstständige Texterin und Technische Redakteurin tätig. 2013 entdeckte sie eine neue berufliche Leidenschaft: das Schreiben von Romanen, die natürlich in Norddeutschland spielen.

# Die Tote im Dünenhaus

Von

Ulrike Busch

Georg-Clasen-Weg 56, 22415 Hamburg
www.ulrike-busch.de

1. Auflage, Februar 2019

Umschlaggestaltung:
Sabine Abels, www.sabineabels.de

Umschlagmotiv:

Dünenlandschaft
Shutterstock # 1053972815 © BERLYN-PICTURE

Himmel
Shutterstock # 290122823 © Protasov AN

Haus
pixabay 2568169 © Jonny_Joka

Druck und Verlag:
BoD – Books on Demand, Norderstedt

ISBN: 9-783749421343

# 1

Der Ring des Türklopfers knallte mit solcher Wucht gegen den gusseisernen Knopf auf dem Türblatt, dass es Kuno Knudsen aus dem Sessel katapultierte wie eine just abgefeuerte Rakete. Der Hauptkommissar warf den Krimi, den er gerade las, auf den Tisch, hastete zur Eingangstür seines reetgedeckten Hauses im historischen Ortskern von Nebel und riss sie auf.

Vor ihm stand in seinem zerknitterten Jeansanzug Friedrich Fliegenfischer. Kuno hatte dem Inselreporter den Türklopfer schneller aus den Fingern entwunden, als der Mann in der Lage war, zu realisieren, dass die Tür geöffnet wurde. So hielt der Reporter den einen Arm ausgestreckt, als wollte er ihn dem Hausherrn zum Handkuss reichen. Mit der anderen Hand stützte er sich an der Mauer ab. Hätte er das nicht getan, wäre er im wahrsten Sinne des Wortes mit der Tür ins Haus und Kuno um den Hals gefallen.

Aus Friedrichs Körperhaltung, die schon stabilere Zeiten gesehen hatte, folgerte Kuno, dass der Reporter sich mit einem satten Schluck seines Lieblingsgetränks Rum-Cola gestärkt haben musste, bevor er sich auf den Weg zu ihm gemacht hatte.

»Moin, Kuno. Moment Zeit für mich?« Friedrich schloss die Frage mit einem Schluckauf ab, der sich explosionsartig den Weg ins Freie bahnte und so laut nachhallte, dass der Reporter selbst erschrak.

»Es ist Samstagabend.« Kuno war der Meinung, dieser Hinweis müsse genügen, um den ungebetenen Besucher vom unpassenden Zeitpunkt seines Auftauchens zu überzeugen.

Friedrichs knorriger Finger zielte auf die Brust des Kommissars. »*Früher* Samstagabend. Und wichtige Angelegenheiten kennen weder Feierabend noch Wochenende. Muss ich dir wohl nicht sagen, bei deinem Beruf.«

Kuno seufzte und trat zur Seite, um den Mann mit der unermüdlichen Schnüfflernase hereinzulassen.

Noch bevor er die Tür geschlossen hatte, saß Friedrich am Küchentisch.

»Was'n los?«, fragte der Kommissar und nahm ebenfalls Platz.

Friedrichs Blick wurde gläsern. »Gibt's hier 'n Bier?«

Die Frage war der letzte Beweis dafür, dass Kuno seinen Gast nicht so bald loswerden würde wie erhofft. Geräuschvoll schob er seinen Stuhl zurück, schritt zum Kühlschrank und entnahm ihm zwei Flaschen Bier. Er öffnete sie, reichte eine davon dem notorischen Flaschennuckler Friedrich und schenkte sich selbst ein Glas voll. »Komm zur Sache«, sagte er. »Warum dieser Überfall am Samstagabend?«

Friedrich drückte das Kinn auf die Brust. »Ulf Janssen. Du weißt ja, was in seinem Gästehaus los ist ...«

Kuno winkte ab. »Nee, komm. Bleib mir bloß weg mit diesen Verschwörungstheorien, die ihr hochkochen lasst wie heiße Milch.«

Friedrich beugte sich zu Kuno vor. Sein alkoholgeschwängerter Atem umwehte die empfindliche Nase des Kommissars.

Kuno wich zurück.

Friedrich rückte mit seinem Stuhl nach, legte den Arm um Kunos Schultern und bremste damit dessen Ausweichmanöver. »Nee, echt jetzt, da braut sich was zusammen. Kein Scherz.«

Samstagabend hin, Wochenende her – Kuno rief sich in Erinnerung, dass auch die Prävention von Verbrechen zu seinem Job gehörte. Vor einiger Zeit hatte der Hamburger Unternehmer Ulf Janssen sich am südlichen Ortsrand von Nebel gleich zwei schicke Häuser errichtet. Nach Meinung der Insulaner ging es in dem einen nicht mit rechten Dingen zu. Hatte Friedrich recht? Drohte die Situation nun wirklich, zu eskalieren?

Kuno lehnte sich zurück, streckte die Beine aus und verschränkte die Arme. »Was weißt du?«

Friedrich entspannte sich. Lässig wedelte er mit der Bierflasche herum. »Da müsste ich ein wenig ausholen.«

Demonstrativ warf Kuno einen Blick auf die große Uhr, die an der Wand gegenüber dem Küchentisch hing.

In dem Moment klingelte sein Handy.

Kuno stöhnte und nahm das Gerät zur Hand.

»Bente?«, fragte Friedrich. Natürlich war ihm nicht verborgen geblieben, dass die nette Nachbarin, die seit Jahren Kunos Sylter Dienstwohnung hütete, wenn der Herr Hauptkommissar auf Amrum weilte, mittlerweile eine Beförderung in dessen Privatleben erfahren hatte. Eine Erweiterung des Aufgabenbereichs. Blumengießen, Briefkastenleeren und nun auch noch Kommissarverwöhnen. Bekochen, betüddeln, in den Schlaf wiegen, wie Friedrich zu Kunos Verdruss öffentlich frotzelte.

»Okko«, antwortete Kuno unwirsch und nahm den Anruf entgegen. »Was ist passiert, Bruderherz?« Vermutlich war Okko *mal wieder* mit seinem verrosteten Fahrrad in einen entlegenen Winkel der Insel geradelt, hatte *mal wieder* einen Platten und befand sich *mal wieder* zu weit von einer Bushaltestelle entfernt, um sie zu Fuß erreichen zu können.

»Hier liegt 'ne tote Leiche.«

Kuno meinte, den Fusel, den sein Bruder offenbar getrunken hatte, förmlich durch die Leitung zu riechen. War er denn an diesem Abend nur von Säufern umgeben? Sein Blick schweifte genervt umher und blieb an seinem eigenen Bierglas hängen.

Eine tote Leiche also. »Wo bist du überhaupt?«, fragte Kuno. Er stellte sich vor, wie sein Bruder von Norddorf kommend durch Wald und Heide geradelt war und es fertiggebracht hatte, eins der unzähligen Wildkaninchen, die einem dort vors Rad hoppelten und sich erst im letzten Moment durch einen Haken retteten, über den Haufen zu fahren. »Hast du ein Karnickel erlegt?«

»Mensch, Kuno, bist du besoffen oder was?«

Okkos Stimme klang ernsthaft erbost, und Kuno kam der Verdacht, sein Bruder könnte wirklich eine Leiche entdeckt haben.

»Wenn du mich nicht ernst nimmst und wenn du dich nicht bequemst, herzukommen«, quengelte Okko beleidigt, »dann ruf ich eben Arne an.«

»Bevor du so viel Wind machst, dass die Nordsee überschwappt, sag mir lieber, wo ich dich finde.«

»Da, wo die Leiche liegt, natürlich.«

Kuno sog die Luft scharf ein. »Ich habe gerade kein Bildtelefon zur Hand, mein Bruder. Wenn du so gnädig wärst, mich kurz und präzise darüber zu informieren, wo das ist?«

»Im Dünenhaus.«

»In welchem Dünenhaus?«

Mit einem Mal schrammte Friedrichs Stuhl über den Fliesenboden. Wie elektrisiert rutschte der Reporter auf die Stuhlkante vor, stützte die Hände auf die Knie und bohrte seine Blicke in Kunos Gesicht, bis der Kommissar seinerseits die Augen auf ihn richtete. Dabei lauschte Kuno weiterhin der Erzählung seines Bruders.

»Das Dünenhaus beim Wriakhörnsee«, sagte Okko. »Wirst du doch wohl kennen. Von Wittdün aus über den Bohlenweg am See entlang, dann noch ein Stück weit in die Dünen rein.«

»Ach, *das* Dünenhaus«, sagte Kuno. »Da soll eine Leiche liegen?«

Lautlos formte Friedrich Worte mit den Lippen.

Kuno meinte, *Mord im Dünenhaus* abzulesen. Ein imaginäres Fragezeichen stand steil und fett im Gesicht des Reporters. Kuno zuckte mit den Schultern.

»Ja, im Flur«, sagte Okko. »Ich steh vor dem Haus, guck durchs Fenster und sehe, dass da jemand liegt.«

»Mann oder Frau?«, fragte Kuno, der in diesem Moment begriff, dass er den Kriminalroman, den er vor dem Hereinplatzen des Reporters zu lesen begonnen hatte, an diesem Wochenende würde vergessen können.

»Ich seh nur die Füße.«

»Und woher willst du wissen, dass die Person tot ist?«

Okko blieb eine Weile stumm. »Würde mich wundern, wenn nicht«, erklärte er endlich. »Die Beine rühren sich nicht und irgendwie ... Das Gesamtbild ... Also ...«

»Hast du versucht, ins Haus reinzukommen?«

»Die Tür ist abgeschlossen, und die Fenster sind fast alle zu. Nur das Klofenster steht schräg.«

»Pass auf.« Kuno stand auf und machte Friedrich ein Zeichen, dass er ihm in den Flur folgen solle. »Ich ruf sofort die Rettung an, und dann komm ich dahin. Du gehst jetzt den Bohlenweg zurück bis zum Schnellimbiss an der Wandelbahn und wartest da auf mich.«

»Warum das denn? Ich bleib hier und pass auf.«

»Dass die Leiche nicht flieht? Du machst, was ich sage. Oder hast du am Dünenhaus Leute um dich?«

»Nee, ich bin alleine.«

»Dann rufst du jetzt den Friedrich an und telefonierst schön mit ihm, während du zur Imbissbude gehst.«

Okko schnaubte. »Was soll denn der Kinderkram?«

»Bruderherz, wo hast du deinen Verstand gelassen? Falls da ein Mörder herumläuft, wird der von einer Begegnung mit dir auf einsamer Flur so begeistert sein, dass er dir womöglich vor lauter Freude eins überbrät. Wenn du telefonierst, bis du am Imbiss und damit in Sicherheit bist, wissen wir wenigstens, dass du lebst.«

»Ah, okay. Aber dass du dir solche Sorgen machst ...«

»Leg auf und ruf Friedrich an. Der steht gerade neben mir. Wenn du dich in einer Minute noch nicht bei ihm gemeldet hast ...«

»Moment«, blockte Okko ab. »Das wird jetzt aber teuer für mich. Das deckt meine Flatrate nicht ab.«

»Was drüber hinausgeht, übernehme ich.« Kuno beendete das Gespräch.

In Erwartung von Okkos Anruf hatte Friedrich sein Smartphone inzwischen aus der Tasche gefischt. Er stierte auf das Display und hielt den Daumen darüber. Beim ersten Klingeln nahm er das Telefonat an und stellte Okko eine vorwitzige Frage.

Derweil rief Kuno die Rettung an und beorderte einen Hubschrauber nach Wittdün. Der Einsatzleiter ließ sich von ihm die Stelle beschreiben, an der das Dünenhaus lag. Eine Landung in den Dünen würde nicht möglich sein, doch auf dem Kniepsand, dem riesigen Amrumer Strand mit dem festen, feuchten Sand, konnte er landen. Von dort aus würden die Sanitäter das Haus in wenigen Minuten erreichen.

Kuno steckte sein Mobiltelefon weg und rüttelte an der Schulter des Inselreporters. Der übte sich mit seinem Freund Okko im Dampfplaudern, als wollten sie sich ins Guinnessbuch der Rekorde schnacken.

»Moment«, rief Friedrich ins Handy. »Ich muss kurz was mit Kuno besprechen. Bin gleich wieder bei dir.«

»Wir fahren jetzt nach Wittdün«, erklärte Kuno ihm, »und du berichtest mir während der Fahrt, was du vorhin über Ulf Janssen loswerden wolltest.«

»Und Okko?«

Kuno zog Friedrichs Hand mit dem Smartphone näher zu sich heran, sodass Okko mithören konnte. »Wir stellen dein Handy auf Lautsprecher, Friedrich. Dann gibt Okko uns jede Minute durch, wo er gerade entlangläuft und was er sieht. Wir müssen ja nur hören, *dass* er spricht. *Was* er sagt, ist im Moment nicht relevant.«

»Hey, hey, hey.« Okkos Protest drang lautstark aus dem Mobilgerät.

»Konzentrier dich auf den Bohlenweg«, beschied Kuno ihn, während er den Autoschlüssel von der Kommode nahm und Schulter an Schulter mit Friedrich das Haus verließ. »Der ist schmal und hoch genug und hat kein Geländer, soweit ich mich erinnere. Nicht, dass du mir in den Wriakhörnsee fällst und die Sanitäter nachher auch noch 'ne Wasserleiche retten müssen.«

Friedrich blies die Backen auf. »Du bist aber heute makaber drauf.«

»Bringt der Job so mit sich.«

Kuno eilte durch den Vorgarten zum Wagen und öffnete die Türen mit dem Funkschlüssel, der ihm auf Amrum, wo die Zeit langsamer zu laufen schien als im Rest der Welt, immer wie ein Anachronismus erschien.

Der Inselreporter faltete seinen schlaksigen Körper zusammen und verstaute ihn auf dem Beifahrersitz des Golfs. Er legte sein Handy auf den Knien ab und stellte es auf Lautsprecher. »Du bist nach wie vor auf Sendung«, sagte er zu dem Gerät. »Erzähl uns, wo du langgehst, Okko, und welche komischen Vögel dir begegnen. Hoffentlich springt kein Mörderhai aus dem See.«

»Ha, ha, sehr witzig«, raunzte Okko ihn an.

In einem mentalen Kraftakt richtete Kuno ein Ohr auf Friedrichs Stimme aus und das andere auf die seines Bruders. Okko japste. Vor Anstrengung, oder hatte er Angst in der einsamen Gegend?

Okko redete tapfer weiter. »Das Dünenhaus liegt jetzt hinter mir. Ich gehe auf den See zu. Bin gleich auf dem Bohlenweg.«

»Rede einfach immer drauflos«, rief Kuno ihm zu. »Lass dich nicht von dem irritieren, was Friedrich mir während der Fahrt erzählt.« Er tippte dem Reporter kurz aufs Bein. »Und jetzt du, Effeff. Der Grund, weshalb du vorhin zu mir gekommen bist, hat der was mit dem Vorfall im Dünenhaus zu tun, oder warum warst du gleich so elektrisch, als Okko den mutmaßlichen Leichenfund gemeldet hat?«

Ruckartig wandte Friedrich sich ihm zu. »Dass ein Mord ansteht, davon hab ich nichts gewusst. Ich hab es nicht mal geahnt.« Seine Worte hörten sich an wie Selbstverteidigung.

»*Dass ein Mord ansteht*«, äffte Kuno den Reporter kopfschüttelnd nach. »Aber du hast gesagt, da braut sich was zusammen, oder hab ich das falsch in Erinnerung?«

»Ja, meine Güte, wo lebst du denn bloß? Kriegst du überhaupt nicht mit, was bei dir vor der Haustür läuft?«

»Vor der Haustür? Das ist ja wohl ein bisschen übertrieben, falls du die Häuser von Ulf Janssen meinst.«

Okkos Stimme tönte durch den Fahrgastraum. »Habe das Stück Bohlenweg bis zur ersten Biegung hinter mir«, informierte er die Männer im Wagen. »Ziehe jetzt 'ne S-Kurve, einmal zackig nach rechts und dann im Bogen nach links, haarscharf am Wasser vorbei. Bsssss ...«

Kuno sah Okko vor seinem geistigen Auge, mit einer Hand das Smartphone ans Ohr gepresst, den Ellenbogen abgewinkelt, den anderen Arm zum Ausbalancieren seitlich ausgestreckt, so, wie sie als kleine Jungs immer die Flieger imitiert hatten, die am sommerblauen Himmel vom Festland über Amrum nach Sylt glitten.

»Pass auf, dass du nicht das Gleichgewicht verlierst«, sprach Kuno in Richtung des Handys, das auf Friedrichs Knien wackelte.

»Du tust ja gerade so, als wäre ich sternhagelvoll«, protestierte Okko. Seine Füße stapften gleichmäßig über die Holzbohlen. Möwen kreischten aufgeregt.

Friedrich hatte während des Dialogs der ungleichen Brüder die Luft angehalten. Jetzt stieß er sie geräuschvoll aus und blickte Kuno an. »Was Janssen und seine schicken Hütten betrifft: Wie weit sitzt der geschätzte neue Mitbürger von deinem Haus entfernt? Fünfhundert Meter? Siebenhundert? Mehr sind es doch nicht.«

»Immerhin weit genug, um ihm nicht ständig in den Kochpott zu gucken, wie du das machst, wenn du im Ort herumschleichst.«

»Ich gucke ihm nicht in den Kochpott, ich informiere mich über das, was er im Verborgenen treibt.«

»Mit welchem Recht?« Kuno wurde ungehalten. »Ich finde es auch nicht schön, wenn Grünflächen zugebaut werden. Es ist nicht prickelnd, wenn rund um unser uriges Nebel zu viele neue Häuser entstehen, die wochenlang verlassen daliegen, weil die Besitzer hier nur ihren Zweitwohnsitz haben. Aber andere Leute wollen auch da wohnen, wo es auf der Welt am schönsten ist.«

»Ich nähere mich jetzt der Plattform mit den Sitzbänken«, erzählte Okko. »Der Papierkorb müsste mal wieder geleert werden. Wer ist denn dafür zuständig?«

»Sag später mal bei der Kurverwaltung Bescheid«, sagte Kuno. Er guckte auf den Tacho. Die Nadel zuckte über den Strich, der die 90 markierte. Auf dieser Strecke waren nur 70 erlaubt. Egal. Sein Bruder befand sich in einer Situation, die nicht ganz ohne war. »Wir haben Süddorf bereits hinter uns«, schob er zu Okkos Beruhigung hinterher. »In ein paar Minuten sind wir in Höhe des Leuchtturms. Wittdün ist also bald erreicht.«

»Na, prima«, antwortete Okko.

»Der Unterschied zwischen Janssen und uns«, nahm Friedrich das Gespräch mit Kuno wieder auf, »ist allerdings der, dass wir hier leben, weil wir hier geboren sind. Er dagegen kommt nur ab und zu nach Nebel, um von der Öffentlichkeit unbemerkt ganz spezielle Geschäftsbeziehungen zu pflegen. Was für welche das sind, darüber solltest du dir mal Gedanken machen.« Aufgebracht schlug er sich aufs Bein. Das Smartphone polterte auf die Fußmatte. Er bückte sich und hob es auf.

Kuno warf einen Blick auf das Display. Die Verbindung stand noch. »Okko?«, rief er vorsichtshalber.

Das Stampfen von Füßen, die über Holzbohlen rannten, hallte durch den Fahrgastraum.

Den Blick wieder konzentriert auf die schmale Landstraße gerichtet, beugte Kuno sich zu Friedrich hinüber. »Okko? Okko, sag doch was. Melde dich!«

Die aufgeregten Möwen teilten Kuno etwas mit. Wenn er doch nur verstehen könnte, was sie sagten!

Kuno gab Gas.

»Du weißt, dass hier manchmal geblitzt wird«, sagte Friedrich, der Schlauberger ohne Führerschein.

»Ist mir das vielleicht wurscht, wenn mein Bruder womöglich ohnmächtig im Wasser liegt?« Elegant wich Kuno einem Fasan aus, der am Straßenrand entlang spazierte und sich zu weit auf die Fahrbahn traute.

»Der Vogel hat Glück gehabt, dass kein Gegenverkehr war«, feixte Friedrich. »Sonst wäre er heute Abend in den Backofen geflogen.« Er nahm das Smartphone in die Hand und rief hilflos hinein: »Okko? Okko?«

Fluchend bremste Kuno am Ortseingang von Wittdün ab, um eine Gruppe von Radfahrern die Straßenseite wechseln zu lassen. Er gab wieder Gas, bog kurz darauf rechts in eine Querstraße ein und parkte am Ende der Straße in unmittelbarer Nähe der Dünen.

Die beiden Männer stiegen aus. Dicht über ihnen knatterte der Rettungshubschrauber. Kuno winkte hinauf und fing an zu rennen. Er lief quer durch die Dünenkette zum Strand. Dort wartete er ungeduldig, bis Friedrich, der nicht so sportlich war wie er, ihn eingeholt hatte. Er zeigte in Richtung der Strandpromenade. »Du gehst da lang bis zum Schnellimbiss. Mit Glück ist nur Okkos Handy kaputt, und er hat sich irgendwie dahin geschleppt. Wenn es so ist, rufst du mich sofort an.« Er wandte sich zur anderen Seite und lief den Bohlenweg in Richtung Wriakhörnsee und Dünenhaus.

Der Hubschrauber war gerade gelandet. Während die Sanitäter, die ja von Okkos Unglück noch gar nichts wussten, das Dünenhaus ansteuerten, lief Kuno mit klopfendem Herzen auf die Stelle zu, an der Okko die Verbindung zu Friedrich und ihm verloren hatte.

Er lief wie um sein Leben. Die Holzbohlen gaben unter seinen kraftvollen, stampfenden Schritten nach. Hoffentlich war keins der Bretter so morsch, dass es unter seinem Gewicht einkrachte. Einen verstauchten oder gar gebrochenen Fuß konnte er sich in dieser Situation nicht leisten. Er durfte nicht daran denken, was wäre, sollte Okko wirklich zusammengeschlagen worden und ohnmächtig in den See gefallen sein.

Er sah ihn! Dahinten lag er, im Sand neben dem Bohlenweg. Kuno legte noch einmal zu. »Okkooo!«

Müde hob sein Bruder eine Hand. Er lebte, er war bei Bewusstsein. Was für ein Glück er gehabt hatte! An dieser Stelle lagen zwischen dem Weg und dem See rund zwei Meter Land. Okko war einen guten Meter tief vom Bohlenweg hinabgestürzt. Sicher hatte er sich verletzt, hatte vermutlich sogar für einen Moment die Besinnung verloren, so benommen, wie er von Weitem wirkte. Aber er war nicht ins Wasser gefallen, nicht ertrunken.

Gleich hatte er ihn erreicht.

Weiter hinten sah er die Rettungssanitäter. Auch sie hatten den Kommissar entdeckt. Sie winkten ihm zu.

Kuno blieb vor Okko stehen.

Sein Bruder rappelte sich auf. Kuno gab den Sanitätern mit einer Geste zu verstehen, dass sie zum Dünenhaus laufen sollten. Dann sprang er von dem Weg, der auf Stelzen errichtet war, hinab und half Okko, sich gerade hinzustellen. »Bist du soweit okay, Bruderherz?«

Okko nickte. Von ein paar Schrammen abgesehen, schien er auf den ersten Blick unverletzt zu sein. Er lächelte bei Kunos Anblick und bekam feuchte Augen. Mit beiden Händen klammerte er sich an den Arm seines Bruders. Vorsichtig verlagerte er das Gewicht auf den einen Fuß und verzog vor Schmerzen das Gesicht.

»Gebrochen?«, fragte Kuno.

Okko schüttelte den Kopf. »Glaub ich nicht. Vermutlich nur verstaucht. Ich bin auf dem rechten Fuß aufgekommen und umgeknickt.«

»Wer war das?«, fragte Kuno. »Wer hat dich hier runtergeschubst?«

»Keine Ahnung. Die müssen sich von hinten angeschlichen haben. Ich hab sie erst gar nicht wahrgenommen. An dem einen Ohr hatte ich das Handy, und das andere haben mir die Möwen mit ihrem Gekreische zugedröhnt. Auf einmal hab ich einen Stoß in den Rücken gekriegt und das Gleichgewicht verloren.«

»Hast du sie gesehen, als sie wegliefen?«

Okko machte einen etwas benebelten Eindruck. Sicher war er mitgenommen von dem Sturz, dem Schock und von den Schmerzen im Fuß.

»Gesehen hab ich sie nicht«, sagte er nach kurzem Überlegen, »nur das Getrampel auf den Bohlen gehört.«

»Was meinst du, wie viele waren es?«

»Mindestens zwei, würde ich sagen. Oder drei.«

Kuno wurde nervös. Sein Bruder, von Mördern überrannt ... »In welche Richtung sind sie gelaufen?«

Okko deutete mit dem Kinn zur Strandpromenade. »Nach Wittdün.« Mit den Blicken suchte er den Boden ab. »Mein Handy ... Hoffentlich ist es nicht ins Wasser gefallen.«

Kuno löste Okkos Hände von seinem Arm und wartete, bis sein Bruder an den Bohlen Halt gefunden hatte. Dann ging er in die Hocke. »Da vorne liegt es.« Er zog das Gerät hinter einem der Pfähle hervor, über die der Bohlenweg führte. Das Display hatte ein paar Kratzer abbekommen, und ein paar Sandkörner klebten daran. Vorsichtig wischte Kuno sie ab. Wenige Sekunden später lächelte er. »Glück auf der ganzen Linie.« Er gab seinem Bruder das Smartphone zurück. »Sonst hätte ich dir ein neues gekauft«, sagte er und sah sich suchend um.

Einer der Sanitäter lief eilig auf sie zu. »Braucht ihr Hilfe?«

Okko schüttelte den Kopf. »Geht schon wieder.«

Kuno strubbelte ihm kurz mit der Hand durch die Haare. »Wie willst du mit dem Fuß den Ort erreichen? Auf einem Bein ein paar Hundert Meter weit über den Bohlenweg hüpfen?« Er guckte den Sanitäter an. »Deine Kollegen und der Notarzt sind am Dünenhaus?«

Der Mann nickte. »Wir mussten die Tür aufbrechen. War keine große Sache, zwar ein Sicherheitsschloss, aber Marke Nullachtfuffzehn. Für die Frau, die im Haus liegt, konnten wir aber leider nichts mehr tun.«

»Eine Frau also.« Kuno nickte betreten. »Ich hatte schon befürchtet, dass da nichts mehr zu machen ist. Wisst ihr, wie sie ums Leben gekommen ist?«

»Es sieht nach einem Sturz infolge eines tödlichen Angriffs aus.« Der Sanitäter hob die Achseln. »Der Rechtsmediziner muss sich das ansehen.«

Kuno ging davon aus, dass Notarzt und Sanitäter die Frau nicht kannten. Der Mann, der vor ihm stand, hätte ihm den Namen sonst längst mitgeteilt. »Habt ihr eine Handtasche oder Brieftasche mit Papieren gefunden?«

Der Sanitäter schüttelte den Kopf. »Keine Ahnung, wer sie ist. Wir können nicht mal sagen, ob es sich um eine Einheimische handelt oder um eine Urlauberin. Aber in dieses Dünenhaus kommen Touristen doch gar nicht rein, oder?«

Damit war Kuno überfragt. Er wusste nur, dass das Haus lange Zeit im Besitz der Amrumer Familie Lindegard gewesen war. Er hatte gehört, dass Jördis Lindegard es letzten Herbst verkauft und dass Ulf Janssen Interesse daran bekundet, es aber nicht erhalten hatte.

Da war er also wieder: Ulf Janssen.

Und Okko? Was hatte der eigentlich heute an diesem Haus zu suchen gehabt? Kuno sah seinen Bruder an.

Bevor er ihm die Frage stellen konnte, die ihm auf der Zunge lag, hörte er Schritte. Friedrich Fliegenfischer stapfte so energisch über den Bohlenweg, dass die Holzplanken vibrierten.

»Was willst du denn hier?«, rief Kuno ihm zu.

Friedrich grinste breit. »Als Journalist habe ich die Pflicht, das Volk zu informieren, und vor die Information hat der liebe Gott die Recherche gesetzt.«

Der Kommissar überließ seinen Bruder dem Mann vom Rettungsdienst, drehte sich wortlos um und marschierte den Bohlenweg in Richtung Dünenhaus. Hinter ihm dröhnten die Schritte des Inselreporters.

Wer war die Frau im Dünenhaus? War Ulf Janssen in die Ereignisse um ihren Tod verwickelt?

Unbeeindruckt von Friedrichs neugierigen Blicken, die er in seinem Rücken spürte, steuerte Kuno auf das Haus zu. Zwanzig Meter vorm Ziel bremste er den Reporter aus. »Du gehst keinen Zentimeter weiter.« Sein Tonfall signalisierte, wie ernst er es meinte.

Die Leute vom Rettungsdienst empfingen den Kommissar vor der Tür. Der Arzt begrüßte ihn mit Handschlag, die anderen nickten ihm zu.

Wortlos betrat Kuno das Haus.

Die Tote lag auf dem Bauch, Gesicht und Oberkörper in einer riesigen Blutlache. Hatte sie zur Treppe laufen wollen, die nach oben führte? War sie gestolpert und mit der Stirn auf eine der Stufen geschlagen?

Doch worüber sollte sie gestolpert sein? Es gab kein Hindernis. Keinen Teppich, kein hervorlugendes Dielenbrett, kein Möbelstück, dessen Bein im Weg gestanden haben könnte. Und die Frau trug festes Schuhwerk.

Ihre langen, hellblonden Haare hatten sich über die Schultern ausgebreitet wie Sonnenstrahlen. Eine Haarspange lag auf dem Boden. Wodurch hatte sie sich gelöst? Hatte jemand die Frau am Schopf gepackt?

An wen erinnerte ihn das Opfer?

War das nicht Kathi, die Tochter von Ulf und Erika Janssen? Sie hatte diese grellblonde Mähne. Sie trug ausgefallene Sweatshirts von derselben Art, wie das Opfer eins trug. Und sie liebte extravaganten Haarschmuck wie die Spange, die neben der Toten auf dem Boden lag.

Allerdings hatte er die junge Frau nicht so stämmig in Erinnerung. Doch das konnte täuschen. Sie waren sich nur selten begegnet.

Wenn diese Frau ermordet worden war, wovon man offenbar ausgehen musste – war sie ein Opfer der Fronten geworden, die sich zwischen den Insulanern und der Familie Janssen gebildet hatten?

Wenn das hier Kathi Janssen war, dann hatte Friedrich seine Sensation. Dann war es mit dem Frieden in Nebel vorbei.

Jemand klopfte an die offen stehende Tür des Dünenhauses. Kuno wandte sich um.

Der Notarzt trat ein. »Hast du den Rechtsmediziner schon herbestellt?«

»Nein«, antwortete Kuno. »Das mach ich sofort.«

Er nahm sein Smartphone zur Hand und forderte Doktor Sören Beers und die Kollegen von der Spurensicherung an. Auch Inka Hoop würde mit im Team sein, die Freundin des auf Sylt stationierten Kommissars Arne Zander. Der Rechtsmediziner und die Kriminaltechniker würden heute Abend noch per Helikopter eingeflogen, wie Kuno erfuhr.

Nach diesem Gespräch wählte er Arnes Nummer.

»Hey, Chef«, begrüßte Arne ihn freudig. »Willst du hören, ob auf Sylt die Sonne scheint?«

Kuno schluckte bei dem Gedanken, seinem Kollegen das Wochenende verderben zu müssen. Er bemühte sich, seinen Worten einen nicht zu ernsten Tonfall zu verleihen. »Junge, schmeiß den Motor an. Es gibt zu tun. Auch Inka wird herkommen, und zwar jetzt gleich. Sie erfährt es innerhalb der nächsten Minute.«

Arne brauchte einen Moment, um die passende Antwort zu finden. Etwas Originelleres als ein genervt vorgebrachtes »Es ist Samstagabend.« fiel ihm auf die Schnelle nicht ein.

»Plagiat«, erwiderte Kuno. »Der Satz stammt von mir. Den hab ich vorhin auch schon gebracht. Das Jammern nützt uns aber nichts, mein Freund. Mörder fragen nicht nach dem Wochentag.«

# 2

Ellen von Holthusen schichtete ein halbes Dutzend kleiner Holzscheite im Kaminofen auf, legte Nadelhölzer darüber und obendrauf Holzwollepads. Das Stabfeuerzeug lag auf dem Kaminsims. Mechanisch griff sie danach und entfachte das Feuer. Sie wartete, bis es loderte, schloss die Glastür und trat zwei Schritte zurück.

Wie die Flammen züngelten und tanzten. Feuer war Leben, und das war es, wonach sie sich jetzt sehnte.

Am Nachmittag hatte sie eine Flasche Rotwein in der Küche bereitgestellt. Dann hatte sie das Ferienhaus verlassen, um ihren Weg über die Insel zu machen. Nun war es Zeit für einen guten Tropfen. Sie ging in die Küche. Quietschend ploppte der Korken aus dem Flaschenhals. Sie kehrte ins Wohnzimmer zurück, setzte sich auf das Sofa gegenüber dem Kamin und schenkte ein Glas voll. Sie hielt es gegen das Feuer.

Blutrot schimmerte der Rebensaft.

»Zum Wohl, Ellen«, sagte sie laut zu sich selbst. Sie nippte an dem Glas, schloss die Augen und spürte dem Geschmack des Weines nach. Laut Etikett eine Kombination aus Kirsche, Pflaume und Johannisbeere. Harmonie am Gaumen, kombiniert mit dem feinen Duft von Zimt. Hätte in der Beschreibung etwas von Birne und Aprikose gestanden, umschmeichelt vom milden Aroma der Vanille, hätte sie auch das geschmeckt.

War nicht alles nur Suggestion? Einflussnahme geschickter Verkäufer? Manipulation von Menschen wie Ulf Janssen? Von Machern, die Gedanken und Meinungen lenkten und ihre Opfer eiskalt in genau die Ecke dirigierten, in der sie sie sehen wollten?

Ellen trank noch einen Schluck. Ein Festtagstropfen sei das, hatte der Weinhändler ihr versprochen. Von seidiger Eleganz, genau das Richtige für einen außergewöhnlichen Tag.

Einen Tag wie den heutigen.

Ellen begann, die Wärme zu spüren, die sich in dem behaglich eingerichteten Wohnraum ausbreitete. Eine andere, eine intensivere Wärme, als Heizkörper sie abstrahlten. Eine natürliche, erdige Wärme. Es war, als nähme ein geliebter Mensch sie fest in den Arm. So, wie sie ihre Tochter immer an sich gedrückt hatte.

Zuletzt am Tag bevor Annabelle starb.

Das war der Tag, an dem die Kälte von ihr Besitz ergriffen hatte. Eine Kälte, grausam wie der Tod. Ein Gefühl, das nicht mehr von ihr wich. Irgendwann hatte sie verstanden: Sie musste handeln. Erst wenn sie ihre Mission erfüllt hatte, würde sie aufhören, ständig zu frieren.

Und sie würde ihre Mission erfüllen!

Der erste Schritt war getan. Jetzt brauchte sie Geduld, Hartnäckigkeit und gute Nerven. Und ja, ein Quäntchen Glück gehörte auch dazu.

Sie wollte ihre Tochter auf eine Weise rächen, mit der der Mann, der deren Leben auf dem Gewissen hatte, niemals rechnen würde. Sie lächelte bitter. – Annabelle!

Das Fotoalbum ihrer Tochter, sie hatte es oben liegen lassen. Ellen warf einen Blick auf das Feuer im Kamin, das unaufgeregt vor sich hin loderte. Sie stand auf und stieg die knarzende hölzerne Treppe hinauf. Das Album lag auf dem Bett. Kein Abend verging, ohne dass sie wenigstens einmal darin blätterte. Wenigstens einmal.

Sie schob es sich unter den Arm, ging wieder hinunter und legte es auf das Sofa.

Es wurde Zeit, das Licht einzuschalten. In dem Haus dahinten, in dem *sie* wohnten, Ulf Janssen und seine Familie, waren die Räume schon hell erleuchtet.

Sie nahm das Fernglas, das griffbereit auf dem Tisch lag, und stellte sich ans Fenster. Sie achtete darauf, dass sie von dem Vorhang, der seitlich an der Wand zusammengehalten wurde, ein wenig verdeckt war. Von ihrem Haus nahe der Mühle am südlichen Ortsrand von Nebel hatte sie freien Blick auf Ulf Janssens Anwesen.

Sie hielt sich den Feldstecher vor die Augen.

Die Familie Janssen war fast vollständig versammelt. Nur die Tochter fehlte. Ulf stand im Raum und hielt eine Rede. Wie er gestikulierte und sich produzierte!

An der Tür, die wohl zur Diele führte, stand seine Frau, lässig gegen den Rahmen gelehnt, die Arme vor der Brust verschränkt und die Lippen spöttisch gespitzt.

Der Sohn, ein Mittzwanziger, lümmelte sich in einem der Ledersessel. Plötzlich sprang er auf und ging auf den Vater zu. Einen Schritt vor ihm blieb er stehen. Nun sprach auch er und fuchtelte mit den Händen herum.

Erika Janssen stieß sich vom Türrahmen ab. Sie näherte sich dem Sohn und redete auf ihn ein. Mit einem Mal tippte sie sich heftig gegen die Stirn, drehte sich auf dem Absatz um und verließ den Raum.

Das sah nicht nach dem Familienidyll aus, das der Unternehmer Ulf Janssen in den Homestorys, die die Boulevardpresse regelmäßig über seine erfolgreiche Familie brachte, so leidenschaftlich vorgaukelte.

Langsam ließ Ellen das Fernglas sinken.

Dunst stieg aus den Wiesen empor. Er legte sich um die Sockel von Janssens Häusern und umhüllte in Zeitlupe die Mauern aus weiß verputztem Backstein.

Ellen schrak zusammen. Was war das für ein Geräusch? Ein leises Klickern, wie Griesel, der gegen Fenster prasselte. Es verstummte, ging wieder los und wurde immer heftiger. Sie sah sich im Raum um.

Das Wohnzimmer war von drei Seiten einsehbar. An keinem der Fenster hatte sie die Vorhänge zugezogen. Wie aufgescheucht drehte sie sich nach rechts und links.

Dann erkannte sie ihn. Friedrich Fliegenfischer stand an der Ostseite des Hauses. Leicht nach vorn gebeugt blickte er in den Raum und tippelte mit den Nägeln beider Hände gegen die Scheiben des Sprossenfensters.

Er sah angespannt aus, soweit sie das von hier aus beurteilen konnte.

Ellen ging zu dem Fenster und öffnete es.

Friedrich wich keinen Schritt zurück. Seine gebeugte Haltung weckte den Eindruck, als ob er sie über den Fenstersims hinweg küssen wollte.

Sie hielt Abstand zu ihm. »Was treibt dich denn hierher, um diese Zeit?«

»Eine Tote am Wriakhörnsee. Sieht nach Mord aus.«

Das Blut in Ellens Körper wallte auf. Lautstark rauschte es durch ihr Hirn. »Eine Tote am See?« Sie hörte ihre Stimme kaum. Es war, als spräche sie von sehr weit entfernt zu sich selbst.

»Kann ich reinkommen?« Fliegenfischer deutete mit dem Kinn in den Wohnraum. Er zitterte leicht. Fror er genauso wie sie?

Wortlos schloss sie das Fenster und wies mit dem Arm zur Haustür, die an der anderen Seite lag.

Er war schneller an der Tür als Ellen. Als sie aufschloss, hörte sie wieder seine Fingernägel. Diesmal trommelten sie auf das blau lackierte Holz.

Hastig öffnete sie die Tür und bereitete damit dem albernen Spiel ein Ende. »Komm rein.« Sie trat zur Seite und winkte den Reporter in den Flur.

Er wieselte an ihr vorbei und blieb abrupt stehen.

Prüfend guckte sie hinaus. Die umliegenden Häuser waren vereinzelt erleuchtet, doch die Straße lag einsam da. Es hatte wohl niemand beobachtet, dass der Inselreporter zu ihr hineingegangen war. Sie schloss die Tür. »Bitte«, sagte sie und wies ins Wohnzimmer.

Ungewohnt zögerlich ging Friedrich durch den Flur. Beim Anblick des Feuers rieb er sich die Hände und seufzte genüsslich. Er steuerte auf das Sofa zu, das gegenüber dem Kamin stand, und setzte sich hin.

Ironisch lächelnd sah er zu Ellen auf, die unschlüssig neben der Couch stehen blieb. »Du hast mich erwartet?« Er deutete auf das halb gefüllte Weinglas.

»Das ist meins.« Sie bückte sich, nahm das Glas auf und stellte es an die kurze Seite des Tisches, dorthin, wo ein Sessel stand. »Möchtest du auch was?« Sie wusste, dass die Frage überflüssig war. Soweit sie Friedrich Fliegenfischer durchschaut hatte, ernährte er sich mehr von Alkoholischem als von fester Nahrung.

»Wenn du einen Schluck entbehren kannst?« Er grinste gewollt verführerisch.

Ellen verzog keine Miene. »Ich hol ein Glas für dich.«

»Ich nehm sonst auch ein Fläschchen.«

Der Hinweis erübrigte sich ebenfalls. Verärgert Ellen verharrte einen Moment in der Küche. War es richtig gewesen, den Reporter ins Haus zu lassen?

Nun gut, sie hatte sich so entschieden. Sie brauchte ihn für ihren Plan. Mit der Weinflasche und einem zweiten Glas kehrte sie ins Wohnzimmer zurück.

In seiner zwanglosen Art hatte Friedrich ein Bein angewinkelt und das Fotoalbum, das auf dem Sofa lag, zu sich herangezogen. Er hatte eine Seite mit Fotos aus Annabelles Teenagerjahren aufgeschlagen.

Ellen wurde heiß. »Leg das weg.« Ihr Ton war schärfer ausgefallen als beabsichtigt.

Erschrocken guckte Friedrich sie an. »Wieso? Kannst du doch ruhig vorzeigen, so schöne Bilder. Von wem sind die?«

»Wie meinst du das?«

»Na, wen man da drauf sieht?« Er versuchte sich als Charmeur. »Warst du das, in jungen Jahren? Kürzlich?«

Ellen beugte sich über das Sofa, klappte das Album zu und riss es an sich. Mit beiden Händen drückte sie es an ihre Brust, als wäre dieses Buch voller schmerzender Erinnerungen ihre leibhaftige Tochter.

Annabelle war ihr Ebenbild gewesen. Die schmale Nase. Die etwas zu kleinen babyblauen Augen. Die volle Unterlippe. Die Mundwinkel, die sich beim Lächeln wie winzige Haken nach oben bogen. Die hohen Wangenknochen, das sanft geschwungene Kinn.

»Du bist wegen der Toten hergekommen, über die vorhin im Radio berichtet wurde?« Ellen lehnte das Album gegen die von Friedrich abgewandte Seite ihres Sessels und schenkte dem Besucher Wein ein.

Kaum hatte sie das Glas gefüllt, nahm er es in die Hand. Er wartete, bis sie sich hingesetzt hatte, dann prostete er ihr zu. »Du weißt es also schon?«

»Wer ist die Frau?«

Er hielt den Atem an, dann sagte er: »Kathi Janssen.«

Ellen hielt ihr Glas gegen das Kaminfeuer. Wein, so rot wie Blut. »Was ist mit ihr passiert?«

»Äh ...« Friedrich kratzte sich am Nacken. »Um ehrlich zu sein: Es ist noch nicht hundertprozentig sicher, ob sie es wirklich ist. Aber von hinten sah es so aus.«

Ellen lugte zu ihrem Fernglas hinüber. Wie gern wäre sie jetzt aufgestanden und hätte noch einmal in das Haus der Janssens geschaut! Sie rutschte auf die Sesselkante vor, setzte das Glas ab und legte die Hände auf die Knie. »Du sprichst in Rätseln. Du nennst die Tote mit Namen, aber es ist nicht sicher, ob sie es tatsächlich ist. Kannst du etwas Ordnung in deine Gedanken bringen, damit ich in der Lage bin, dir zu folgen?«

Friedrichs Augenlid zuckte. »Im Dünenhaus am Wriakhörnsee liegt eine junge blonde Frau. Gesicht nach unten, platsch. Unglücklich hingefallen, könnte man meinen. In Wahrheit wurde aber wohl nachgeholfen. Eine Gewalttat, auf Deutsch gesagt.«

»Woher weißt du das alles so genau?«

Der Inselreporter plusterte sich auf. »Es gab 'ne große Aktion, und ich war mittendrin. Hast du den Hubschrauber vorhin nicht gehört?«

Ellen legte die Stirn in Falten. »Wer hat sie gefunden?«

Friedrich stellte das Glas ab, legte den Kopf in den Nacken und rieb sich mit einer Hand die Stirn. »Ausgerechnet der Bruder von unserem Hauptkommissar. Auf dem Weg zurück zur Strandpromenade hat er sich dann auch noch vom Bohlenweg schubsen lassen. Vermutlich vom Mörder höchstpersönlich.«

»Die Kripo ist am Tatort?«

»Na klar. Da ist jetzt richtig was los.«

»Und was sagt die Polizei, wer die Tote identifizieren soll? Rufen sie den Janssen dazu?«

»Sie warten erst mal darauf, dass der Rechtsmediziner und die Leute von der Spurensicherung eintreffen. Die sind gerade auf dem Weg nach Amrum. Bis sie am Tatort sind, bleibt die Leiche so liegen, wie sie gefunden wurde, und so kann man ihr Gesicht nicht sehen.«

»Ist der Fundort der Tatort?«, fragte Ellen beiläufig.

Friedrich runzelte die Stirn. »Ich denke, ja. Im Moment ist mir nichts anderes bekannt.«

Ellen lehnte sich zurück. »Eine Frau, von der man annimmt, dass sie ermordet wurde. Die Identität ist noch nicht geklärt, das Motiv vermutlich unbekannt. Das ist nicht genug Futter für einen Artikel.«

»Ist mir schon klar«, erwiderte Friedrich gelassen. »Ich bleib am Ball. Wäre aber klasse, wenn wir die Ersten wären, die darüber berichten könnten.« Er nickte ihr aufmunternd zu. »Wir kriegen die nötigen Informationen schon noch raus.«

Ellen sah aus dem Fenster. Ulf Janssen, seine Frau und sein Sohn zu Hause, die Tochter fehlte. Ungeduld stieg in ihr auf. »Bei den paar Leuten, die auf Amrum leben, muss man doch leicht feststellen können, wer die Tote ist, auch wenn man sie nur von hinten sieht.«

Friedrich hob die Achseln. »So furchtbar wenige sind wir Amrumer auch wieder nicht. Die Kleidung passt jedenfalls zu Kathi, die Haare und die Haarspange auch. Nur die Figur, die stimmt nicht so ganz.«

Ellen wurde nervös. Sie sprang auf, ging an das Sideboard und holte eine Dose gesalzene Erdnüsse heraus. Hunger hatte sie nicht, aber irgendetwas musste sie tun. »Warum haben die Leute von der Kripo nicht einfach das Handy der Toten durchgecheckt? Die jungen Dinger haben doch alle Selfies auf dem Smartphone.«

Fliegenfischer hob das Kinn. Er wirkte arrogant, so, wie er sie jetzt ansah. »Geht nicht. Bevor die Spurensicherung da ist, kommt keiner an die Leiche ran.«

»Haben sie denn nicht bei den Janssens angerufen?«

Der Reporter hob hilflos die Hände. »Werden sie vielleicht gemacht haben. Aber bevor ich erfahren hab, ob sie was herausgefunden haben, musste ich weg.«

Ellen schmunzelte spöttisch. Sicher hatten sie ihn weggeschickt, um in Ruhe ermitteln zu können.

»Eins kann ich aber jetzt schon sagen«, tönte er.

»Und das wäre?«

Der Reporter richtete sich auf. »Wenn die Tote wirklich Kathi Janssen ist und wenn sie ermordet wurde, dann wird ein Tsunami über Amrum schwappen. Und dann weiß ich jetzt schon, wer der Mörder ist.«

»Wer denn?«

Friedrich machte einen Rückzieher. »Das will ich lieber noch nicht ausposaunen. Erst mal abwarten, was die Jungs von der Kripo sagen.«

»Du machst es aber spannend.«

Friedrich nickte. Dann rieb er sich die Nase und guckte verlegen. »Ähm ...«

»Ja?«

»Darf ich mal kurz für kleine Mädchen?«

»Die Tür links neben der Haustür.« Ellen beobachtete, wie Fliegenfischer in den Flur wankte. Als er die Toilettentür hinter sich schloss, stand sie auf, nahm das Fernglas und sah hinüber zu dem noblen weiß getünchten Haus mit dem tiefgezogenen Reetdach.

Kathi Janssen saß im Wohnzimmer, das Smartphone in der Hand. Sie wischte wie wild darauf herum und redete gleichzeitig mit ihrem Vater, der ihr gegenübersaß.

Eiskalt lief es Ellen über den Rücken.

Die Toilettenspülung ging, der Wasserhahn rauschte.

Ellen legte das Fernglas auf ein Regal, verdeckte es mit einer Zeitschrift und nahm wieder Platz. Demonstrativ blickte sie in das lodernde Feuer.

Friedrich kehrte zurück. Er klatschte in die Hände und plumpste auf das Sofa. »Nett hast du's hier.«

»Kathi Janssen ist zu Hause«, sagte Ellen mit einer Stimme so kühl wie Stahl.

»Woher weißt du das?«

»Ich hab sie gesehen. Sie wohnt da drüben.«

»Ich weiß, wo sie wohnt.« Friedrich stand auf und ging zum Fenster. »Ist sie gerade nach Hause gekommen?« Er wandte sich zu Ellen um.

»Sie ist zu Hause. Wenn du mir nicht glaubst, geh rüber und klingel an.«

Friedrich suchte in den Taschen nach seinem Handy. »Ich ruf mal eben den Knudsen an.« Auf ihren fragenden Blick erklärte er: »Das ist unser Hauptkommissar.«

Mit dem Rücken zu ihr blieb er am Fenster stehen. »Kuno, Friedrich hier. Große Neuigkeit: Kathi Janssen ist zu Hause, höre ich gerade. – Wie? Ja, eine Augenzeugin. – Ach so, ihr wisst das schon. Ja denn ...«

Ellen beobachtete die Schultern des Reporters, die, wenn er sprach, bei jeder zweiten Silbe zuckten.

»Aber wer ist denn dann die Tote?« Wieder lauschte Friedrich dem Kommissar. »Okay«, sagte er nach einer Weile. »Sobald es feststeht, bin ich der Erste, der es erfährt, versprochen?« Mit einem Schwung drehte Friedrich sich zu Ellen um. Er lächelte selig. »Ich bin nämlich kurz davor, ein neues Projekt aufzuziehen«, informierte er seinen Gesprächspartner. »Ich hab gerade eine Kollegin hier, eine Journalistin vom Festland, genauso ein alter Hase wie ich. Wir entwickeln gemeinsame Pläne, recherchieren zusammen und stellen 'ne richtig große Sache auf die Beine. Da wäre eine Tote, deren Name vor uns noch keiner kennt ... Was? – Ach so. Ja, okay. Bis später.«

Er steckte das Smartphone weg. »Der Rechtsmediziner und die Spurensicherung sind jetzt da. Wenn Kuno mehr weiß, meldet er sich bei mir. Morgen kommt auch sein Kollege Arne Zander von Sylt rüber zu uns auf die Insel. Das ist immer lustig mit den beiden.«

Ellen verzog das Gesicht. »Ein Mord als nordfriesischer Komödienstadel?«

Friedrich hob abwehrend die Hände. »Na, so komisch nun auch wieder nicht. Aber mit den beiden ist es immer gemütlich.« Er machte eine ausladende Geste. »Fast so wie bei dir, um noch mal darauf zurückzukommen. Wie hast du dir das eigentlich vorgestellt? Kannst du das Haus für immer mieten?«

»Ich weiß noch gar nicht, ob ich es für immer will.« Ellen öffnete die Dose mit den Erdnüssen und schüttete eine kleine Menge in ihre hohle Hand. Anschließend hielt sie die Büchse mit fragendem Blick hoch.

Ihr Besucher schüttelte erst den Kopf, dann streckte er fordernd den Arm aus. Bevor er ihr die Dose aus der Hand nehmen konnte, stellte sie sie auf den Tisch und gab ihr einen Schubs, sodass sie vor ihm stehen blieb.

Er guckte enttäuscht. Ellen ahnte, warum.

»Der Mietvertrag läuft unbefristet«, erklärte sie ihrem neuen Kooperationspartner. »Ich bleibe, solange ich mich hier wohlfühle und dieses Haus für Wohnen und Job unter einem Dach ausreicht.«

Friedrich wurde nachdenklich. »Spielst du denn mit dem Gedanken, dass wir uns auf längere Sicht vergrößern? Mit Angestellten und so? Ich meine, so was bringt viel Ballast mit sich. Feste Gehälter, Urlaub, Lohnfortzahlung im Krankheitsfall und all dieser Kram.«

Ellen schmunzelte. »Nein, daran denke ich nicht. Ich glaube auch nicht, dass diese Region es hergibt, ein Dutzend Leute auf Themenjagd zu schicken.«

Er sah sich um, als suchte er etwas. »Wie viele Etagen hat das Haus eigentlich? Ist es unterkellert?«

Sie deutete auf den Flur, von dem eine Treppe nach unten und eine in den ersten Stock führte. »Anderthalb Stockwerke plus Keller.«

»Wo soll die Online-Redaktion hin? Du hast hoffentlich nicht vor, uns zu Kellerkindern zu machen?«

Mit einer Frage in dieser Richtung hatte sie gerechnet, und den Zahn, dass sie zusammen in diesem Haus arbeiten könnten, würde sie ihm gleich ziehen. »Nein, wir werden keine Kellerkinder sein. Ich richte mir ein hübsches Arbeitszimmer im ersten Stock ein. Von da habe ich den Blick über das Wattenmeer nach Föhr, nach Langeness und bei klarer Sicht sogar bis zum Festland. Ein Gedanke, den ich sehr inspirierend finde.«

Friedrichs Augen glitzerten wie die See in der Morgensonne. »Tolle Idee, wir beide da oben. Warte mal ab, keine drei Wochen, und ich bin deine Muse.«

Ellen schüttelte den Kopf. »Tut mir leid, aber mein Büro teile ich mit niemandem. Vergiss nicht: Wir gründen eine Online-Redaktion. Wir haben nur ein virtuelles gemeinsames Büro. Du könntest genauso gut in New York, auf Island oder am Südpol sitzen und mit mir online zusammenarbeiten.«

»Warum bist du dann überhaupt nach Amrum gekommen?«, fragte Friedrich sichtlich enttäuscht.

»Wegen der Recherche«, erwiderte sie gelassen. »Weil ich mich in Nordfriesland verguckt habe, hier leben und über diese Region berichten will.« Sie blinzelte ihn spöttisch an.

»Kann ich noch 'n Wein?«

»Bist du zu Fuß hergekommen?«

Er nickte.

»Na dann. Zur Not nimmst du dir ein Taxi nach Hause.« Sie stand auf. »Ich trink lieber noch ein Wasser. Für dich auch?«

Er winkte ab. »Nee, nee, lass mal. Wein reicht.«

Als sie am Kühlschrank hantierte, hörte sie ihn über ein Tischbein stolpern und fluchen. Zurück im Wohnraum erwischte sie ihn, wie er in der einen Hand die Zeitschrift hielt, mit der sie vorhin das Fernglas bedeckt hatte.

Irritiert sah er sie an. »Wozu denn das?« Mit der freien Hand zeigte er auf den Feldstecher.

»Damit ich bei Ebbe die Seehunde auf den Sandbänken beobachten kann«, erwiderte sie spontan.

»Ah ja, natürlich, die Seehunde. Willst du auch darüber schreiben?«

Sie nahm Platz und goss Wein und Wasser in die Gläser. »Hatten wir nicht bei unserem ersten Gespräch beschlossen, die ganze Bandbreite der Themen abzudecken, die das Nordfriesische Wattenmeer zu bieten hat? Es gibt doch sicher mehr als Morde in dieser Gegend?«

Friedrich nickte. »Seehunde kommen immer gut.«

»Du weißt doch: Je mehr Themen, desto mehr Abonnenten für unser News-Portal, desto mehr Werbepartner, mit denen wir Einnahmen generieren.« Ellen griff noch einmal zu der Dose mit den Erdnüssen.

Friedrich rieb sich über den Magen. »Langsam krieg ich richtig Hunger. Du hast nicht zufällig Lust, was zu kochen?«

»Zufällig nicht. Ich hab noch nicht mal richtig eingekauft, und das ist auch gut so.«

»Warum?«

»Wenn du einmal meine Kochkünste getestet hättest, würdest du jeglichen Respekt vor mir verlieren. Du würdest mir nichts mehr zutrauen, nicht mal mehr einen Artikel über einen entflogenen Kanarienvogel.«

Sie beobachtete, wie es im Hirn des Inselreporters, der seine angegrauten Frühlingsgefühle so schlecht verbergen konnte, ratterte.

»Und wie wär's mit einem Restaurantbesuch?«, fragte er hoffnungsvoll. »In Süddorf haben wir eine urige Kneipe, den *Seeräuber*. Warst du schon mal da?«

Ein Blick genügte Ellen, um zu erkennen, dass diesem pfiffigen Reporter in letzter Minute einfallen würde, dass er seine Brieftasche vergessen hatte. »Nein«, erwiderte sie, »und da werde ich auch heute nicht hingehen. Ich gehe heute nirgendwo mehr hin.« Mit einem charmanten, aber bestimmten Lächeln deutete sie auf sein Weinglas. »Wenn das gleich leer ist, werde ich den gemütlichen Teil des Abends einläuten. Allein.«

Friedrich nickte. »Tja, ich muss dann auch mal nach Hause. Hab noch einen Artikel zu schreiben.« Er kippte den Wein in einem Zug hinunter. »Der war wirklich gut. So einen Abend sollten wir bei Gelegenheit wiederholen. Wir müssen uns ja zwischendurch auch mal analog besprechen. Das geht nicht alles immer nur virtuell.«

Ellen wollte ihm zum Abschied nicht alle Hoffnung nehmen. Schließlich brauchte sie ihn noch. »Das wird sich einspielen.« Sie überwand eine innere Blockade, hakte sich bei ihm unter, was er mit glänzenden Augen quittierte, und führte ihn zur Tür.

Mit bedeutungsschwerem Blick hob der Inselreporter den Zeigefinger und öffnete den Mund. Bevor er anfangen konnte, zu reden, klingelte sein Handy. »Oh«, sagte er, »Okko.« Er nahm das Gespräch entgegen.

Ellen beobachtete sein Gesicht, das von Freunde in Ungläubigkeit und schließlich in Entsetzen überging. »Hanna Lindegard? Bist du sicher? – Nein, nein, ich weiß von nichts. Danke dir. Tschüs, bis morgen. – Ja, du auch.«

»Wer ist Okko?«, fragte Ellen in dem Wissen, mit der Antwort auf diese Frage auch den Inhalt des Telefonates zu erfahren.

»Der Bruder von Kuno Knudsen, dem Kommissar. Er hat zufällig was mitbekommen.« Friedrich fasste Ellen bei den Schultern. Plötzlich wirkte er völlig nüchtern. »Du behältst es für dich, Ehrenwort?«

Sie nickte. »Na klar. Wir sind doch Partner.«

»Sie haben die Tote identifiziert. Es ist ... Die Tote ist Hanna Lindegard, die Tochter der Frau, die Ulf Janssen das Land verkauft hat, auf dem jetzt seine Häuser stehen. Bis vor einigen Monaten hat ihr auch das Dünenhaus gehört.«

Friedrich ließ Ellen los und ging aus der Tür. »Warum Hanna?«

# 3

Für eine späte Abendstunde Ende April war es noch erstaunlich hell. Den ganzen Tag über war der Himmel klar gewesen. Nun machte es den Eindruck, als wollte die untergehende Sonne ihre letzten Kräfte aktivieren, um dem Team der Kriminalpolizei hier draußen eine halbwegs gute Sicht zu ermöglichen.

Tief im Westen, weit hinten über dem Meer, brannte ein breiter orangefarbener Streifen am Himmel. Wie an jedem Abend, an dem Kuno dieses Spektakel verfolgen konnte, schien die Welt in diesen Minuten den Atem anzuhalten, bis die Sonne lodernd ertrank. Der Wind legte sich, die Möwen verstummten und die Luft wurde elementarer: kühler, feuchter, salziger.

Kuno hockte etwas abseits des Dünenhauses auf den Stufen, die zum Bohlenweg führten. Hanna Lindegard also. Warum hatte er sie nicht gleich erkannt? Sicher lag es an der Haarfarbe. Er war Hanna nur selten begegnet, und er kannte sie nicht mit strohblondem Haar.

Rechtsmediziner Doktor Sören Beers verließ das Dünenhaus. Der hoch gewachsene Mann, der jedes Mal unwillkürlich den Kopf einzog, wenn er durch eine Tür ging, überließ den Kollegen von der Spurensicherung das Feld. Im flachen Sand des Grundstücks zwischen den Dünen, auf dem das Haus errichtet war, blieb er stehen. Einige Augenblicke lang sah er dem Schauspiel des Sonnenuntergangs zu. Dann atmete er ein, als entzöge er der Luft neue Kraft, und sah sich suchend um.

»Hier, Sören«, rief Kuno. Er winkte dem Mann zu und rückte ein wenig an den Rand, damit Beers sich neben ihn setzen konnte.

»Bisschen Romantik tanken?« Beers deutete zum Horizont. »So was sieht man nicht jeden Abend.«

Kuno kannte Beers schon lange. Wo es eben ging, versuchte der erfahrene Rechtsmediziner, den ermittelnden Kommissaren über das Grauen, das die Entdeckung eines Mordopfers mit sich brachte, hinwegzuhelfen.

Kuno rang sich ein Lächeln ab. »Unter normalen Umständen wäre es ein idealer Ort dafür.«

Versonnen beobachtete Beers den Schwarm unerschrockener Möwen, die das Team der Kriminalpolizei für Urlauber halten mussten, von denen man etwas Essbares stibitzen konnte. »Jetzt grübelst du, warum es ausgerechnet hier zu einem Verbrechen kommen musste.«

»Was sagt denn dein rechtsmedizinischer Verstand?«, fragte Kuno. »Deinen Worten entnehme ich, dass es definitiv ein Mord war und kein Unfall.«

Sören Beers blickte sich um, als befürchtete er, im weiteren Umkreis des Dünenhauses könnten sich unbefugte Mithörer aufhalten. »Du hast die Leiche gesehen, das viele Blut.«

»War kein schöner Anblick«, sagte Kuno kaum hörbar. Er wandte den Blick von Beers ab und begann, einzelne Gräser aus dem Strandhafer zu rupfen, der neben der Holztreppe wuchs.

Beers beobachtete ihn dabei. »Ich glaube«, sagte er und wies mit der Hand auf das Büschel, »du verstößt gerade gegen den Naturschutz.«

Kuno ließ von dem Strandhafer ab. Er behielt einen Halm in der Hand und zog ihn langsam zwischen Daumen und Zeigefinger der anderen Hand hindurch. »Das viele Blut«, nahm er das Gespräch über die Tote wieder auf, »was ist damit?«

»Der Fall liegt komplizierter, als du meintest, als du den Fall gemeldet hast.«

Im oberen Stockwerk des Dünenhauses wurde Licht eingeschaltet. Der fahle Schein fiel durch das Giebelfenster und erhellte den Vorplatz des Hauses.

Kuno sah den Rechtsmediziner an. »Was ist passiert?«

Sören Beers zog die Knie an und umfasste sie mit den Händen. »Die Frau hat einen Schädelbasisbruch erlitten, als sie auf die Stufen gefallen ist. Es war eine denkbar unglückliche Stelle, an der sie aufgeschlagen ist. Die Stirn, das Nasenbein und die Nasennebenhöhlen sind durch den Aufprall gebrochen. Die Halswirbelsäule dürfte dabei überstreckt worden sein. Ob es zu gravierenden Verletzungen im Wirbelkanal gekommen ist, kann ich erst bei der Obduktion feststellen.«

Immer noch hatte Kuno das Bild der jungen Frau vor Augen, wie sie am Boden lag.

»Wie kam es, dass sie so schlimm hingefallen ist?«, fragte er. »Der Sanitäter vom Rettungsteam sagte was von einer tödlichen Attacke.«

Beers sah zum Dünenhaus hinüber.

Inka Hoop und ihre Kollegen von der Kriminaltechnik liefen von Zeit zu Zeit hinaus, um Asservatentüten in eine Kiste zu legen oder um Materialien und Instrumente, die sie für die Spurensicherung brauchten, aus den Koffern zu holen, die draußen deponiert waren.

»Jemand hat ihr ein Messer mitten ins Herz gerammt. Ein Stich nur, aber der saß. Er allein dürfte schon tödlich gewesen sein.«

Entsetzt hob Kuno den Kopf. »Daher das viele Blut.«

Die beiden Männer blieben eine Weile stumm nebeneinander sitzen. Jeder hing seinen Gedanken nach.

Kuno versuchte, sich vorzustellen, was sich in dem Haus abgespielt haben könnte.

»Inka!«, rief er, als Arne Zanders Freundin in ihrem weißen Schutzoverall wieder vor der Tür auftauchte.

Sie bückte sich, legte etwas in einen Koffer und richtete sich wieder auf. Dann wandte sie sich ihm zu. »Ja?«

»Habt ihr schon eine brauchbare Spur?«

Sie schüttelte den Kopf und ging wieder hinein.

Er musste in Erfahrung bringen, wer alles Zugang zu dem Haus hatte. Wem gehörte es überhaupt? Wem hatte Hannas Mutter es verkauft? Okko nutzte es beruflich, von ihm würde er Genaueres darüber erfahren können.

»Ich muss mal telefonieren«, sagte Kuno zu Sören Beers. Er zückte sein Smartphone und wählte Okkos Handynummer.

Sein Bruder meldete sich nicht.

Kuno versuchte es auf dem Festnetz.

Auch da nahm Okko nicht ab. Vermutlich hatten die Sanitäter ihn mit Schmerzmitteln versorgt, nach Wittdün gebracht und dort in ein Taxi verfrachtet, und nun lag er im Bett und schlief tief und fest.

Er rief die Nachrichten-App auf seinem Smartphone auf, wählte Okkos Handynummer aus und tippte einen Text ein. ›Deine erste Amtshandlung morgen Vormittag: auf der Polizeistation erscheinen. Dringend!‹

Er sandte die Nachricht ab, steckte das Smartphone weg und wandte sich wieder dem Rechtsmediziner zu. »Hat sie weitere Verletzungen? Schrammen oder Hämatome, die auf einen Kampf hindeuten?«

»Soweit ich die Leiche bisher untersuchen konnte, nein. Kann natürlich sein, dass ich was finde, wenn ich sie auf dem Tisch habe.«

Mit wem hatte Hanna Lindegard eine tödliche Begegnung im Dünenhaus gehabt? Mit wem hatte sie sich gestritten? Oder hatte der Täter einfach so zugestochen, ohne einen Disput, ohne jede Vorwarnung? Ein Verrückter, ein Perverser, der Freude am Morden hatte?

»Hatte sie Hautzellen einer anderen Person unter den Fingernägeln?«, fragte der Kommissar.

Beers lächelte mitleidig. »Im Moment kann ich dir nichts dazu sagen. Das weißt du doch. Das sind Dinge, für die wir ein bisschen Zeit brauchen.«

»Natürlich.« Kuno konnte sich selbst nicht erklären, warum er so frustriert war. Hing es mit seinem Bruder zusammen? Damit, dass Okko im Dünenhaus eine ideale berufliche Wirkungsstätte gefunden hatte und dass gerade dort so etwas Unbegreifliches geschehen war?

»Der Täter hat das Messer wieder rausgezogen«, erinnerte Kuno sich. Er hätte es sonst sehen müssen, als Beers die Leiche in seinem Beisein umgedreht hatte.

Beers nickte. »Er hat es rausgezogen, hat wahrscheinlich noch zugeguckt, wie sein Opfer aufs Gesicht fiel, und dann hat er das Weite gesucht. Der Stich erklärt übrigens auch, warum die Frau so ungebremst auf die Stirn gefallen ist. Ich hab mich gleich gewundert, als ich sie da liegen sah. Die Position der Arme ließ darauf schließen, dass sie bewusstlos war, als sie stürzte. Sie hat die Hände nicht genutzt, um den Aufprall abzufedern.«

Kuno nahm die Ausführungen zur Kenntnis. Er bemühte sich, die Bilder, die vor seinem geistigen Auge abliefen, zu verdrängen.

»Die Kollegen von der Spurensicherung werden sicher im weiten Umkreis nach der Mordwaffe suchen«, vermutete Beers.

Kuno lachte bitter. »Wenn der Täter das Messer weggeworfen und den Dünen überlassen hat ... Es reichen ein paar Minuten Wind aus der richtigen Richtung und das Ding ist für alle Zeiten verschütt.«

»Ja«, erwiderte der Rechtsmediziner. »Aber wenn der Wind aus Tätersicht aus der falschen Richtung kommt, glitzert es im Scheinwerferlicht oder in der Sonne.«

Kuno blickte über die Schulter zum Wriakhörnsee hinüber. »Und wenn er es in den See geworfen hat? Dann können wir lange suchen.«

Beers boxte Kuno gegen den Arm. »Sieh nicht so schwarz. Ihr habt mit den Ermittlungen noch nicht mal angefangen. Schlaf eine Runde drüber, und dann geht ihr morgen, wenn Arne eingetroffen ist, mit frischem Elan an die Arbeit.«

Wie aufs Stichwort sprang Inka Hoop aus dem Dünenhaus und lief auf die Männer zu, in der behandschuhten Hand hielt sie etwas hoch.

In der Dämmerung, die mittlerweile eingetreten war, und auf die Entfernung, die noch zwischen ihnen beiden lag, konnte Kuno nicht sehen, was Inka ihm brachte. Er stand auf und ging auf sie zu.

Sie hielt ihm den Gegenstand hin, und er erkannte eine Haarspange, die ihn an die erinnerte, die er beim ersten Betreten des Tatortes am Boden entdeckt hatte.

»Ein ganz ungewöhnliches Stück«, sagte Inka, die sich mit Haarschmuck auszukennen schien. »Bekommt man so was hier auf der Insel?«

Auch Sören Beers hatte sich erhoben. »Da fragst du den Falschen«, sagte er mit leiser Ironie in der Stimme. »Kuno trägt sein Haar immer offen.«

Sie warf ihm einen verärgerten Blick zu.

»Ich glaube kaum«, antwortete Kuno, »dass man so etwas hier kaufen kann. Amrum ist nicht Sylt, solch modischer Firlefanz ist hier nicht sonderlich gefragt. Ist das die Spange, die neben dem Opfer lag, oder habt ihr die woanders im Haus gefunden?«

»Sie lag neben dem Kopf des Opfers«, bestätigte Inka. »Wir werden sie auf Spuren hin untersuchen. Möglicherweise hat der Täter sein Opfer an den Haaren gegriffen, als es fliehen wollte, und dabei die Klammer gelöst. Mit Glück finden wir die DNA des Täters auf der Spange.«

»Aber das ist hoffentlich nicht alles, was ihr gefunden habt?«

Inka guckte ihn an, als wollte sie sich vergewissern, ob er noch alle Sinne beisammen hatte. »In dem Haus wimmelt es von Fingerabdrücken, Haaren, Fasern von Wollpullis. Es ist eine wahre Fundgrube für Kriminaltechniker. Wofür wird das Gebäude eigentlich genutzt?«

Kuno zuckte die Achseln. »Lange Zeit hat es einfach nur in der Landschaft herumgestanden, und niemand hat sich darum geschert. Es ist seit einer Ewigkeit unbewohnt und wurde, soweit ich weiß, jahrelang überhaupt nicht genutzt. Jetzt wird es tage- oder wochenweise für Seminare oder Feiern vermietet.«

»Es wäre gut«, sagte Inka, »wenn wir Genaueres darüber erfahren könnten. Wem gehört es überhaupt?«

»Ich frage morgen meinen Bruder. Er organisiert mit einem Geschäftspartner Umweltseminare, und sie mieten das Haus für ihre Veranstaltungen. Er wird mir verraten, wer der Besitzer ist.«

»Dein Bruder hat die Tote doch auch gefunden«, sagte Beers mit einem Unterton, der alles bedeuten konnte.

Kuno hätte die Bemerkung gern rückgängig gemacht, einfach gelöscht. Die ganze Situation gefiel ihm nicht: sein Bruder, der gelegentlich im Dünenhaus zu tun hatte und der ausgerechnet hier eine Leiche entdeckt hatte ...

Wenn Okko schon ein Mordopfer finden musste, hätte es dann nicht irgendwo anders sein können? Amrum bot doch genug Gelegenheiten dafür. Hinter dem Toilettenwagen am Strand von Süddorf, am Quermarkenfeuer bei Norddorf oder seinetwegen auch mitten auf dem Friedhof von Nebel. Aber doch bitte nicht in diesem Dünenhaus, das mit Okkos gerade erst aufgenommener Selbstständigkeit so eng verbunden war.

Er war sicher, dass sein Bruder so viel mit dem Mord an Hanna Lindegard zu tun hatte wie Neptun mit dem Brezelbacken. Aber die Leute würden reden. Und er musste darauf achten, dass er Okko so weit wie möglich aus dem Fall raushielt. Sein Bruder war lediglich der Melder des Leichenfunds.

Kuno schob eine Hand in die Hosentasche, strich sich mit der anderen über den Kinnbart und wandte sich wieder Inka zu. »Habt ihr bei der Toten einen Schlüssel gefunden, der auf die Eingangstür des Dünenhauses passt?«

»Wir haben die Kleidung der Toten noch nicht durchsucht. Das machen wir erst, wenn die Leiche in der Gerichtsmedizin ist. Wie es scheint, hat sie aber nicht viel dabei.«

»Ich frage mich«, sagte Beers, »wie die Frau überhaupt hierhin gekommen ist.« Er drehte sich nach allen Seiten um. »Das ist ja wirklich eine abgelegene Gegend. Anders als zu Fuß erreicht man das Haus wohl kaum. Oder mit dem Fahrrad womöglich?«

»Am Haus steht keins«, erwiderte Inka. Sie sah Kuno an. »Aber das wird unser Herr Hauptkommissar schon rausfinden. Am Ende hat sie sich vielleicht sogar von ihrem Mörder hierher begleiten lassen. Ein Pärchen allein in so einem idyllisch gelegenen Haus, da kommen schon mal Begehrlichkeiten auf. Wenn es dann zu einer heftigen Ablehnung seitens der Dame kommt, zu verletzter Eitelkeit aufseiten des Begleiters ...«

»Spinn die Sache noch ein bisschen weiter«, sagte Kuno schlecht gelaunt, »und du hast den Täter gefunden, bevor wir mit unserer Arbeit überhaupt angefangen haben. Dann ernenne ich dich zur Kriminalhaupt- und -oberdirektorin ehrenhalber.« Er ging an Inka vorbei auf das Dünenhaus zu. »Im Übrigen erreicht man dieses Haus nur zu Fuß«, rief er ihr über die Schulter zu. »Nicht mal ein Hubschrauber kann auf dem Grundstück landen, wie du selbst gesehen hast.«

Er schob auch die andere Hand in die Hosentasche und ging entschlossen weiter.

Kurz vor Erreichen der Tür rief Sören Beers ihn zurück. »Darf ich dir einen Tipp geben?«, fragte er.

Kuno blieb stehen und drehte sich zu ihm um. »Wenn du es nicht lassen kannst.«

Beers trat dicht an ihn heran. »Geh nach Hause und schlaf dich aus. Hier kannst du heute nichts mehr bewirken.«

Kuno gab es ungern zu, aber wo Sören recht hatte, hatte er recht.

Er warf noch einen letzten Blick auf das Dünenhaus. Dann machte er sich auf den Weg zurück zum Wagen.

# 4

Ein lautes Hallo dröhnte durch den Vorraum der Polizeistation in Nebel. Es war nicht zu überhören: Arne Zander war gerade aus Sylt eingetroffen, und mit ihm hatte Okko die Wache betreten. Die beiden mussten sich auf dem Weg hierhin begegnet sein. Aufgeräumt begrüßten sie die Kollegen der uniformierten Polizei.

Es war erst zehn Uhr morgens. Wie hatte Arne es geschafft, so früh auf Amrum zu sein? Kuno hatte ihn nicht vor dem Mittag erwartet. Und wieso war Okko am Sonntag um diese frühe Zeit schon auf den Beinen? Es war wohl an der Zeit, das Bild von dem verträumten kleinen Bruder, der wie ein Schlafwandler durchs Leben schlurfte, zu revidieren. Seit seinem Aushilfsjob im letzten Sommer auf Sylt war Okko wie wachgeküsst.

»Wo ist Kuno?«, dröhnte Arnes Stimme aus dem Vorraum. »Hält er seinen wohlverdienten Büroschlaf?«

Mit ausgebreiteten Armen ging Kuno auf Arne zu. »Moin, mien Jung. Willkommen auf der schönsten Insel der Welt. Toll, dass du wieder hier bist. Du musst wohl mitten in der Nacht aus dem Bett gefallen sein.«

»So ungefähr«, sagte Arne, der tiefe Ringe unter den Augen hatte. »Du weißt ja, anders als Inka bin ich für einen eiligen Flug mit dem Helikopter nicht wichtig genug, und um diese Jahreszeit verkehren noch keine Ausflugsschiffe zwischen Sylt und Amrum. Ich musste also zwangsläufig den Umweg nehmen – mit dem Sylt-Shuttle nach Niebüll, weiter mit dem Auto nach Dagebüll und von dort mit der Fähre nach Wittdün übersetzen.«

»Wie umständlich«, tönte Okko. »Mit dem Surfbrett wärst du schneller hier gewesen. Rucksack auf, mit dem

Bus runter nach Hörnum, rauf aufs Brett und mit dem Wind bis nach Norddorf. Da hätten wir dich am Strand empfangen. Mit Blasmusik und rotem Teppich.«

»Gute Idee«, erwiderte Arne. »Nächstes Mal.«

»Bei der Durchfahrt durch Nebel«, sagte Kuno, »hast du gleich meinen humpelnden Bruder verhaftet. Das nenne ich tatendurstig.«

Okko lächelte gequält.

Kuno zeigte auf den verstauchten Fuß seines Bruders. »Wie geht es dir überhaupt? Kannst du damit einigermaßen laufen?«

»Wenn ich die Drogen schlucke, die der Notarzt mir gestern Abend noch mitgegeben hat, hüpfe ich wie eine Primaballerina.«

»Dann herrscht also vorerst Bierverbot«, frotzelte Arne. »Medikamente und Alkohol, das geht nicht.«

Bevor Okko seine Meinung dazu kundtun konnte, bat Kuno die beiden Männer in sein Büro. »Warst du schon bei Anneke Brinks?«, fragte er seinen Kollegen.

»Das ist doch immer mein erster Weg«, antwortete Arne, »meine gute alte Pensionswirtin begrüßen und meinen Koffer auf dem Zimmer abstellen.« Er inspizierte das Büro, das er während seiner Anwesenheit auf Amrum mit Kuno teilte, als wollte er prüfen, ob alles am rechten Platz stand. »Als ich wieder aus dem Haus kam, lief mir dieser nette junge Mann über den Weg.« Er boxte Okko kameradschaftlich vor den Bauch. »Als ich sah, dass er in diese Richtung humpelte, hab ich ihm eine kostenlose Fahrt zur Polizeistation spendiert.«

Ein kühler Luftzug erfüllte den Raum. Kuno schloss das Fenster. »Er hat dir also schon von seiner schaurigen Entdeckung gestern Abend berichtet.«

»In Kurzform, ja.« Arne wandte sich an Okko. »Was hattest du eigentlich am Tatort zu suchen?«

Okko bog die Schultern zurück. »Ich hatte einen Termin, geschäftlich.«

»Mit wem?«

»Mit Professor Bubendey.« Okko strahlte vor Stolz.

»Hörst du, Arne?«, sagte Kuno. »Mein Bruder hat einen Hochschullehrer als Geschäftspartner gefunden. Professor Dionisius Bubendey, den Namen muss man sich auf der Zunge zergehen lassen.«

Arne kniff nachdenklich die Augen zusammen. »Ich glaube, über den hab ich schon mal was gelesen. Was für ein Professor ist das noch mal? Macht der nicht was mit Umweltschutz?«

»Er ist Biologe und Umweltspezialist«, sagte Okko. »Die meiste Zeit des Jahres lebt er in Nordfriesland. Offiziell ist er im Ruhestand. An der Uni macht er nichts mehr. Aber du kannst dir denken, dass solche Leute immer was um die Ohren haben, auch als Rentner. Und wenn das mal nicht der Fall ist, dann machen sie sich eben was um die Ohren. Da der Dionisius immer mit jungen Menschen zu tun hatte, unternimmt er auch heute noch am liebsten was mit Leuten aus der Altersgruppe von fünfzehn bis Mitte zwanzig.«

Arne tarnte sein Schmunzeln als respektvolles Lächeln. »Kuno hat mir erzählt, dass du durch seine Empfehlung einen Platz in einer sozialpädagogischen Ausbildungsstätte bekommen und eine Weiterbildung zum Jugendbetreuer absolviert hast.«

»Richtig.« Okko stand da wie ein Selfmade-Millionär.

»Dann passt ihr zwei, der Professor und du, ja super zusammen.«

»Klaro.« Okkos Augen hörten nicht auf, zu leuchten.

»Was sind das für Projekte, die ihr macht?«

»Umweltseminare für Jugendliche.«

Arne sortierte Kugelschreiber in der Stiftablage auf seinem Schreibtisch. »Wie muss ich mir das vorstellen?«

»Dionisius macht Führungen durchs Watt, durch die Dünenlandschaft, die Salzwiesen und an den Stränden rund um die Insel, und er hält Vorträge im Dünenhaus. Ich organisiere das alles und unterstütze ihn bei den Vorträgen und Exkursionen.«

»Das ist sicher 'ne Menge Arbeit«, meinte Arne.

»Und wie! Macht aber auch mächtig Spaß. Ich bin jetzt so eine Art ökologischer Eventmanager für junge Leute«, erwiderte Okko mit wichtiger Miene.

»Läuft zurzeit eins dieser Projekte?«

»Wir sind in den letzten Vorbereitungen für eins, das am Montag anfängt«, erklärte Okko. »Deshalb wollten wir uns gestern treffen.«

»Aber statt auf deinen Professor bist du auf eine Leiche gestoßen«, folgerte Arne.

»Bei der Toten handelt es sich um eine gewisse Hanna Lindegard«, informierte Kuno seinen Kollegen und fügte mit einem strengen Seitenblick hinzu: »Okko weiß das sicher schon.«

»Ich?« Okko spielte das Unschuldslamm.

»Du«, erwiderte Kuno.

»Wie kommst du denn darauf?«

Kuno verzog keine Miene. »Als ich gestern Abend beim Dünenhaus mit dem Rechtsmediziner gesprochen habe und du auf einmal mit dem Sanitäter hinter meinem Rücken aufgetaucht bist, dürftest du das mitbekommen haben.«

Okkos Gesicht verfärbte sich. »Ööh, nur am Rande.«

»Kurz darauf hast du telefoniert«, sagte Kuno. »Ich frage jetzt nicht nach, mit wem. Die wahrheitsgemäße Antwort erfahre ich doch nicht.«

»Moment«, fuhr Arne dazwischen. »Das wäre aber nicht ganz uninteressant. Okko, wer war denn das, den du angerufen hast?«

Das Rot von Okkos Gesicht wurde eine Nuance tiefer. »Unser Inselreporter. Wer sonst?«

»Ja, wer sonst?« Verärgert wandte Kuno sich ab.

»Ich hatte eine Information für ihn, zu unserem neuen Projekt. Er will demnächst über unsere Arbeit berichten, hat er gesagt.«

»Ich kann das ja mal nachprüfen.« Nur zum Schein nahm Kuno sein Handy hervor. Er wusste, dass Friedrich Fliegenfischer sich kunstvoll winden und niemals verraten würde, was Okko ihm gestern geflüstert hatte.

»Brauchst du gar nicht erst zu versuchen«, sagte Okko eilig. »Friedrich kann sich bestimmt nicht mehr daran erinnern. Der schwebt zurzeit auf Wolke siebzehn.«

Arne zog ungläubig die Stirn in Falten. »Friedrich ist ernsthaft verliebt? Wie geht denn das?«

Kuno winkte ab. »Sicher wieder irgend so ein Mädchen, dreißig Jahre jünger als er, magersüchtig und von seiner vermeintlichen Wichtigkeit geblendet.«

»Nee«, sagte Okko. »Diesmal ist es was Ernstes, glaube ich. Er hat 'ne Kollegin an der Hand. Die Sache ist noch nicht so richtig in die Gänge gekommen ...«

»... hat Friedrich gesagt?«, hakte Kuno nach.

»Hat er gesagt. Aber er ist guten Mutes.«

Arne klopfte auf den Tisch. »Die Romanzen des Inselreporters Friedrich Fliegenfischer mögen später seine Memoiren füllen. Für uns sind sie jetzt nicht wirklich von Bedeutung, denke ich. Lasst uns mal wieder zur Sache kommen. Sag mal, Okko, war die Tote, die im Dünenhaus lag, Teilnehmerin an einem deiner Projekte?«

»Hanna Lindegard?« Okko riss die Augen auf. »Nein. Teilnehmerin war sie nicht.«

»Was dann?«

»Sie ist die Tochter der Frau, der das Dünenhaus mal gehört hat.« Okko lehnte sich zurück und stopfte die Daumen lässig in den Hosenbund. »Ich glaube, da muss ich ein bisschen ausholen. Als Ortsfremder kennst du die Lage nicht.«

Seiner säuerlichen Miene nach zu urteilen, fühlte Arne sich in seiner Ehre als Wahl-Nordfriese, der von der Ostsee in diese Region gezogen war, gekränkt. »Ganz so ortsfremd bin ich auch wieder nicht.«

»Aber die jüngsten Entwicklungen auf Amrum sind dir nicht bekannt«, gab Okko selbstbewusst zurück.

»Okay, ich höre.« Arne zwinkerte Kuno unauffällig zu. Auch dem Sylter Kommissar war sicher nicht entgangen, wie erstaunlich Okko sich seit seiner letzten Begegnung mit ihm in Westerland entwickelt hatte.

Der Jungunternehmer verschränkte die Arme auf dem Tisch und setzte zu seinem Vortrag an. »Die Sache ist nämlich die: Jördis Lindegard, die Mutter der Toten, stammt aus einer alten Amrumer Familie, der viel Land auf der Insel gehört hat. Jördis hat damit aber nix am Hut. Sie ist vor langer Zeit für eine Weile aufs Festland gegangen und hat eine Ausbildung zur Heilpraktikerin absolviert. Anschließend ist sie nach Föhr gezogen, und heute führt sie in Wyk eine Praxis, die sehr gut geht, wie man hört.«

»Was hat sie mit all ihrem Land gemacht?«, fragte Arne. »Hat sie es verpachtet?«

»Verkauft – leider, leider.«

Bei Okkos Worten verzog Kuno das Gesicht. Gleich würde sein Bruder sich in lokalpolitische Angelegenheiten hineinsteigern, die Friedrich oft mit ihm erörterte. Er selbst hielt sich da lieber raus.

»Jördis Lindegard hat einen Teil ihres Landes an Ulf Janssen verkauft. Der Name sagt dir was?«

Arne schüttelte den Kopf. Dann blickte er nachdenklich zur Decke. »Oder doch?«

»Bestimmt«, meinte Okko. »Das ist dieser ultrahippe Werbefritze aus Hamburg. Ihm und seiner Familie gehört eine riesige Agentur, die für Unternehmen aus aller Welt große Kampagnen entwickelt. Der scheffelt die Kohle tonnenweise. Und was macht er dann damit?«

»Verhunzt sie mit Weibern«, posaunte Arne spontan aus, als wäre es das Selbstverständlichste von der Welt.

Okko lachte. »Nicht ganz, aber du bist nah dran. Pass auf: Erst hat er von Jördis ein riesiges Grundstück gekauft. Super gelegen, südlich von Nebel, hinter der alten Windmühle. Dann hat er zwei Häuser darauf gebaut.«

»Ah, die schicken weiß verputzten Reetdachhäuser, die einen schon von weitem anlachen? Die stehen ein gutes Stück abseits vom Ort«, sagte Arne. »Als wollten die Bewohner nicht wirklich was mit den Nachbarn zu tun haben.«

»So ist es«, sagte Okko mit Kennermiene. »Ulf Janssen will auf keinen Fall, dass man ihm ins Wohnzimmer guckt. Er hat allerdings das Pech, dass die Hecken um sein Grundstück noch nicht hoch genug sind. Im Moment bieten nur ein paar Vogelbeersträucher Schutz.«

»Er bewohnt aber nicht beide Häuser selbst?« Arne holte eine Flasche Mineralwasser aus seinem Rucksack, öffnete sie und trank daraus.

»Er wohnt mit seiner Familie in dem größten davon«, antwortete Okko, der immer mehr in Schwung kam. »In dem mit der Hamburger Flagge im Garten. Damit auch jeder gleich weiß, woher er kommt. Fehlt nur noch, dass er daneben die Flagge mit seinem Firmenlogo hisst.«

»Und was ist mit dem anderen Haus?«

»Tja, das interessiert dich wohl.« Okko lächelte überlegen. »Wenn du ihn fragst, erfährst du es nicht. Aber wir Amrumer wissen natürlich, was da läuft.«

»Jetzt bin ich aber gespannt.« Arne lehnte sich bequem zurück und sah Okko neugierig an.

Kuno verzog keine Miene. Er ahnte, was nun kam.

»Das andere Haus ist Janssens noble Gästehütte. Er spendiert seinen Geschäftspartnern Urlaube, aber nicht einfach nur so zur Entspannung. Ich glaube, Kundenbindungsprogramm nennt man das im Fachjargon. In Wirklichkeit geht es um Bestechung. Korruption.«

»Ah«, sagte Arne. »Da werden neue Geschäftsabschlüsse angebahnt.«

»Richtig. Ulf Janssen bringt Manager in seinem Gästehaus unter, von denen er sich einen dicken Auftrag erhofft. Wer so umgarnt wird, kann gar nicht mehr Nein sagen. Es heißt sogar, dass versteckte Kameras im Spiel sind und dass die Geschäftsleute am Ende gar keine andere Wahl haben, als einen Vertrag zu unterschreiben.« Okko machte eine vielsagende Pause. »Du verstehst, was da läuft?«

»Okko«, ermahnte Kuno ihn. »Komm mir hier nicht mit deinen Verschwörungstheorien. Nur Fakten bitte.«

»Fakt ist«, Okko grinste frech, »die Herren kommen nie mit ihren eigenen Frauen hierher. Aber der Janssen sorgt dafür, dass sie sich nicht alleine in den Schlaf wiegen müssen. Der ordert Rasseweiber, sag ich dir.«

»Schluss jetzt«, tönte Kuno. »Das alles geht uns nichts an, und das hat auch mit dem Mordfall Hanna Lindegard nichts zu tun.«

Okko hob beleidigt das Kinn. »Das behauptest du. Ich sehe das anders.«

Arne merkte auf. »Okko, du magst ja recht haben mit deiner Vermutung. Aber ich blicke da, ehrlich gesagt, nicht durch. Worin soll der Zusammenhang zwischen Ulf Janssen und dem Mord im Dünenhaus bestehen?«

»So genau kann ich euch das leider auch nicht sagen«, erklärte Okko im Tonfall eines ermittelnden Hauptkommissars, der noch am Anfang seiner Recherchen stand. »Aber wenn ihr tiefer hinter die Kulissen guckt, werdet ihr erfahren, dass es eine Verbindung zwischen Hanna Lindegard und der Familie Janssen gibt. Ulf Janssen halte ich jedenfalls für kriminell, und Hanna war dick mit Kathi Janssen befreundet.« Seine Blicke schweiften zwischen Kuno und Arne hin und her. »Das sind die losen Fakten. Ein Netz draus stricken müsst ihr selbst.«

Kuno wurde nachdenklich. »Hast du etwa schon eine konkrete Ahnung, wer Hanna Lindegard umgebracht haben könnte? Meinst du, es war einer der Janssens?«

Okko schüttelte den Kopf. »Ich weiß nicht, wer sie umgebracht hat. Aber ich weiß was ganz anderes. Es heißt, bei dem Janssen im Gästehaus seien Partydrogen im Spiel, Ecstasy, Kokain und so.«

Kuno wurde nervös. »Okko, keine Unterstellungen. Äußere hier bitte nur Dinge, die du sicher weißt.«

Okko wischte die Bemerkung mit einer Geste weg.

Arne nahm einen Bleistift in die Hand und wirbelte ihn zwischen den Fingern herum. »Hast du Indizien dafür, dass es stimmt, was Okko sagt?«, fragte er Kuno.

»Quatsch. Du weißt doch, wie das ist. Da kommt ein Neureicher daher, baut schicke Häuser und lädt illustre Gäste ein, und schon kursieren Gerüchte über Edelprostitution und Partydrogen.«

Arne dachte weiter nach und ließ den Bleistift immer schneller um seine Finger kreiseln. Plötzlich knallte er den Stift auf den Tisch. Er sah Okko an. »Danke für die Hinweise, aber das fällt nicht in unser Ressort. Wir haben einen Mord zu klären.«

»Genau meine Rede«, sagte Kuno.

Okko resignierte, und sein Gesicht verschloss sich.

»Kommen wir noch mal auf diesen Professor Bubendey zu sprechen«, sagte Arne. »Warum wart ihr ausgerechnet am Dünenhaus verabredet?«

»Das ist unser zentraler Treffpunkt. Da halten wir auch unsere Seminare ab.«

»Wem gehört das Dünenhaus heute? Die Mutter des Opfers hat es verkauft, wenn ich dich vorhin richtig verstanden habe.«

»Richtig«, sagte Okko. »Ist schon ein paar Monate her. Es gehört jetzt Erk Söderboom.«

Kuno warf Arne einen bedeutungsvollen Blick zu. Dann sah er Okko ungläubig an. »Es gehört Erk?«

Okko hob die Achseln. »Ja. Warum denn nicht?«

»Aber das ist doch ...«

Arne klopfte mit einem Stift gegen seine Wasserflasche. »Klärt mich mal bitte auf. Wer ist Erk Söderboom?«

Okko zeigte mit dem Finger auf ihn. »Ich sag doch, du kennst dich nicht aus bei uns.«

»Erk Söderboom«, sagte Kuno gedehnt, während ihm unschöne Gedanken durch den Kopf gingen, »ist der Erzfeind von Ulf Janssen. Okko, hat der Janssen nicht auch mal Interesse an dem Dünenhaus gehabt?«

Okko überlegte. »Das wird dann wohl vor meiner Zeit gewesen sein.«

Arne grinste Okko an. »Ach nee, auch ortsfremd?«

Kuno schloss genervt die Augen. »Wenn das so weitergeht, kriegt jeder von euch gleich eine Verwarnung von mir. Okko, wie sieht es mit dem Zugang zum Dünenhaus aus? Habt ihr beide, der Professor und du, einen Schlüssel dafür?«

»Klar. Jeder von uns muss jederzeit rein können.«

»Aber du hattest gestern keinen dabei«, sagte Kuno.

»Nein, ich hab ihn zu Hause gelassen. Ich wusste ja, dass der Dionisius einen hat.«

Jetzt, wo es um Okkos Geschäftspartner ging, fühlte Kuno sich ein wenig befangen. Er wechselte einen Blick mit Arne und gab ihm zu verstehen, dass er Okko weiter befragen solle.

»Der Bubendey«, fuhr Arne fort, »war aber nicht da, als du die Tote gefunden hast?«

»Nein«, sagte Okko.

Seinem Gesicht nach schien er sich nichts dabei zu denken. Das wiederum gab Kuno zu denken, denn er hielt Okko für plietsch genug, dass ihm bei dieser Frage zumindest ein Verdacht kommen müsste.

»Ich wiederhole«, sagte Arne, dem die Situation wohl ebenfalls etwas unbehaglich wurde. »Du und der Professor, ihr habt beide einen Schlüssel. Ihr hattet gestern eine Verabredung am Dünenhaus, und als du kamst, lag die Tote im Flur.«

Okko sah ihm fest in die Augen. »Ja.«

»Und der Professor war *nicht* oder aber *nicht mehr* da, als du zum verabredeten Zeitpunkt eingetroffen bist.«

Endlich verstand Okko, worauf Arne hinauswollte. »Der Dionisius war das aber nicht, das mit der Hanna.«

»Woher weißt du das?«, fragte Kuno.

»Ein Biologe und Umweltschützer bringt keine jungen Frauen um«, sagte Okko, ohne eine Sekunde nachzudenken. »Außerdem waren die beiden ein Herz und eine Seele.«

»Interessant«, sagte Arne. »Erzähl mal, wie gut kannten sie sich?«

Okko machte wieder einen Rückzieher. »Nähere Auskünfte dazu kann ich leider nicht erteilen. Das ist das Privatleben vom Dionisius. Das geht mich nichts an, und da hab ich auch meine Nase niemals reingesteckt.«

Ungeduld stieg in Kuno auf. »Aber du weißt, dass sie sich gut verstanden haben.«

»Hmhm.« Okko nickte.

»Hatte denn Hanna Lindegard einen Schlüssel zum Dünenhaus?«, fragte Arne.

»Woher soll ich das wissen?«, sagte Okko. »Ich bin nicht der Hauswart. Fragt Erk. Allerdings ...« Er zog die Stirn in Falten. »Hanna hat auch Kurse in dem Haus angeboten. Dann wird Erk ihr einen gegeben haben.«

»Sie hat auch Kurse angeboten?«, fragte Kuno erstaunt. »Okay, wir reden mit Erk darüber. Um wie viel Uhr warst du denn gestern mit Dionisius verabredet?«

»Um siebzehn Uhr. Ich sollte pünktlich sein, hat er gesagt, und das war ich auch.«

»Na, wenigstens einer«, sagte Arne. »Ist dein Professor gestern noch irgendwo aufgetaucht?«

Okko zuckte mit den Achseln. »Nicht bei mir.«

»Wo ist er dann abgeblieben?«

»Bin ich sein Leibwächter?«, konterte Okko.

»Deckst du ihn?«, fragte Arne nicht weniger frech.

»Nö.« Okko zog den Kopf zwischen die Schultern.

»Hat er sich mittlerweile bei dir dafür entschuldigt, dass er nicht gekommen ist?«

»Noch mal nö.«

»Verdammt noch mal«, rief Arne aus. »Hast du dich überhaupt nicht über sein Verhalten gewundert? Hast du dich nicht gefragt, warum er dich hat sitzenlassen?«

»Ist eben ein Professor«, sagte Okko unbeholfen. »Ab und zu ein bisschen zerstreut.«

Arne setzte ein angestrengt freundliches Gesicht auf, als spräche er mit einem Kind, dem er auf Umwegen Informationen entlocken musste. »Wie macht ihr das denn jetzt mit dem Projekt, das ihr vorbereiten wolltet?«

»Ich ruf den Dionisius nachher noch mal an. Heute Morgen war er nicht erreichbar. Gestern Abend übrigens auch nicht. Ich hoffe, dem ist nichts passiert.«

»Ich hoffe eher«, donnerte Kuno, »er ist nicht geflohen. Wenn er verschwunden bleibt ... Du gibst mir sofort sämtliche Kontaktdaten von ihm.«

Arne schob ihm Block und Bleistift zu.

Okko holte sein Smartphone hervor und schrieb die Telefonnummern des Professors daraus ab. Darunter notierte er die Mailadresse und die Amrumer Anschrift von Bubendey. »Er hat noch ein Haus in Bremen«, sagte er, als er Kuno den Block hinschob. »Die Adresse hab ich aber nicht.«

Kuno sah Okko eindringlich an. »Hanna Lindegard hatte keinen Schlüssel bei sich, als wir sie gefunden haben. Die Tür zum Dünenhaus war aber abgeschlossen. Der Mörder muss sie entweder mit Hannas oder mit seinem Schlüssel abgeschlossen haben.«

»Ist schon klar.« Okko guckte betreten.

»Hanna muss mit ihrem eigenen Schlüssel ins Haus gekommen sein«, dachte Kuno laut nach. »Der Täter muss ihn ihr abgenommen haben, nachdem er auf sie eingestochen hat.«

Arne meldete sich wieder zu Wort. »Kann Hannas Mutter als ehemalige Besitzerin des Hauses noch einen Schlüssel haben?«, fragte er Okko.

»Weiß ich nicht. Aber selbst wenn – eine Mutter bringt doch ihre Tochter nicht um. Schon gar nicht, wenn sie Heilpraktikerin ist.«

»Ob man zum Mörder wird oder nicht«, erwiderte Kuno, »das hängt nicht vom Beruf ab, den man ausübt. Auch Biologieprofessoren und Heilpraktikerinnen können morden. Aber ich gebe zu, ich halte es für unwahrscheinlich, dass Jördis Lindegard die Täterin gewesen sein könnte.«

Arnes Blicke durchbohrten Okko. »Wer sonst hat einen Schlüssel zum Dünenhaus?«

Okko stöhnte auf. »Wer von uns beiden ist derjenige, der von Berufs wegen solche Fragen klärt?«

Kuno sah seinem Bruder an, wie sehr ihn das Gespräch mit Arne und ihm ermüdete. Sicher stand er unter dem Einfluss der Schmerzmittel, die er wegen des verstauchten Fußes einnehmen musste.

»Ist dir irgendwas Ungewöhnliches aufgefallen, als du auf Bubendey gewartet hast?«, fragte er.

Okko schüttelte den Kopf.

»Als du auf Dionisius gewartet hast«, sagte Kuno besorgt, »muss der Mörder in der Nähe gewesen sein. Ich bin sicher, das war dieselbe Person, die dich später vom Bohlenweg geschubst hat. Du hast wirklich Glück gehabt, weißt du das?«

»Ist mir schon klar«, erwiderte Okko kleinlaut.

Kuno stand auf, stellte sich hinter seinen Bruder und massierte ihm die Schultern. »Jetzt erhol dich erst mal von der ganzen Aufregung, Bruderherz. Hast ja 'ne ziemlich kurze Nacht gehabt, und morgen musst du fit sein für dein neues Projekt.«

Langsam, als überlegte er, ob er noch etwas mitzuteilen hatte, stand Okko auf. An der Tür drehte er sich noch einmal um. »Wenn ich was Wichtiges höre, sage ich euch sofort Bescheid.«

»Wenn du was Unwichtiges hörst«, erwiderte Kuno, »melde dich bitte auch. Wir brauchen jede Information.«

»Okay.« Betreten humpelte Okko aus dem Büro.

»Sag mal ...« Kuno sprang auf und folgte ihm. »Was macht ihr denn morgen, wenn eure Kursteilnehmer eintreffen? Das Dünenhaus könnt ihr jetzt nicht nutzen. Da ist die Kriminaltechnik am Werk, und auch wenn die Kollegen fertig sind, bleibt das Gebäude noch ein paar Tage versiegelt.«

»Ups, darüber hab ich noch gar nicht nachgedacht.« Okkos Gesicht hellte sich auf. »Ich manage das. Ich organisiere uns ein anderes Haus. Wir treffen uns erst mal wie verabredet vorm Dünenhaus ...«

»Aber nicht zu dicht dran.«

»Nee, nee, keine Angst. Wir fangen die Teilnehmer auf dem Bohlenweg ab und lotsen sie woanders hin.«

Kuno schmunzelte. »Bist ja inzwischen gut vernetzt.« Er folgte seinem Bruder in den Vorraum und bat einen der uniformierten Kollegen, den Zeugen Okko Knudsen nach Hause zu fahren.

Zurück im Büro empfing Arne ihn mit einem bewundernden Lächeln. »Dein Bruder ist echt ein plietscher Typ geworden.«

»Das ist er wohl.« Kuno setzte sich. Er stierte auf den Block, der vor ihm lag. Die Telefonnummern von Dionisius Bubendey tanzten vor seinen Augen.

Arne schob ihm den Oberkörper über den Schreibtisch entgegen. »Ich schlage vor, unser Fahrplan lautet: Station 1 Professor Bubendey, Station 2 Erk Söderboom.«

Kuno nickte mechanisch. Unbehagen machte sich in ihm breit. Hoffentlich hatte Bubendey mit dem Mord nichts zu tun. Es täte ihm in der Seele weh, wenn Okko seinen Geschäftspartner, mit dem er sich gerade so eine schöne Existenz aufgebaut hatte, so schnell wieder verlieren würde. Das wäre ein Rückschlag, der seinen Bruder aus der Bahn werfen konnte.

# 5

Die Äste der Kiefern wiegten sich im Wind. Kuno stand auf, stellte sich ans Fenster und beobachtete sie, während seine Gedanken wilde Bocksprünge machten.

Plötzlich radelte ein Mann von kräftiger Statur, mit hagerem Gesicht, rötlichblondem Haar und Stoppelbart auf das Gelände der Wache.

»Den Weg zu Station 2 können wir uns sparen«, sagte Kuno. »Erk Söderboom fährt gerade vor.«

Arne erhob sich und lugte ebenfalls hinaus. »Weichgespült sieht der nicht gerade aus.« Er schlich zu seinem Bürostuhl zurück.

»Der Mann hat Ecken und Kanten wie ein Eisberg.« Kuno nahm wieder Platz, legte die Hand auf die Maus und klickte wahllos auf seinem Monitor herum. Er wollte nicht den Anschein erwecken, als wäre er innerlich auf Söderbooms Kommen vorbereitet.

»Moin, Kuno«, dröhnte es vom Vorraum ins Büro.

»Moin, Erk.« Kuno stand auf, begrüßte den Besucher per Handschlag und verwies auf Arne. »Meinen Kollegen Arne Zander kennst du noch nicht, glaube ich.«

Auch Arne gab Söderboom die Hand. Seinem Gesichtsausdruck nach hatte er nicht mit einem derart festen Händedruck gerechnet. Doch nach einer Schrecksekunde lächelte er den Schmerz tapfer weg.

»Hanna Lindegard ist tot«, sagte Erk unvermittelt.

Sprach er die Worte aus, um sich die Tatsache selbst noch einmal zu vergegenwärtigen, oder erwartete er eine polizeiliche Bestätigung? »Es hat sich also schon herumgesprochen«, stellte Kuno fest. »Von wem weißt du es?«

»Lauffeuer«, erwiderte Erk trocken.

Kuno schüttelte den Kopf. Okko! »Dann hat Fliegenfischer es also auf einem seiner heimlichen Wege erfahren und, wie es seine Art ist, ausposaunt.«

»Mag sein«, sagte Erk. »Habt ihr eine Ahnung, wer der Täter ist?«

»Immer der, der als Erster fragt«, frotzelte Arne.

Erks Miene versteinerte innerhalb eines Augenblicks.

Kuno hielt die Luft an. Seine Blicke gaben Arne zu verstehen, dass mit Söderboom nicht zu spaßen war.

Doch Erk Söderboom blieb trotz Arnes Bemerkung gelassen. »Ich bin der Besitzer des Dünenhauses. Ich denke, was da passiert ist, geht auch mich was an.«

Kuno klopfte ihm versöhnlich auf den Arm. »Schon klar. Schön, dass du von dir aus zu uns gekommen bist. Wir hätten uns sonst später selbst auf den Weg zu dir gemacht. Wir haben ein paar Fragen, wie du dir sicher denken kannst, sonst wärst du ja nicht hier.«

Erk nickte mit ernster Miene. »Ihr fragt euch wahrscheinlich, was Hanna im Dünenhaus zu suchen hatte, wenn sie doch zurzeit gar keinen Kurs anbot.«

»Und die Antwort lautet?«, fragte Arne.

Kuno zog einen Stuhl heran, damit Erk sich zu ihnen an die Schreibtische setzen konnte.

Erk bedankte sich und nahm Platz. »Was Hanna am Samstagabend im Dünenhaus vorhatte, weiß ich natürlich nicht. Aber sie hatte einen Schlüssel, und sie konnte rein, wann immer sie wollte. Jeder meiner Mieter kann zu jeder Zeit ins Haus, auch Okko und sein Professor.«

Kuno blickte Erk fest in die Augen. »Ist dir was von einem Streit zwischen Hanna und anderen Mietern des Dünenhauses bekannt? Hat es in letzter Zeit Ärger wegen der Nutzung der Räumlichkeiten gegeben?«

Erk schüttelte den Kopf. »Es kommt zwar immer mal zu einer Kollision, wenn mehrere Veranstalter das Haus zu genau demselben Zeitraum für ihre Seminare mieten wollen. Aber Streit? Nein.«

»Also auch nicht zwischen Hanna und meinem Bruder oder dem Professor Bubendey«, sagte Kuno in der Hoffnung, von Erk eine Bestätigung seiner Annahme zu erhalten.

Erk guckte verlegen. »Natürlich gibt es da schon mal beleidigte Gesichter. Jeder hat schließlich seine festen Vorstellungen, wann er das Haus nutzen will.«

Es war zum Verrücktwerden. »Erk.« Kuno schnaufte schwer. »Jetzt sag mir bitte eins und antworte ohne Hin und Her: Hat es Stress zwischen Hanna Lindegard und meinem Bruder oder Dionisius Bubendey gegeben?«

Erk schien endlich zu begreifen, worum es ging. Erschrocken sah er Kuno an. »Nee, so war das nicht gemeint. Wir haben bisher immer einen Weg gefunden, uns zu einigen. Ohne Zoff.«

Arne tippte mit dem Kugelschreiber auf seinen Notizblock. »Wenn aber doch mehrere Mieter zur gleichen das Haus betreten können, weil jeder seinen eigenen Schlüssel hat, gibt es trotzdem keine Probleme?«

»Nein«, entgegnete Erk. »Kein Mieter würde reinplatzen, wenn ein anderer gerade ein Seminar abhält. Aber außerhalb dieser Zeiten kommt jeder, wie es passt. Hanna hat ihre Kurse in der ersten Etage veranstaltet. Da stehen Schränke, in denen sie ihre Werkmaterialien untergebracht hat, damit sie sie nicht immer herumschleppen musste. Bubendey und Okko halten sich nur im Erdgeschoss auf. So kamen sie sich nie in die Quere, wenn sie zeitgleich im Haus waren.«

»Wann hätte Hanna ihren nächsten Kurs gehabt?«, fragte Arne.

»Übernächste Woche.«

Kuno stellte sich den Veranstaltungsraum mit den Schränken im oberen Stockwerk vor. »Dann könnte Hanna also am Samstag in der Absicht gekommen sein, Materialien zu bringen, die sie für den Kurs brauchte.«

»Zum Beispiel«, sagte Erk. »Oder um zu gucken, was noch fehlt.«

»Wer sonst außer Hanna Lindegard und meinem Bruder mietet das Haus?«, wollte Kuno wissen.

Arne hielt den Kugelschreiber bereit, um die Namen zu notieren.

Doch Erk schüttelte den Kopf. »Zurzeit laufen nur die beiden Veranstaltungsreihen. Es gibt noch eine Frau, die in Süddeutschland lebt und ab und zu Yoga-Kurse anbietet. Aber die hat keinen Schlüssel zu dem Haus.«

»Warum nicht?«, fragte Arne. »Wenn doch alle anderen einen haben?«

Erk verzog das Gesicht. »Süddeutschland ist mir zu weit entfernt. Da hab ich keine Kontrolle. Ich weiß nie, ob die Frau noch mal einen Kurs veranstaltet. Nachher bekomme den Schlüssel nicht mehr zurück.«

»Verstehe«, sagte Kuno. »Bei Amrumern hast du alles im Blick. Wann hast du Hanna denn zum letzten Mal gesprochen?«

Erk guckte erschrocken. »Brauche ich etwa ein Alibi für die Tatzeit?«

Arne guckte ihn provokant an. Wollte er sich für den Händedruck rächen? »Danach hätten wir als Nächstes gefragt«, sagte er. »Aber erst mal die Frage nach Ihrer letzten Begegnung mit Hanna Lindegard.«

Zögerlich holte Erk sein Smartphone aus der Innentasche seiner Jacke hervor. »Da muss ich in meinem Kalender nachsehen. Aus dem Kopf weiß ich das nicht.« Er wischte auf dem Display herum. »Das war vor zweieinhalb Wochen.«

Kuno sah ihn aufmerksam an. »Wart ihr offiziell verabredet?«

»Ja.«

»Aus welchem Grund habt ihr Euch getroffen?«

Erk räusperte sich. Seine Stimme war heiser geworden. »Wir haben über die neue Miete geredet.«

Arne wurde hellhörig. »Interessant. Und? Sind Sie sich einig geworden?«

Erk nickte leicht, dann zuckte er mit den Schultern. »Ja, mehr oder weniger.«

»Was heißt das genau?«, fragte Arne.

Kuno schob sofort noch eine Frage hinterher. »Habt ihr einen neuen Mietvertrag unterschrieben?«

Erk rutschte auf dem Stuhl herum. Konzentriert begutachtete er seinen Daumennagel. »Nein. Wir wollten. Aber dazu ist es nicht mehr gekommen.« Er ließ die Hand sinken und sah aus dem Fenster. »Den Grund dafür muss ich euch ja nicht erklären.«

»Aber aufgesetzt hast du den Vertrag?«, fragte Kuno.

Erks Miene verfinsterte sich. »Kann ich im Moment nicht sagen. Meine Frau wollte sich darum kümmern. Wie weit sie damit gekommen ist, weiß ich nicht.«

Arne gab sich als Naivling in geschäftlichen Dingen. »Ist denn das üblich?«, fragte er völlig unbefangen. »Ich meine, als Geschäftsmann, der ein Haus vermieten will, ist man doch sicher darauf aus, einen Vertrag so schnell wie möglich unter Dach und Fach zu bringen.«

Erk lachte und schenkte ihm ein fast mitleidiges Lächeln. »Sie sind auf dem Festland aufgewachsen und leben auf Sylt, soweit ich weiß. Da mag es in solchen Dingen hektischer zugehen. Bei uns auf der Insel geht alles einen ruhigeren Gang. Hier läuft so schnell nichts weg.«

»Hmhm«, machte Arne. »Das mag wohl stimmen. Solange der Tod nicht dazwischenkommt.«

Verärgert wandte Erk sich ab. »Das ist jedenfalls alles, was ich zur Vermietung des Hauses sagen kann. Weiß Jördis Lindegard eigentlich schon Bescheid?«

»Die Kollegen auf Föhr haben sie informiert«, antwortete Kuno. »Aber das soll nicht deine Sorge sein.«

Erk ließ nicht locker. »Wie geht es denn jetzt weiter? Ihr werdet das Haus bestimmt eine Zeit lang versiegeln, oder? Das würde bedeuten, dass ich meine Verträge mit den Mietern nicht einhalten kann.«

Kuno nickte ernst. »Ich verstehe, dass du dir Sorgen darum machst. Aber ich kann dir im Moment nicht sagen, wie lange das Dünenhaus nicht betreten werden kann. Wir suchen einen Mörder, verstehst du?«

Kuno blickte zu Arne hinüber, der dem Gespräch mit wachsender Spannung gefolgt war und den Besitzer des Dünenhauses aufmerksam beobachtete.

Erk bemerkte Arnes intensive Blicke und erwiderte sie. »Was für einen Grund könnte es denn gegeben haben, die Hanna zu ermorden?«

Kuno stöhnte. »Wenn du Hilfssheriff spielen möchtest«, sagte er müde, »zähl mir die Motive auf, die dir einfallen. Vielleicht ist was dabei, was uns weiterbringt.«

Erk folgte der nicht ernst gemeinten Aufforderung sofort. »Einen Streit unter den Mietern haben wir gerade ausgeschlossen. Aber ich wüsste was ganz anderes.«

»Na, was denn?«

»Das Dünenhaus liegt sehr einsam, und Hanna war alleine. Eine attraktive Frau in einem abgelegenen Haus. Ein liebeshungriger Urlauber, der zufällig dort vorbeikommt und sie entdeckt – und schon ist es geschehen.«

Warum glaubte jeder, wenn eine Frau in einer einsamen Gegend ermordet wurde, musste es sich zwangsläufig um ein Sexualdelikt handeln? »Woher weißt du, dass sie alleine war?«, fragte Kuno ungehalten. »Hast du hinter einer Düne gesessen und sie observiert?«

»Nein, natürlich nicht. Aber wenn sie nicht alleine gewesen wäre, dann wäre sie doch jetzt nicht tot.«

Kuno untersagte sich eine spontane Scheibenwischerbewegung gerade rechtzeitig, bevor die Hand zur Stirn fahren konnte. »Was für eine Logik.«

Erk betrachtete ihn einen Moment aus dem Augenwinkel. »Ihr informiert mich, wenn das Dünenhaus wieder freigegeben ist?«

»Machen wir.«

Kuno stand auf, um Erk zu verabschieden.

Auch Arne erhob sich, vermied es jedoch, dem Besucher noch einmal die Hand zu reichen. Er guckte zum Fenster hinaus, bis Erk sich auf sein Fahrrad geschwungen und das Grundstück verlassen hatte. »Bei dem sind nicht nur die Ecken und Kanten aus Eis. Der ganze Mann ist ein Eisberg, würde ich sagen.«

»Er kann auch charmant sein«, sagte Kuno lachend. »Aber du bist wahrscheinlich nicht sein Typ.«

»Sieht so aus.« Arne setzte sich wieder hin.

Kuno lächelte ihn milde an. »Willst du nicht mal deine Holde anrufen und fragen, ob sie uns schon etwas über die Spurensuche am Tatort berichten kann?«

»Mach ich gleich.« Arne kaute noch auf einer Frage herum. Nach langer Überlegung kam er damit heraus. »Was meinst du, warum ist Erk Söderboom zu uns gekommen? Weil er uns wirklich was mitteilen wollte, aus Neugier oder weil er uns aushorchen wollte?«

»Wie war denn dein Eindruck?«

Wieder dachte Arne nach. »Soll ich ehrlich sein?«

Kuno zögerte mit der Antwort. »Wenn es nicht zu sehr wehtut?«

»Ich hatte so ein unbestimmtes Gefühl ...« Arne legte einen Finger an die Nasenspitze. »Also, ich hatte den Eindruck, er wollte uns irgendwie manipulieren.«

»Wie meinst du das?«

»Er wollte unsere Sichtweise von dem, was an dem Abend passiert ist, in eine bestimmte Richtung lenken.«

Kuno ließ sich die Bemerkung durch den Kopf gehen. »Wie kommst du darauf?«

»Ich glaube, er ist vorbeugend zu uns gekommen. Du kennst doch den Spruch: Wer fragt, führt. In abgewandelter Form könnte man in diesem Fall sagen: Wer als Erster das Gespräch sucht, führt.«

»Kein dummer Gedanke«, sagte Kuno.

»Und dann«, fuhr Arne fort, »hat er am Ende ganz geschickt versucht, unsere Gedanken in Richtung Sexualverbrechen zu lenken, begangen von einem unbekannten Urlauber.«

Kuno verzog den Mund. »Ja, das ist mir auch sauer aufgestoßen. Die Variante wird immer wieder gern genommen. Aber jetzt ruf endlich Inka an.«

Arne suchte die Nummer aus seinen Kontakten heraus und aktivierte den Lautsprecher seines Smartphones, damit Kuno mithören konnte.

Es klingelte einige Male, bis Inka sich meldete.

Arne erzählte ihr, aus welchem Grund er anrief.

»Die wichtigsten Spuren sind wohl die, die wir gestern gefunden haben«, sagte Inka. »Die interessanteste davon dürfte ein Schuhabdruck sein, den der Täter am Rand der Blutlache hinterlassen hat.«

»Der ist mir gar nicht aufgefallen«, rief Kuno ihr zu.

»Kein Wunder bei dem Anblick«, sagte Inka mitfühlend. »Wir haben ihn auch erst bei näherem Hinsehen erkannt. Es ist lediglich der Absatz des rechten Fußes, mit dem der Täter ins Blut getreten ist.«

»Könnt Ihr Rückschlüsse darauf ziehen, welche Art von Schuhen das war?«, fragte Arne.

»Ein Sportschuh«, antwortete Inka.

»Natürlich.« Kuno resignierte. »Trägt man auf Amrum was anderes als Sportschuhe?«

»Das weißt du besser als ich«, erwiderte Inka. »Wir nehmen jetzt noch Fingerabdrücke von allen möglichen Griffen an Türen und Möbeln und sammeln vom Boden auf, was wir nur finden können.«

»Wie sieht es eigentlich mit dem Handy von Hanna Lindegard aus?«, rief Kuno der Kriminaltechnikerin zu. »War der Akku noch in Betrieb?«

Inka sprach leise mit einem Kollegen. »Da bin ich wieder«, sagte sie nach kurzer Zeit. »Ein Handy haben wir nicht gefunden.«

»Kein Handy?«, fragte Kuno ungläubig.

»Wir denken, dass sie nicht ohne Handy unterwegs war, aber wir haben keins bei ihr gefunden. Im ganzen Haus lag auch keine Handtasche von ihr. In den Taschen ihrer Nickijacke haben wir ihren Haustürschlüssel und den Schlüssel zu ihrer Wohnung gefunden.«

»Ist ihr Schlüssel zum Dünenhaus immer noch nicht aufgetaucht?«, fragte Kuno.

»Nein, es steckte kein weiterer Schlüssel in ihrer Kleidung, und hier im Haus oder auf dem Grundstück liegt auch keiner herum.«

Kuno wurde nervös. »Könnt ihr das Handy orten?«

»Ist uns bisher nicht gelungen. Aber wir haben ihre Nummer im Internet gefunden und kennen den Provider. Wir versuchen es in Abständen weiter.«

»Dann hoffen wir«, sagte Kuno, »dass der Täter sich bald in Sicherheit wiegt und einen Fehler macht.«

»Wovon träumst du nachts?«, fragte Arne ihn über den Schreibtisch hinweg und beendete das Telefonat mit Inka.

# 6

Im ersten Stock des Ferienhauses hatte Ellen sich ihr Arbeitszimmer eingerichtet. Seitlich zum Fenster, so, dass das einfallende Licht nicht blendete, stand der Schreibtisch mit viel Fläche für Papierstapel, die sie gewohnheitsmäßig um sich herum aufbaute. Artikel, die sie aus Zeitungen und Zeitschriften ausschnitt. Ausdrucke von Zeitungsportalen oder anderen Seiten im Internet. Von Schreibblocks abgerissene Blätter, auf denen sie Telefonate mitgeschrieben hatte. Notizzettel mit Gedanken, Ideen, Fragen.

An den Wänden standen Regale mit Büchern, Zeitschriften, DVDs und CDs. Sie hörte gerne Musik beim Schreiben. Alles, von Klassik bis Pop, je nach Stimmung. Doch heute war ihr nach Stille zumute.

Das Schrägdach verlieh dem Raum eine Gemütlichkeit, ganz anders als die nüchternen Redaktionsräume, die Ellen aus ihrer Tätigkeit bei Zeitschriftenredaktionen kannte. Oft hatte sie lieber von zu Hause aus gearbeitet. Die Hektik in den Großraumbüros der Redaktionen war der Konzentration auf das Wesentliche nicht zuträglich. Wenn sie sich ganz von der Welt abschottete, nichts um sie herum sich rührte und niemand sie ansprach, konnte sie die Begegnungen mit Menschen, die sie interviewt hatte, wie einen Film Revue passieren lassen.

Ein Film, den sie nie vergessen würde, war das Gespräch mit den Polizisten, die an jenem Abend vor einigen Wochen zu ihr gekommen waren, Annabelles Gürteltasche in der Hand. Ihr Handy steckte darin, der Personalausweis. Annabelle Ahlfeldt, ob das ihre Tochter sei, hatten sie wissen wollen. Was für eine Frage!

In dem Moment hatte Ellen noch keine Ahnung gehabt, was vorgefallen war. Warum der Mann und die Frau in Uniform an ihrer Wohnungstür geklingelt hatten. Und doch hatte sie sofort gewusst, dass sie Annabelle niemals wiedersehen würde. Nicht lebend.

Die Polizisten hatten sie gebeten, sich zu setzen. Sie waren ihr ins Wohnzimmer gefolgt. Einer der beiden hatte die Wohnungstür geschlossen. Das Geräusch hatte sie heute noch im Ohr. Ihr Gedanke damals war gewesen, dass die geschlossene Tür ihr die Flucht verwehrte. Die Flucht vor der Wahrheit, die sie gleich vernehmen würde. Sie hatte nicht alles gehört, was die Polizistin sagte. Nur so viel: ›Annabelle‹, ›beim Überqueren der Farmsener Landstraße unter einen Lkw geraten‹, ›Es tut uns so leid.‹. Dazu die mitfühlenden Augen der Beamtin, einer Frau in ihrem Alter. War sie selbst Mutter einer Tochter? Wie oft hatte sie wohl schon solche Nachrichten überbracht? Und immer noch Tränen in den Augen. Bevor sie gingen, hatten sie gefragt, ob sie jemanden anrufen könnten, der zu ihr kommen solle.

Sie hatte ihr Telefon geholt, die Nummer von Dirk aus dem Speicher gesucht und ihnen den Apparat in die Hand gedrückt. Ob das der Vater von Annabelle sei, hatten sie gefragt, Dirk Ahlfeldt. Sie hatte genickt. Die Polizistin hatte Dirk angerufen und ihm vermutlich mit den gleichen Worten wie ihr erzählt, was passiert war.

Dirk war sofort zu ihr gekommen. Die ganze Nacht hatten sie zusammengesessen und geweint und gezetert und nicht begriffen.

Was war geschehen?, hatten sie sich gefragt.

In den Tagen darauf hatte Ellen einen Anwalt beauftragt, sich um das zu kümmern, worum man sich in solchen Situationen kümmern musste. Er hatte ihr später einen Bericht überreicht. Sie hatte ihn gelesen und nicht verstanden. Er hatte es ihr erklärt. Immer wieder. Bis sie endlich nickte und sagte: »Ach so.«

Sie war nach Hause gegangen und hatte seine Worte abgespult, die ihr Gehirn automatisch aufgezeichnet hatte wie ein Rekorder. Immer wieder hatte sie sie gehört, bis sie ein Bild vor Augen hatte.

Ein Bild, das unvollständig war.

Was war wirklich geschehen?

Annabelle, das Naturkind, die leidenschaftliche Joggerin, war abends durch den Volksdorfer Wald gelaufen. Sie wohnte ganz in der Nähe des Erholungsgebietes im Nordosten Hamburgs. Als sie von Hannover dorthin gezogen war, um Kommunikationsdesign zu studieren, hatte sie ein Zimmer in einer Villa gemietet, die einer alleinstehenden alten Dame gehörte. Von dort aus war sie schnell an der U-Bahnstation, schnell an der Bushaltestelle. Schnell in der City, schnell an der Uni und schnell in der Werbeagentur, in der sie jobbte.

Der Agentur von Ulf Janssen.

Und wenn sie abends nach Hause kam, in diesen grünen Stadtteil mit den schönen alten Backsteinvillen und den großen Gärten, dann zog sie sich die Sportschuhe an und joggte eine Runde durch den Volksdorfer Wald. »Die besten Ideen kommen mir, wenn ich über die Forstwege an den alten Buchen vorbeilaufe«, hatte sie ihr oft am Telefon erzählt.

Noch immer hörte Ellen Annabelles Stimme, als säße sie neben ihr, ihre Euphorie, ihre Freude am Leben.

Der Schmerz saß tief. Er saß in jedem Winkel ihrer Seele. Er würde nie vergehen.

Sie, Ellen von Holthusen, würde tun, was sie tun musste. Für Annabelle. Dirk hatte recht, es würde ihre Tochter nicht wieder lebendig machen. Aber es würde ein winziges bisschen Gerechtigkeit schaffen. Und Gerechtigkeit war Annabelle und ihr bisher versagt geblieben.

Ellen sah vom Monitor auf und drehte sich zu einem der Regale um. Annabelles Tagebuch lag immer in ihrer Nähe.

Lange hatte sie gezögert. Beim Ausräumen von Annabelles Studentenzimmer in dem Haus in Hamburg, zwei Wochen nach ihrem Tod, hatte sie es in einer Schublade gefunden. Sie hatte es mit nach Hannover genommen, auf das Bett ihrer Tochter gelegt.

Jeden Tag hatte sie sich gefragt, ob sie das Recht hatte, darin zu blättern. Zu lesen, was Annabelle des Erinnerns für wert gehalten hatte. Welche Gedanken, welche Geheimnisse sie sich selbst darin anvertraut hatte.

Durfte sie als Mutter die privatesten Aufzeichnungen ihrer verstorbenen Tochter lesen?

Schließlich hatte sie sich dazu durchgerungen. Es war ihre einzige Hoffnung gewesen, die Lücken in der Szene, die immer wieder in ihrer Vorstellung ablief, füllen zu können. Die Bilder von den letzten Minuten des Lebens ihrer Tochter.

Annabelle war eine umsichtige junge Frau gewesen. Sie war nicht versehentlich vor den Lkw gelaufen.

Wer hatte sie in den Tod getrieben?

# 7

»Tschüs, bis gleich, Herr Professor.« Arne legte den Telefonhörer auf, lehnte sich auf dem Bürostuhl zurück und schmunzelte. »Verschlafen hat er gestern. Wie kann ein altgedienter Hochschullehrer, der jahrzehntelang pünktlich zu seinen Vorlesungen und Seminaren antanzen musste, eine Verabredung mit seinem Kompagnon verschlafen?«

»Noch dazu so hoffnungslos verschlafen«, sagte Kuno, »dass er an dem Tag nicht mal mehr die Zeit findet, sich für sein Fernbleiben zu entschuldigen.«

»Den gucken wir uns aber gleich ganz genau an. Wenn er denn diesmal pünktlich ist.«

Kuno rollte mit seinem Stuhl zurück und stützte die Hände auf die Knie. »Wenn ich mich recht erinnere, hat Okko mir, als er die Zusammenarbeit mit dem Bubendey begonnen hat, gesagt, dass der Mann flotte siebzig Jahre alt ist. So vergesslich dürfte er also noch lange nicht sein, dass er eine Verabredung nach der anderen verschwitzt.« Er stand auf und gab Arne durch einen Wink zu verstehen, dass er mit hinauskommen solle.

Arne guckte auf seine Armbanduhr. »Wir haben noch Zeit, und mit einem Stau auf der Landstraße nach Wittdün müssen wir garantiert nicht rechnen.«

»Willst du hier sitzen bleiben, bis du am Stuhl festklebst?«, erwiderte Kuno. »Ich dachte, bevor wir mit dem Bubendey reden, gucken wir kurz bei den Kollegen von der Spusi vorbei. Das muss dir doch recht sein, wo du jetzt privat mit der Abteilung verbandelt bist.«

Arne sprang vom Stuhl auf wie ein Flummiball nach dem Aufprall und grinste. »Oh, da bin ich mit dabei.«

Auf der Fahrt nach Wittdün konnte es ihm auf einmal nicht schnell genug gehen. Er rief Inka an und erwischte sie mitten bei der Spurensicherung.

In weiser Voraussicht hatte sie das Bluetooth-Headset aufgesetzt, sodass sie das Gespräch annehmen konnte, ohne die Arbeit unterbrechen und die Handschuhe ausziehen zu müssen.

Arne schmachtete auf dem Beifahrersitz dahin und flirtete mit Inka wie ein Teenager, bis Kuno abrupt in die Bremse trat. Der junge Kommissar unterbrach das Gespräch mit seiner Liebsten. »Was ist denn, Kuno? Geht's dir nicht gut? Soll ich das Steuer übernehmen?«

»Ich bremse auch für Wildkaninchen«, knurrte Kuno. »Telefonier ruhig weiter, und wenn du meinen Fahrkünsten nicht traust, fahr mir das nächste Mal mit dem Leihrad hinterher.«

Arne guckte ihn irritiert an, lehnte den Kopf wieder zurück und turtelte ins Handy. »Es kann weitergehen, Inkahasi.«

Kuno räusperte sich übertrieben. So deutlich musste sein lieber Kollege seine Zuneigung zu der Kriminaltechnikerin nun wirklich nicht zur Schau stellen.

Arne hatte Kunos Unmutsäußerung wohl mitbekommen, und er hatte sie richtig eingeordnet. »Mir fällt gerade ein, ich bin im Dienst, Kollegin«, sagte er zu Inka. »Dies nur zur Erklärung dafür, dass ich für den Rest unseres Gesprächs in einen nüchternen Ton verfalle.«

»Frag mal, ob es noch eine neue Spur gibt«, raunte Kuno ihm ins Ohr.

»Ob ihr noch was Interessantes gefunden habt, will mein Chef wissen«, sprach Arne ins Mobiltelefon. Dann hörte er Inka zu.

Als sie mit ihren Schilderungen geendet hatte, nahm er das Smartphone kurz vom Ohr. »Eine Visitenkarte von Jördis Lindegard lag unter einem Regal. Das Möbelstück steht in dem Bereich des Hauses, in dem Hanna Lindegard ermordet wurde.«

»Also in der Diele?«, vergewisserte Kuno sich.

Inka, die die Frage mitgehört hatte, rief so laut, dass Kuno es mitbekam: »Genau da.«

Er überlegte. »Das kann was zu bedeuten haben, muss es aber nicht unbedingt«, meinte er. »Es ist nicht gesagt, dass Jördis Lindegard persönlich die Karte verloren hat. Und auch nicht, dass das am Tag der Tat passiert ist. Aber ganz uninteressant ist es nicht. Wir fragen Jördis danach. Sie wird mit Sicherheit kurzfristig auf der Insel erscheinen.«

»Und wenn nicht?«, fragte Arne.

Kuno sah ihn verständnislos an. »Ich bitte dich, eine Mutter, die ihre Tochter verloren hat, die wird doch wohl herkommen, um sich um ihr totes Kind zu kümmern.«

»Aber die Leiche ist nach Husum gebracht worden, in die Außenstelle der Gerichtsmedizin«, erinnerte Arne ihn. »Wenn die Frau irgendwo hinfährt, dann erst mal dorthin, um ihre Tochter zu identifizieren.«

»Hast ja recht«, antwortete Kuno. »Trotzdem kommt Jördis nach Amrum, garantiert. Sie stammt von hier. Und davon ab: Jede Mutter will wissen, wo ihr Kind zu Tode gekommen ist und wie es überhaupt zu dem Mord kommen konnte.« Er zeigte auf das Smartphone in Arnes Hand. »Du vernachlässigst deine Holde.«

Blitzschnell schob Arne das Mobilgerät ans Ohr. »Bist du noch dran?«

Inka war ein geduldiger Mensch. Sie hatte die Verbindung nicht getrennt. Arne und sie unterhielten sich noch eine Weile, dann verabschiedete der Kommissar sich mit einem sehnsüchtigen Seufzer. »Bin in einer Minute da.«

»Na«, sagte Kuno grinsend und stellte den Wagen wieder am Ende der Straße ab, die dem Bohlenweg am nächsten lag. »Hoffentlich haltet ihr das aus, noch eine Minute ohne einander.«

Er zog den Zündschlüssel heraus und streckte den Arm nach seinem Handy in der Freisprechanlage aus.

In genau der Sekunde klingelte es, und auf dem Display erschien der Name seiner Freundin Bente.

Kuno räusperte sich leise, um seine Stimmbänder zu lockern, und nahm das Gespräch entgegen.

»Moin, Kunomäuschen«, begrüßte Bente ihn.

Arne grunzte vor Lachen in sich hinein.

Kuno errötete leicht. »Bente, ich bin mitten in einem Einsatz. Ist was Dringendes?«

»Wie man's nimmt«, sagte sie. »Gerade hab ich mir ein Ticket nach Amrum gekauft. Ich komme heute Abend noch für ein paar Tage rüber zu dir. Holst du mich ab? Dann koch ich uns was Schönes.«

Kunos Stimme wurde samtweich. »Könnte ich da Nein sagen? Wann kommst du in Wittdün an?«

»Um siebzehn Uhr. Mit großer Kühltasche.«

»Ich werde pünktlich sein. Und ... Äh, Bente?«

»Ja?«

»Ist die Kühltasche groß genug für fünf, also für uns zwei und für Inka, Arne und mein Bruderherz?«

Bentes fröhliches Lachen hallte durch den Fahrgastraum. »Sie ist nicht nur groß genug, es ist auch genug Inhalt drin. Auch für eine sechste Person, falls Okko ...«

»Nee, nee, danke«, rief Kuno ihr eilig zu. Er sah sich schon mit Professor Bubendey an einem Tisch sitzen. Auch wenn er darauf baute, dass Okko sich den Richtigen als Geschäftspartner ausgeguckt hatte – solange er den Mann nicht selbst kennengelernt hatte und nicht wusste, ob er in die Mordsache Hanna Lindegard verwickelt war, wollte er keine Experimente eingehen. Es war schon haarig genug, dass ausgerechnet sein Bruder die Tote gemeldet hatte. Es war Zufall, und noch störte sich niemand daran, aber wenn er den Fall mit noch mehr Privatleben verquickte, konnte es brenzlig werden.

»Wie ihr wollt«, sagte Bente, die Unkomplizierte. »Ich komme also mit Proviant für fünf.«

Kuno grinste »Dann kann ja nix mehr schiefgehen.«

»Das mein ich auch. Also bis heute Abend.«

Bente schickte ihm einen schmatzenden Kuss durch die Leitung, was dazu beitrug, dass Kunos Gesichtsfarbe nicht so schnell verblasste, wie er gehofft hatte. Warum musste Arne sich aber auch ausgerechnet in solch einer privaten Situation in seiner nächsten Nähe aufhalten ...

Arne hatte auf dem Beifahrersitz stur ausgeharrt bis zur letzten Sekunde. Erst als Kuno das Gespräch beendete, bequemte er sich, den Sicherheitsgurt abzulegen. Als ob er den beim Belauschen gebraucht hätte.

»Wärst du ohne den Gurt vom Sitz gerutscht während meines Gesprächs mit Bente?«, raunzte Kuno seinen Kollegen halb im Spaß, halb im Ernst an.

»Hätte passieren können – Kunomäuschen.« Grinsend öffnete Arne die Tür und stieg aus.

Nebeneinander her marschierten sie über den Bohlenweg und am Wriakhörnsee vorbei. Auf halber Höhe, hinter der Aussichtsplattform, war der Weg gesperrt.

Als die Ermittler sich dem Dünenhaus näherten, erkannten sie, dass zwei Unbefugte es geschafft hatten, sich durch die Absperrung zu mogeln: Okko und der Inselreporter. Doch am Ende des Bohlenwegs waren die beiden von den Beamten der Kriminaltechnik aufgehalten worden. Nun hockten sie auf den Holzstufen.

»Was macht ihr denn hier?«, fragte Arne sie zur Begrüßung.

»Mein Informationsauftrag führt mich her.« Friedrich schoppte die Ärmel seiner Jeansjacke hoch. »Okko als mein wichtigster Informant musste mich zwangsläufig begleiten.«

»Die Absperrung gilt aber auch für Leute wie dich«, giftete Kuno ihn an.

Plötzlich hallten von Weitem Schritte über den Bohlenweg, die stetig näher kamen.

Okko stand auf, drehte sich um und hielt sich die Hand über die Stirn. »Da kommt Dionisius«, rief er.

»Was macht der denn hier?«, fragte Kuno halblaut. »Wir waren doch bei ihm zu Hause verabredet.«

Professor Bubendey marschierte sichtlich ausgeschlafen, entspannt und bester Laune den Weg entlang. Er trug eine Sonnenbrille und ein Basecap, kakifarbene Hosen und ein blassgelbes Hemd. Seine Arme pendelten im Takt seiner Schritte schwungvoll hin und her.

Als er vor ihnen stand, sah Kuno, dass das Kinn des Mannes von grauen Bartstoppeln geziert wurde. Kein Dreitagebart, eher der Bart desjenigen, der heute Morgen keine Zeit zum Rasieren gefunden hatte.

»Hi, Okko«, sagte Bubendey unsicher und grüßte freundlich in die Runde.

»Hi, Dionisius«, erwiderte Okko ebenso verhalten.

Kuno ging auf den Professor zu und streckte ihm die Hand entgegen. »Ich bin Hauptkommissar Kuno Knudsen. Das ist mein Kollege Arne Zander. Wir führen die Ermittlungen im Mordfall Hanna Lindegard.«

»Mein Beileid«, sagte Bubendey.

Verulkte der Mann ihn oder war er einfach nur so weit vom praktischen Leben entfernt, dass er nicht wusste, was er tat? »Haben Sie die Absperrung nicht gesehen?«, fragte Kuno.

»Die Absperrung?« Bubendey deutete über die Schulter. »Sie meinen das bunte Flatterband da drüben?«

»Genau das meinen wir«, sagte Arne.

»Ich hab mir nichts dabei gedacht«, erklärte der Professor. »Ich wollte mal gucken, was im Dünenhaus vor sich geht. Schließlich haben wir ab morgen eine Veranstaltung da drin.«

»Irrtum«, erwiderte Kuno. »Die nächsten Tage findet in dem Haus nichts statt außer kriminaltechnischen Untersuchungen. Da können wir eine Horde Jugendlicher nicht gebrauchen.«

»Ist so, Dionisius«, sagte Okko, bevor der Professor Einspruch erheben konnte. »Ich kümmere mich um eine Ausweichmöglichkeit. Hab da schon einen Kontakt.«

Bubendey hob die Hände. »Okay, die Herren, ich ergebe mich.« Er schob die Hände in die Taschen seiner Hose, die in der Taille eng anlag, an der Hüfte aber erstaunlich viel Platz für Hände, Steine, Muscheln und alles Weitere ließ, was man in der Amrumer Natur einsammeln konnte. »Eigentlich«, fuhr er verwundert fort, »hatte ich Sie hier gar nicht erwartet.«

Kuno kam die alte Weisheit der Kriminalisten in den Sinn, nach der es den Täter immer wieder an den Tatort zog. Warum war Bubendey hier aufgetaucht? Was wollte er am Dünenhaus?

Er überlegte einen Moment und rief sich selbst zur Ordnung. Er hatte den Geschäftspartner seines Bruders vor sich, einen gestandenen, emeritierten Biologieprofessor, einen ausgewiesenen Experten auf dem Gebiet des Umweltschutzes. Er würde diesen Mann so behandeln, wie es sich gehörte. Bubendey war ein unbescholtener Bürger. Der Mord hatte sich womöglich rein zufällig in seinem Arbeitsumfeld ereignet, und er erhoffte sich ein paar sachdienliche Hinweise von ihm.

»Lassen Sie uns in den Ort zurückgehen«, sagte er. »Wir suchen uns ein nettes Plätzchen und reden gemütlich miteinander.«

Bubendey drehte sich halb um, streckte den Arm aus und verbeugte sich. »Nach Ihnen.«

Bei Erreichen einer der Aussichtsplattformen am See, die mit massiven Holzbänken und Tischen bestückt waren, blieb Kuno stehen. Er wartete, bis sein Bruder, der langsamer lief und sich von seinem Geschäftspartner stützen ließ, sie eingeholt hatte. Freundlich sah er Bubendey an. »Was schlagen Sie vor, wohin gehen wir?«

»Zu mir nach Hause«, erwiderte der Professor verwundert. »So hatten wir das doch ausgemacht. Sie wollten in ...« Er guckte auf die Uhr und zählte stumm. »... exakt neunzehn Minuten bei mir sein. Wenn wir jetzt keinen Kaffeeklatsch auf dieser Plattform halten, schaffen wir das. Ist nicht mehr weit. Können Sie noch?«

Den Schuh zog Kuno sich nicht an. »Kannst du noch?«, fragte er Okko.

Friedrich, der Neugierige, bot sich an, Bubendey abzulösen und Okko auf dem Rest des Weges zu stützen.

Kuno betrachtete die beiden skeptisch. Sie würden den Bohlenweg bis zum Ende gehen müssen. Das war ein gutes Stück. Dort, wo die Strandpromenade begann, würden sie in die Straße einbiegen, in der er geparkt hatte. Dann konnte er Okko und Friedrich bis zu der Bushaltestelle kutschieren, die in der Nähe von Bubendeys Haus lag.

Doch Bubendey tippte ihm auf die Schulter und zeigte auf einen Trampelpfad, der quer zwischen den Dünen hindurch führte. »Sie kennen die Abkürzung?«

Er wartete Kunos Antwort nicht ab. Selbstsicher marschierte er voraus, und Kuno wunderte sich, welche geheimen Wege Bubendey kannte, die ihm selbst bisher verborgen geblieben waren.

# 8

»Wo warst du gestern Abend?«

Wie eine zischelnde Schlange bahnten die Worte sich den Weg in Erk Söderbooms Ohr. Erk blickte sich nach dem Gesicht um, das zu der Stimme gehörte. In dem Moment legte sich eine Hand auf seine Schulter.

Ulf Janssen. Der hatte ihm gerade noch gefehlt.

War es nicht schlimm genug, dass sie ihn als Einwohner von Nebel dulden mussten? Warum drang der Typ jetzt auch noch in den *Seeräuber* ein?

Die Kneipe in Süddorf, in der die Insulaner, allen voran die Männer aus Nebel, sich sonntags nach dem Mittagessen zum Stammtisch trafen, war brechend voll. Es gab einen besonderen Grund dafür.

Alle hatten Hanna gekannt. Es war unmöglich, sie nicht zu kennen, die strohblonde Frau, die jedem schöne Augen machte und die keine Grenzen kannte. Als Kind war sie zusammen mit ihrer Mutter nach Föhr gezogen. Bis vor wenigen Monaten hatte sie da gelebt. Im letzten Herbst war sie wieder nach Amrum zurückgekehrt. Heimweh, hatte sie allen erklärt, das Heimweh hatte sie wieder hierhin getrieben. – Und dann das.

Alle wussten, was gestern mit Hanna geschehen war. Alle redeten darüber.

Und jetzt stand Ulf Janssen hier und fragte ihn, wo er gestern Abend gewesen war. Was wollte dieser Mann?

Ruckartig griff Erk nach seinem Glas mit dem frisch gezapften Bier, auf dem die Bläschen der Schaumkrone zerplatzten. Sein Kumpel, der neben ihm am Tresen saß, drückte gerade noch rechtzeitig eine Pranke auf seinen Arm, bevor das Bier in Ulfs Gesicht landen konnte.

»Heute keine Schlägerei«, rief Sabine, die Kellnerin aus dem Kohlenpott, die vor vielen Jahren auf die Insel gezogen war und von den Einheimischen längst als eine der ihren betrachtet wurde.

»Wollte Jördis das Haus von dir zurück?«, fragte Ulf. Er bleckte die Zähne und gab vor, zu lächeln. Wusste er nicht, was für ein schlechter Schauspieler er war? Die Arroganz des Neureichen saß in jeder Pore seiner solariengebräunten Haut. Man musste nur einmal kurz in diese Visage sehen, um zu erkennen, was Sache war.

Erk drehte sich von ihm weg und wandte sich wieder seinem Kumpel zu. Im Rücken spürte er die Wärme von Ulf, der sich dicht an ihn herangeschoben hatte.

Sabine hob Erks Bierhumpen hoch und wischte mit einem Tuch den zerflossenen Schaum weg, der über den Rand geschwappt war, als sein Kumpel ihn daran gehindert hatte, das Bier in Janssens Gesicht zu schleudern. Sie stellte das Glas wieder vor ihn hin und nickte ihm zu. »Zum Wohl, Erk. Und immer schön cool bleiben.«

Erk widerstand der Versuchung, mit seinem Barhocker ein Stück zur Seite zu rücken und sich aus Ulfs allzu großer Nähe zu befreien. Wegrücken hätte bedeutet, zu weichen. Der Spross einer alteingesessenen ehemaligen Kapitänsfamilie aus Nebel wich einem dahergelaufenen Hamburger Kreativling nicht, mochte der Typ auch noch so reich sein und mochte noch so oft in den Boulevardblättern über ihn berichtet werden.

»Darf's was sein?«, fragte Sabine mit Blick auf Ulf. »Wenn nicht: Da vorne ist die Tür nach draußen. Sie sehen ja«, sie machte eine ausladende Handbewegung, »heute ist bei uns kein Platz für Gaffer.«

»Ein großes kühles Blondes«, tönte Ulf.

Erk spürte die leichte Wölbung von Ulfs Bauch in seinem Rücken. Unwillkürlich drückte er seinen Körper gegen den Tresen.

Ulf beugte sich über seine Schulter. »Hat Jördis dir die Hanna deshalb geschickt, weil sie versuchen sollte, dich rumzukriegen? Wollte sie dich weichmachen, um dir das Dünenhaus wieder abzuluchsen?«

Erk stieß ihn mit dem Ellenbogen von sich weg. »Glaubst du, wir auf der Insel arbeiten alle mit deinen Methoden?« Sein Adrenalinpegel stieg drastisch an.

»Komm, Erk«, sagte sein Kumpel und hielt ihn am Arm fest, bevor er aufspringen und auf Ulf losgehen konnte. »Lass dich von dem nicht provozieren. Darauf hat der Typ es doch nur abgesehen.«

Mit einer Sicherheit, als wäre er hier zu Hause und als wüsste er nicht, dass alle, die im *Seeräuber* waren, ihn zum Teufel wünschten, zog Janssen einen Barhocker heran. »Sie hat dir sicher einen ganzen Batzen weniger geboten, als du ihrer Mutter letztes Jahr gezahlt hast.«

Gefährlich ruhig stand Erk von seinem Barhocker auf. Er baute sich zu voller Länge auf, hob das Kinn und schaute wie ein Westernheld auf der staubigen Straße vor dem Saloon mit halb geschlossenen Augen auf Ulf hinab.

Auch Ulf erhob sich und schob den Hocker ein Stück zur Seite.

Sie standen sich so dicht gegenüber, dass ihre Nasenspitzen sich beinahe berührten. Zwei hünenhafte Kontrahenten, Erk blond wie die Sonne, Ulf schwarz wie ein Panther. Sie standen da wie zwei Kindergartenkinder, die darum stritten, wem heute das rote Feuerwehrauto mit der markdurchdringenden Sirene gehörte.

Das Gemurmel im Raum verstummte mit einem Schlag. Nur noch Ulfs Lachen war zu hören, sein höhnisches, hochnäsiges Gekicher.

Erk konnte nicht verhindern, dass seine Rechte sich zur Faust ballte. Eine Vorsichtsmaßnahme, die sich jeden Augenblick als gerade noch rechtzeitig getroffene, notwendige Maßnahme zur Selbstverteidigung erweisen konnte. Er roch den Atem seines Widersachers. Wie viel Whiskey hatte der Schnösel heute schon getankt?

»Sieht so aus, als wollte der Janssen heute unbedingt was auf die Fresse kriegen«, rief ein Insulaner von einem der hinteren Tische. »Gib's ihm, Erk.«

Ulf stand vor ihm wie versteinert, sein falsches Grinsen war eingefroren. Vorsichtig lenkte Erk die Augen nach rechts, in den Gastraum. Alle hatten sich von ihren Stühlen erhoben. Sabine musste irgendwo hinter ihm stehen, auf der anderen Seite des Tresens. Warum sagte sie nichts? Warum griff sie nicht ein?

Plötzlich flog ein nasses Tuch schräg von der Seite durch die Luft, haarscharf an Erks Ohr vorbei, und Sabine bölkte: »Schluss jetzt, die Herren.«

Das Tuch blieb an Ulfs Schulter hängen. Angewidert zog er es herab und warf es über die Theke zurück, ohne hinzusehen.

Die kleine Sabine mit der schmächtigen Statur, von der jeder wusste, dass sie ihren Laden und die Gäste, mochten sie auch noch so abgefüllt sein, zu jedem Zeitpunkt im Griff hatte, beugte sich so weit über den Tresen, wie ihre geringe Körpergröße es zuließ. Sie streckte eine Hand aus und griff nach dem Arm von Erk. »Du setzt dich jetzt wieder hin«, sagte sie bestimmt. »Und Sie, *Herr* Janssen, können sich aussuchen: Entweder Sie setzen sich ganz hinten an einen Tisch und trinken friedlich Ihr Bier, oder aber Sie verlassen mein Haus, und zwar sofort und für immer.«

Ulf hielt Ausschau nach einem freien Platz.

Alle Tische waren besetzt. Würde der Mann es wirklich wagen, sich unter die Einheimischen zu mischen? Erk lachte stumm in sich hinein. Diese Frage stellte sich doch gar nicht. Wenn Ulf Janssen sich irgendwo dazusetzen würde, würden die anderen sich wortlos erheben, ihre Gläser nehmen, ihre Stühle mit sich ziehen und sich an anderen Tischen dazwischenschieben.

»Ich bleibe«, sagte Ulf bestimmt. »Wo ist mein Bier?«

Sabine verharrte einen Moment am Tresen. Schließlich drehte sie sich zum Zapfhahn um, nahm das Bier, das sie zuvor für den ungeliebten Gast zu zapfen begonnen hatte, und stellte es vor ihn hin. Mit einer Kopfbewegung forderte sie ihn auf, weiterzugehen.

Ulf setzte sich in Bewegung. »Sitz«, sagte er zu Erk wie zu einem Hund, als er an ihm vorbeizog.

Sofort sprang Erk auf ihn zu, und sein Kumpel griff in einer reflexartigen Reaktion nach seiner Hand. »Was willst du?«, zischte er Ulf entgegen.

»Mit dir reden.«

Ulf wollte mit ihm reden? Ulf mit ihm? Hatte er sich da nicht verhört?

»Wundert dich das?«, fragte Ulf.

»Warum rufst du mich nicht an und machst einen Termin? Meine Nummer steht im Telefonbuch.«

»Ach was!«, erwiderte Ulf mit einer Stimme so falsch wie ein selbstgedruckter Fünfzigeuroschein. »Auf die Idee, da nachzugucken, wäre ich nicht gekommen.«

»Worüber willst du mit mir reden?«

»Wenn ich dir das am Telefon gesagt hätte, hättest du gleich aufgelegt.«

»Worüber, hab ich gefragt.« Erk wurde unsicher. Was hatte das alles zu bedeuten? Warum zog Ulf Janssen dieses Theaterstück vor versammelter Mannschaft ab? Wollte er unbedingt die halbe Insel als Zeugen dafür haben, dass er versucht hatte, mit Erk ins Gespräch zu kommen?

»Was ist?«, fragte Ulf. »Hast du Angst? Kneifst du?«

Erk bebte innerlich. Was, zum Teufel, wollte Ulf von ihm? »Noch einmal: Worum geht es?«

»Das«, sagte Ulf mit lauter Stimme und blickte in den Gastraum wie ein Showmaster ins Publikum, »verrate ich dir lieber unter vier Augen.«

Gemurmel machte sich im Schankraum breit wie ein aufkommender Sturm. Ulf lächelte selbstsicher. Er war in der besseren Position, er sah die Gesichter der Leute.

Erk drehte sich zu den Gästen um. Dann wandte er sich an Sabine. »Ist das Hinterzimmer frei?«

Sie lächelte. »Jetzt nicht mehr. Nehmt eure Gläser mit und macht die Tür zu. Dann ist wieder Ruhe im Bau. Und wehe, ihr schlagt euch die Köppe ein.«

Erks Kumpel stand auf. »Soll ich mitkommen, als dein Zeuge?«

Janssen stieß einen Finger gegen dessen Brust. »Wäre besser, dein Freund Erk redet ohne Bewacher mit mir. Du bringst dich sonst in eine schwierige Situation.«

Erk schluckte. Was wollte Ulf von ihm? Was wusste er über ihn? Hatte es mit Hanna zu tun?

Alles hatte heute mit Hanna zu tun.

Ulf forderte ihn mit einer Geste auf, voranzugehen. Der Fremdling wusste nicht, wo das Hinterzimmer lag.

Auf dem Weg vom Tresen zu dem abgeschiedenen Raum, der für kleinere Feiern reserviert war, vermied Erk es, den anderen Männern in die Augen zu sehen. Er hatte das Gefühl, jeder hielt den Atem an wie er. Jeder fragte sich genau wie er, was es so Geheimnisvolles zwischen Ulf und ihm zu besprechen gab.

Und jedem war klar: Es hatte mit Hanna und dem Dünenhaus zu tun.

Auf dem Weg zu dem Zimmer stellte Erk sich vor, dass er die Tür aufhalten würde, bis Ulf eingetreten war. Dass er sie hinter seinem Rücken lautstark schließen würde. Dass Ulf bereits sitzen würde, wenn er noch stand. Dass er aus der Position des Überlegenen heraus von oben herab das Gespräch beginnen und sich dann erst setzen würde.

Es kam anders.

Kaum hatte Erk den Raum betreten, drückte Ulf ihm eine Hand in den Rücken und schob ihn vor sich her, in die Höhle hinein.

Ulf war derjenige, der die Tür hinter ihm schloss. Ulf war derjenige, der noch stand, als Erk sich wie ferngesteuert hingesetzt hatte. Und Ulf war der, der die Frage auf ihn niederprasseln ließ:

»Was hattest du gestern Abend am Dünenhaus zu suchen?«

Das Blut rauschte durch Erks Adern wie die Nordsee bei Sturm. »Was ... Was meinst du? Ich – war ... Ich ...«

Tausend Gedanken wirbelten durch seinen Kopf. Bilder. Blitze. Fragen. Was sollte er sagen? Sollte er überhaupt etwas sagen? Musste er eine Antwort auf diese Frage geben? Was würde passieren, wenn nicht? Was wusste Ulf Janssen?

Irgendetwas hatte er gegen ihn in der Hand. Sonst säßen sie nicht hier.

»Jetzt bist du platt, was?« Ulf führte sein Bierglas zum Mund. Er wirkte so unendlich ruhig, so sicher. Dieser Mann wusste anscheinend genau, was er tat.

Mit beiden Händen klammerte Erk sich am Stuhl fest. Der Boden unter ihm sank in Richtung Hölle. Als die Talfahrt stoppte, der Schwindel nachließ, rieb er sich die Augen. Einen Moment lang drückte er die Fäuste auf die Lider. Dann legte er die Hände auf den Tisch, knetete sie, holte Atem. »Was geht dich das an, wann ich mich wo aufhalte?«

Ulf lehnte sich entspannt zurück und streckte die Beine von sich. Seine Augenbrauen hoben sich. »Mir selbst kann es egal sein im Prinzip. Die Polizei dürfte das anders sehen.« Er schüttelte den Kopf und lächelte, als wollte er zum Ausdruck bringen, wie dumm Erk doch gewesen war, sich ohne Tarnkappe in der Nähe des Wriakhörnsees aufgehalten zu haben. »Es war aber auch eine selten ungünstige Zeit, zu der du durch die Dünen gestrolcht bist. Du willst der Kripo nicht im Ernst weismachen, dass du nur zufällig um genau den Tatzeitpunkt herum vom Dünenhaus weggerannt bist?«

»Ach, guck an«, erwiderte Erk. »Woher kennst du denn den Tatzeitpunkt so genau?«

Ulf warf den Kopf in den Nacken. »Ha-ha-ha-ha.« Ein forciertes Lachen.

Erk schlug mit der Faust auf den Tisch. Dann besann er sich. Eine Schlägerei mit Ulf Janssen war das Letzte, was er jetzt brauchen konnte. »Sag, woher?«

Sein Gegenspieler blickte ihn wieder an. Er legte die Arme auf den Tisch und lehnte sich weit vor. »Kathi und Hanna haben sich gestern bei uns getroffen. Am Nachmittag haben sie in Kathis Zimmer gesessen und Pläne geschmiedet für den kunsthandwerklichen Workshop, den sie demnächst wieder gemeinsam veranstalten wollten. Danach ist Hanna ins Dünenhaus geradelt. Sie wollte dich treffen.«

Erk wurde speiübel. »Mich treffen?«

»Tu doch nicht so«, wehrte Ulf ab. »Hanna hat mit Kathi darüber geredet. Jördis und sie wollten das Dünenhaus zurück.«

Erk schüttelte den Kopf. »Was redest du denn da?«

Ulf tat, als würde er langsam die Geduld verlieren. »Kathi war nicht wohl dabei, Hanna alleine mit dir in dem einsamen Haus zu wissen. Ich bin mit ihr nach Wittdün gefahren. Du hast uns auf dem Bohlenweg nicht gesehen. Du bist in die andere Richtung geflohen.«

Erk unterdrückte die Übelkeit, die in ihm aufstieg. »Das müsst ihr erst mal beweisen. Und überhaupt – was soll dieses Gespräch? Was willst du von mir?«

Ulf kniff die Augen zusammen. Es kam Bewegung in seinen Körper, der bisher, von einer leichten Nervosität abgesehen, erstaunlich ruhig auf dem Stuhl auf der gegenüberliegenden Seite des Tisches verharrt hatte. »Verkauf mir das Dünenhaus.«

Auf einmal spürte Erk den Schmerz in seinen angespannten Kiefergelenken. In dem Bemühen, sie zu lockern, schob er sie millimeterweise hin und her. Langsam wurde ihm bewusst, wie verspannt sein ganzer Körper war. Seine Hormone waren im Alarmzustand. Ulf Janssen war alles zuzutrauen.

»Leg die Karten offen«, sagte er. »Worauf läuft das Spiel, das du mit mir treibst, hinaus?«

»Das kannst du dir an den Fingern einer Hand selbst ausrechnen.« Ulf schob den Stuhl zurück. Er stand auf, trank sein Bier aus und ging mit dem Glas in der Hand zur Tür. Bevor er sie öffnete, drehte er sich noch einmal zu Erk um. »Ich spiele nicht, ich meine es ernst. Überleg dir, wie du dir deine Zukunft vorstellst. Als freier Mann, lediglich um eine Immobilie ärmer, oder die nächsten fünfzehn Jahre im Knast.«

Wütend warf Erk sein Glas an die Wand. »Was glaubst du, gegen mich in der Hand zu haben?«

Ulf lächelte, zuckte mit den Schultern und legte die Hand auf den Türgriff. »Vermisst du nicht etwas? Das, was du in der Nähe des Tatorts verloren hast?«

Er öffnete die Tür und stolzierte hinaus.

Wie erschlagen blieb Erk zurück. Er umklammerte die Tischkanten. Die Wände um ihn herum gerieten ins Wanken, der Boden schlug Wellen. Er fühlte sich wie im Sattel eines betrunkenen, völlig durchgedrehten Pferdes.

Ulf hatte die Tür offen stehen lassen. Jetzt kehrte er noch einmal zurück. »Die Adresse, an die du deine Preisvorstellung senden kannst, ist dir bekannt. Und setz die Summe nicht zu hoch an. Du kannst es dir nicht leisten, mich zu verprellen.«

# 9

Bubendey wohnte etwas außerhalb von Wittdün an der Inselstraße, die sich vom Ortseingang des jüngsten Dorfes der Insel bis zum Hafen hinzog. Auf der südlichen Straßenseite lagen in loser Folge Häuser, deren Grundstücke an die Dünenkette angrenzten. Die gegenüberliegende Seite wurde von einem dicht bewachsenen Waldstreifen gesäumt, durch den ein asphaltierter Radweg führte. Hinter dem Radweg lagen Wiesen, die bis zum Watt reichten.

Das Haus des Professors, ein Gebäude älteren Baujahrs, wirkte so wie der Bewohner selbst: naturbelassen und in den Ruhestand versetzt. Es stand auf einem Grundstück, das einen etwas verwilderten Eindruck machte, wie Kuno es von einem Ökologen erwartete.

»Hier verabschieden wir uns von Okko und Friedrich«, sagte Kuno, als sie vor der Gartenpforte standen.

Friedrich fing an, zu protestieren.

»Nix da«, sagte Kuno. »Hier endet dein offizieller Recherchebereich, und gleich da vorne ist die Bushaltestelle. Wir sehen uns.« Er winkte ihm zu, drehte sich um und folgte Bubendey und Arne zum Hauseingang.

»Bisschen aufdringlich ist er ja manchmal, Ihr Inselreporter«, sagte der Professor und bat die Ermittler herein. Er ging in die Wohnküche, rückte Stühle vom Tisch und bat seine Gäste, sich zu setzen.

Auf der Fensterbank standen Blumentöpfe mit verschiedenen Kräutern. Mit dem Finger prüfte Bubendey die Feuchtigkeit der Erde. Er nahm eine Gießkanne und begoss Basilikum und Petersilie. Es sah aus, als spräche er ein paar Worte mit den Pflanzen.

Unauffällig beobachtete Kuno den Gastgeber. Er registrierte den sanften, geduldigen Blick, das weise Lächeln, die besonnenen Bewegungen.

Bubendey stellte die Gießkanne wieder an ihren Platz. »Was darf ich Ihnen servieren?«, fragte er die Ermittler mit der freundlichen Miene eines Kellners.

»Danke, nichts Flüssiges«, sagte Kuno. »Eine Handvoll Auskünfte wäre uns genug.«

Bubendey begann, ihm sympathisch zu werden – gefährlich sympathisch für jemanden, der sich im Zuge der der Ermittlungen als verdächtig erweisen könnte. Vor diesem Hintergrund wollte Kuno sich auf keinen Fall mit einem Tee, dem vielleicht zur Feier des Sonntags ein Schuss Rum beigegeben wurde, um den Finger wickeln lassen.

»Aber ein Schluck Apfelsaft darf es doch wohl sein?«, fragte Bubendey. Er stellte eine Flasche Saft und Gläser auf den Tisch. »Sie bedienen sich bitte einfach.«

»Danke«, sagte Kuno und machte eine ausladende Geste. »Schön haben Sie es hier. Gemütlich.«

Bubendey strahlte ihn an. »Dieses Haus hat eine Seele. Das habe ich gleich bei der ersten Besichtigung gespürt. Glücklicherweise konnte ich viele Möbel von der verstorbenen Besitzerin übernehmen. Jedes Stück, das hier steht, hat seine Geschichte. Ich habe mir jede einzelne von der Nichte der Dame erzählen lassen.«

»Wohnen Sie das ganze Jahr über auf Amrum?«, erkundigte sich Arne.

»Nein. Zeitweise lebe ich in Bremen.«

Bubendey stand auf und ging in einen anderen Raum. Er kehrte mit einem Fotoalbum in den Händen zurück, legte es auf den Tisch und schlug es auf. »Meine Enkel«, sagte er stolz und drehte das Album erst so, dass Arne die Bilder betrachten konnte. Er wartete einen Moment, dann schob er es Kuno zu und ließ sich langsam wieder auf seinen Stuhl sinken, den Blick erwartungsvoll auf den Hauptkommissar gerichtet.

Anstandshalber gab Kuno sich interessiert und blätterte ein wenig darin herum. »Zwei Mädchen und ein Junge, sehe ich das richtig?«

Bubendey nickte. »Die Kinder meiner Tochter. Meine verstorbene Frau und ich haben nur die eine.«

Damit hatte er die Antwort auf Kunos nächste Frage vorweggenommen. Okko hatte ihm nie etwas über das Privatleben seines Geschäftspartners erzählt. Dass er etwas über Bubendeys Lebensumstände erfahren wollte, war keine Neugier, redete Kuno sich ein, es war Interesse. Interesse am neuen Leben seines Bruders und an einem potenziell verdächtigen Mann.

»Sie pendeln also?«, fragte Kuno.

»Wenn Sie es so nennen wollen, ja. Ich sage immer: Ich wechsele die Lebensräume.«

»Besucht Ihre Familie Sie auch mal auf der Insel?«

»Bisher nicht.« Ein Schatten des Bedauerns zog über Bubendeys Gesicht. Dann lächelte er wieder. »Apropos Familie: Ihr Bruder hat sich wirklich toll gemacht. Gratulation dazu!« Er hob sein Glas und prostete Kuno zu. »Als wir uns kennenlernten, war er noch halb auf der Kippe. Aber als wir anfingen, unser Konzept auszuarbeiten, ist er richtig aufgeblüht. Ich glaube, er war schlicht unterfordert in all den Jahren ohne richtigen Job. Ihre Eltern haben ihm in jungen Jahren wohl nie viel zugetraut, was? Hat immer im Schatten des großen Bruders gestanden, der Junge.«

Arne grinste mit einem Anflug von Spott. Sein Blick drückte seine Gedanken aus: ›Siehst du, hab ich es nicht schon immer gesagt?‹ Wie gern hätte Kuno ihm jetzt mit der Hand übers Gesicht gewischt!

»Wie kam es eigentlich, dass Sie gestern verschlafen haben?«, fragte er unvermittelt, um von diesen viel zu familiären Themen wegzukommen. Sie waren schließlich nicht zum Privatplausch hier. »Sie machen auf mich nicht den Eindruck eines Mannes, der seine Termine nicht einhält.«

Das Telefon klingelte. Dem Ton nach musste es einer dieser uralten schwarzen Wählscheibenapparate mit dem knochenförmigen Hörer sein, die man vom Keller bis unters Dach hörte. Vermutlich ebenfalls von der früheren Besitzerin des Hauses übernommen.

»Entschuldigung«, sagte Bubendey und huschte in das Zimmer nebenan. »Bubendey. – Ah, Okko, über dich haben wir gerade geredet. – Nein, nur Gutes. Was gibt es denn?«

Arne beugte sich zu Kuno vor. »Eigentlich gar nicht so übel, der Typ«, raunte er. »Bisschen verschroben vielleicht, aber genau so, wie ich mir einen pensionierten Biologieprofessor vorstelle.«

»Okay, dann bis morgen früh«, dröhnte Bubendey. »Und, Okko, echt toll, dass du das hingekriegt hast.« Die Schuhe des Professors schlappten über den Flur zurück in die Wohnküche. »Ihr Bruder hat einen Raum für uns organisiert.« Er setzte sich hin und verschränkte zufrieden die Hände im Schoß. »Sie können also in Ruhe Ihre Ermittlungen im Dünenhaus weiterführen.«

»Na, da sind wir aber erleichtert«, sagte Arne. Nur wer ihn kannte, hörte den ironischen Unterton heraus.

Bubendey, ganz der weise Hochschullehrer, hob den Finger wie einen Taktstock und sah Kuno an. »Warum ich gestern verschlafen habe, als Ihr Bruder am Dünenhaus auf mich gewartet hat, wollten Sie wissen.«

»Richtig.«

»Die Antwort ist ganz einfach. Ich hatte Kopfschmerzen. Das Wetter.« Er griff sich an den Schädel, als würde allein die Erinnerung an den gestrigen Nachmittag den Schmerz erneut auslösen. »Wenn der Wind von Südost auf Nordwest dreht, das bekommt mir nicht. Ich habe am Nachmittag, so gegen halb vier, eine Kopfschmerztablette genommen. Dann habe ich mich nur für einen Augenblick drüben im Wohnraum aufs Sofa gelegt. Nur für einen Augenblick habe ich die Augen geschlossen.« Er hob ergeben die Hände. »Was soll ich sagen? Als ich nach dem Augenblick auf die Uhr guckte, war es schon reichlich spät.«

Der leidende Blick wich einem schelmischen Grinsen, und Kuno fragte sich, ob die Kopfschmerztablette eine Lüge war.

Leider fiel Arne ihm in den Rücken. »Stimmt«, sagte er und griff sich ebenfalls an die Schläfe. »Den Wechsel der Windrichtung hab ich auch gespürt.«

»Sehen Sie!«

Die Begründung war jedenfalls geschickt gewählt. Die Frage nach einem Zeugen für den Zeitraum, in dem Okko vergeblich am Dünenhaus gewartet hatte, erübrigte sich. Einem schlafenden Witwer, der allein in einem Haus am Rand von Wittdün lebte, konnte bestenfalls das Sandmännchen ein Alibi geben.

»Nach dem Aufwachen sind Sie aber nicht auf die Idee gekommen, sich bei meinem Bruder zu melden«, sagte Kuno mit einer Stimme, die halb Tadel, halb Scherz ausdrückte. »Für einen Mann Ihres Formats ungewöhnlich, oder nicht?«

»Wissen Sie, wie spät es war, als ich aufgewacht bin?«

»Noch nicht«, erwiderte Kuno.

»Es ging auf Mitternacht zu. Hätte ich Okko um die Zeit noch anrufen sollen?« Bubendey schenkte sich Apfelsaft nach.

Konnte man ihm wirklich trauen? Kuno neigte den Kopf zur Seite und sah dem Professor tief in die Augen. Bubendey erwiderte den Blick. Sie lieferten sich ein kleines Duell. Wer von ihnen würde als Erster nachgeben und dem Blick des anderen ausweichen?

Kuno wandte einen alten Trick an. Er fokussierte einen Punkt auf Bubendeys Stirn, der genau zwischen den Augen seines Gegenübers lag.

»Hanna Lindegard«, sagte Arne plötzlich mit harter Stimme. »Sie kannten die junge Frau.«

Langsam löste der Professor sich aus seiner starren Haltung und wandte sich Arne zu. Er lächelte nachsichtig. »Auf Amrum kennt man schnell jeden, der hier dauerhaft wohnt.«

»Sie haben sich sehr gut verstanden, wie es heißt.«

Dankbar für Arnes Vorstoß beschloss Kuno, sich nun doch ein Gläschen Saft zu genehmigen. Mit derselben Seelenruhe wie der Gastgeber vorhin drehte er den Flaschenverschluss auf und schenkte sich ein Glas halb voll. »Du auch?«, fragte er seinen Kollegen.

»Danke, jetzt nicht.« Arne ließ Bubendey nicht aus den Augen.

»Wer sagt, dass wir uns gut verstanden haben?«, fragte der Professor.

»Haben Sie oder haben Sie nicht?«, fragte Kuno über den Rand seines Glases hinweg. Er probierte den Saft. »Hmmm, wirklich gut.«

»Selbstgemacht«, erwiderte Bubendey stolz. »Ich habe eine große Obstwiese zu Hause in Bremen. Da ernte ich jedes Jahr meine Äpfel und stelle den Saft selbst her.«

»Interessant«, sagte Arne kühl. »Darüber unterhalten wir uns gerne zu einem anderen Zeitpunkt. Jetzt sind wir hier, um uns über das Umfeld von Hanna Lindegard zu informieren. Sie gehörten zu ihrem engeren Kreis?«

Bubendey rückte mit dem Stuhl vom Tisch ab. »So kann man das wirklich nicht sagen.«

Kuno nagelte ihn freundlich fest. »Da haben wir andere Aussagen«, sagte er auf gut Glück. »Nicht, dass Gerüchte kursierten. Aaaber ...« Er tat, als wäre es ihm unangenehm, konkreter zu werden.

Die Lippen des Professors wurden schmal. Er senkte den Blick. Seine Hände griffen erneut nach der Apfelsaftflasche. Es war eine reine Verlegenheitsgeste, ohne Frage. Die Ruhe, die Bubendey bisher ausgestrahlt hatte, wich einer leichten Nervosität, die ihm wohl selbst bewusst war und die er zu kaschieren versuchte. Er öffnete die Flasche und schenkte einen Schluck nach, obwohl sein Glas noch halb voll war. Bedächtig stellte er die Flasche wieder hin und drehte das Glas in der Hand.

»Hanna hat in meiner Nähe gewohnt.« Bubendey deutete mit dem Daumen zur Straße. »Ein paar Häuser weiter. Aber das wissen Sie sicher.« Er räusperte sich, tupfte eine Brotkrume vom Tisch auf, hielt den Finger über den Boden und sah zu, wie der Krümel hinunterfiel. »Was sie vermutlich nicht wissen, ist ...« Er guckte zum Fenster hinaus. »Hanna war hinter mir her. Sie war hinter mir her wie eine hungrige Wölfin hinter Frischfleisch.«

Vor Kunos Augen spielte sich unwillkürlich eine Szene ab, die er als pietätlos bezeichnet hätte, wenn Arne ihm gebeichtet hätte, er selbst stellte sich diese Bilder vor: Die kernige, lebensfrohe Hanna, die den längst nicht mehr taufrischen emeritierten Dionisius Bubendey jagte. Das schüttere graue Haar des Professors, das auf der Flucht vor der jungen Frau im Wind wehte.

Er rief sich stumm zur Ordnung. »Könnten Sie etwas konkreter werden, Herr Professor?«

»Bubendey.« Der Professor hielt sich die Faust vor den Mund und räusperte sich. »Nennen Sie mich einfach Bubendey. Hatte ich nicht vorhin schon darum gebeten?« Abwartend sah er die Ermittler an.

Kuno konnte sich beim besten Willen nicht daran erinnern, dass dieser Mann sich vorhin dazu geäußert hätte, wie er angeredet werden möchte. Mit einem schlichten »Okay« ging er über das Angebot hinweg. »Sie wollten etwas zu der Art des Kontaktes zwischen Ihnen und Hanna Lindegard sagen.«

»*Ich* wollte nicht«, korrigierte Bubendey ihn. »*Sie* wollten das.«

»Herr Bubendey, bitte«, sagte Arne. »Jede Aussage, die uns über die Person der Hanna Lindegard Aufschluss geben kann, ist für uns wichtig.«

Stumm dankte Kuno seinem Kollegen, dass er diese heikle Frage nach Bubendeys Beziehung zu Hanna so elegant umformuliert hatte. Es war zu früh, den Mann konkret zu verdächtigen, und doch ergaben sich erste Anhaltspunkte. Jetzt galt es, den Professor in Sicherheit zu wiegen, damit er ihnen bereitwillig Auskunft gab.

Kuno versuchte ebenfalls, Vertrauen zurückzugewinnen. »Verzeihen Sie, wenn ich auf den Altersunterschied anspiele, aber so ganz zu vernachlässigen ist der ja nicht. Für Sie muss es doch schmeichelhaft gewesen sein, dass eine so junge Frau sich für Sie interessiert.«

Um Bubendeys Augen bildeten sich tausend Lachfältchen. »Wenn ich ehrlich sein soll ...« Er zierte sich, was Kuno etwas albern fand. »Ich bin das aus meiner Zeit an der Hochschule gewohnt. Es lässt mich ziemlich unbeeindruckt.«

»Was sind Sie gewohnt?«, fragte Arne.

»Na, die Anbaggerversuche junger Frauen«, erwiderte Bubendey. »Sie können sich gar nicht vorstellen«, fuhr er leise fort, »wie viele Studentinnen davon träumen, zur Professorengattin aufzusteigen. Da bekannt war, dass ich früh verwitwet war ...«

»Konnten Sie sich vor Angeboten nicht retten«, vollendete Arne den Satz in latent höhnischem Ton. »Aber das Fach Biologie studieren bekanntlich mehr Männer als Frauen. Da kann der Ansturm auf Sie doch gar nicht so groß gewesen sein.«

»Im Prinzip stimmt das«, meinte Bubendey. »Aber wenn Sie auch nur zwanzig Frauen in einem Studiengang haben und fünf davon sind hinter Ihnen her, wissen Sie, was das für Sie bedeutet?«

Arne überlegte kurz. »Man ist total genervt. So sehr, dass man die Damen um jeden Preis abschütteln will.«

Bubendey drückte den Rücken durch. »Wo denken Sie hin?«, parierte er.

Er hatte natürlich gemerkt, worauf Arne hinauswollte. Wenn Hanna es aber wirklich auf diesen Mann abgesehen und er sie zurückgewiesen hatte, dann gab es hier womöglich einen Ansatz für ein Motiv: verletzte Eitelkeit aufseiten Hannas, daraus resultierende Wut, die zu Unterstellungen bis hin zu der Drohung führte, ihn zu verleumden – den Spieß umzudrehen und zu behaupten, er habe sie im Dünenhaus belästigt. Es wäre nicht das erste Mal, dass aus solch einer vertrackten Situation heraus ein Mord geschah.

»Wir schweifen ab, Herr Bubendey«, sagte Kuno. »Ihre Mädels an der Bremer Uni in Ehren ...«

»Sie selbst haben davon angefangen.«

»Gut, ja, aber wir ermitteln im Mordfall Hanna Lindegard, nicht in Sachen Umgarnung eines Hochschullehrers im Universitätsumfeld. Wie war das denn so mit der Hanna? Hatte sie noch andere Verehrer?«

Bubendeys Hand zitterte, als er sein Saftglas an den Mund führte. »Ich war nicht ihr Verehrer. Es war genau umgekehrt. Habe ich mich gerade nicht deutlich genug ausgedrückt?« Er trank einen winzigen Schluck und stellte das Glas auf den Tisch zurück. »Sie hat sich auch an Teilnehmer unserer Projekte rangemacht.«

»Sie war also altersmäßig ziemlich breit aufgestellt«, konstatierte Arne in seiner unnachahmlich drögen Art.

»Kann man so sagen.« Bubendey seufzte. Die Erinnerung daran schien ihm unangenehm zu sein.

»Hat das wehgetan?«, fragte Kuno mit samtweicher Stimme.

Bubendeys Miene nahm wieder diesen in sich ruhenden Ausdruck an. »Mir nicht.« Er bückte sich, zog unter dem Tisch ein Fußbänkchen hervor, stellte einen Fuß darauf und rieb sich das Knie. »Beginnende Arthrose«, merkte er an und fuhr fort: »Hanna war ein lebenslustiges Ding.«

»Ein Ding?«, fragte Arne.

»Sie wissen, wie ich das meine. Ich glaube, beim Anblick jedes ...«, Bubendey hüstelte, »... attraktiven Mannes, egal welchen Alters, lief bei ihr sofort ein Film ab, wie das Leben mit ihm aussehen könnte.«

»Um das noch mal fürs Protokoll festzuhalten«, sagte Arne förmlich. »Sie sind sicher, dass Sie kein Verhältnis mit Hanna Lindegard hatten.«

Der Professor bedachte Arne mit einem milden Lächeln. »Absolut sicher. Es gab keine privaten Kontakte zwischen uns außer dem, dass sie gelegentlich ein Paket für mich angenommen hat, wenn weder ich noch meine direkten Nachbarn zu Hause waren, und dass ich sie zum Dank mal auf einen Kaffee eingeladen habe.«

»Sie haben sie *mal* eingeladen?« Arne legte die Hand ans Kinn. »Wie häufig war das? Ein Mal, zwei Mal, drei Mal, unzählige Male?«

Bubendey hielt ihm einen Daumen entgegen. »Ein ganzes Mal. Hier am Tisch haben wir gesessen.«

Er stand auf und holte einen Becher aus dem Küchenschrank hervor, einen blauen Keramikbecher mit einem weißen Anker. »Aus diesem Becher hat sie ihren Kaffee getrunken. Danach wäre sie gerne noch ein wenig länger geblieben.« Er lächelte verschmitzt. »Aber bei mir konnte sie nicht vor Anker gehen.«

Mit der Gelassenheit, die Kuno zu Beginn schon bei ihm bemerkt hatte, stellte er die Tasse wieder in den Schrank zurück und setzte sich hin. Dieser Mann war zu schlau, man konnte ihm keine Falle stellen. »Hanna Lindegard selbst war ja auch nicht gerade unattraktiv«, sagte Kuno. »Haben Sie mal erlebt, dass es unter den jungen Männern Streit um ihre Gunst gab?«

Bubendey schüttelte energisch den Kopf. »Den gab es nicht. Fragen Sie Ihren Bruder.«

Diese Antwort brachte Arne unseligerweise auf eine ganz neue Idee. »Wie war denn das mit Okko? War Hanna auch an ihm interessiert?«

Kuno krallte sich an der Tischkante fest, um seinem Kollegen nicht postwendend ein paar passende Worte um die Ohren zu hauen.

Der clevere Bubendey hatte wohl erraten, was in ihm vorging. Er zwinkerte ihm zu. »Nein«, sagte er. »Für Okko hat sie sich nicht interessiert. Er sich aber auch nicht für sie. Okko hat nur Augen für seine Projekte.«

»Genau wie Sie«, schob Kuno hinterher.

»Meine Geliebte«, erwiderte Bubendey, »ist die Natur höchstpersönlich.«

»Ja, das glaub ich aufs Wort«, rief Arne aus.

Kuno betrachte Bubendeys verklärte Miene. Sie waren an einem Punkt angelangt, an dem ihr Gesprächspartner nicht mehr viele Informationen beisteuern würde. Er nahm sein Glas in die Hand, trank den Rest Apfelsaft aus und stand auf. »Guter Tropfen, der Saft. Handeln Sie auch damit?«

»Wenn Sie möchten«, erwiderte der Professor, »bringe ich Ihnen von meiner nächsten Tour nach Bremen ein paar Flaschen mit.«

Der Hinweis auf Bremen weckte Kunos Misstrauen. »Wann fahren Sie denn wieder hin?«

Auch Bubendey erhob sich. »Demnächst. Konkrete Pläne hab ich nicht. Ich entscheide das spontan, je nach Wind und Wetter.«

Arne sprang auf und versperrte ihm den Weg zur Haustür. »Wie erreichen wir Sie da?«

Der Professor nickte verständig. »Ich sehe, Sie trauen mir nicht so ganz. Sie denken wohl, ich rudere heimlich nachts aufs Festland, trampe nach Bremen, packe meine Sachen und nehme den nächsten Bananendampfer in die Karibik.«

Er fasste Arne bei den Schultern und schob ihn beiseite. »Moment«, sagte er, düste aus der Wohnküche und hüpfte die Treppe in den ersten Stock hinauf. Er kam mit zwei Visitenkarten zurück, auf deren einer Seite seine Amrumer, auf der anderen die Bremer Kontaktdaten standen.

»Und die Handynummer?«, fragte Arne, der auf den ersten Blick erkannt hatte, dass sie fehlte.

Bubendey kramte einen Stift aus einer Küchenschublade hervor, notierte die Nummer auf den beiden Karten und überreichte sie den Ermittlern wieder. »Die Nummer ändert sich immer mal.«

»Aber nicht in den nächsten Tagen«, erwiderte Kuno in einem Tonfall, der offenließ, ob der Satz als Frage oder als Befehl gemeint war.

Der Gesichtsausdruck des Professors zeigte, dass er verstanden hatte, was Kuno damit sagen wollte.

Bubendey geleitete die Kommissare zur Haustür. Er wischte sich die Hand unauffällig am Hosenbein ab und reichte sie erst Kuno, dann Arne. »Ich drücke Ihnen die Daumen, dass Sie den Täter bald finden. Auf so einer überschaubaren Insel, wo jeder jeden kennt, wird einem ein bisschen mulmig zumute, wenn man weiß: Einer von uns muss es gewesen sein.«

Kuno reckte betont auffällig den Hals, um von der Haustür in den Raum zu blicken, der sich am anderen Ende des Flures befand. »Da liegt Ihr Wohnzimmer?«

»Erraten.«

»In dem Raum steht das Sofa, auf dem Sie gestern Abend Ihre Kopfschmerzen auskuriert haben?«

»Richtig.«

»Das Zimmer geht zum Garten raus?«

»Das Zimmer geht zum Garten raus«, wiederholte Bubendey mit einer unglaublich freundlichen Bissigkeit. »Und um die Antwort auf Ihre nächste Frage gleich vorwegzunehmen: Nein, es hat mich zufällig kein Nachbar fotografiert, um zu dokumentieren, dass ich hier und nicht am Dünenhaus war, als Hanna Lindegard ermordet wurde. Ich habe keine Zeugen.«

Der Professor schickte seinen Worten ein Lächeln hinterher. Zweifellos war er einer dieser Menschen, die sich durch nichts auf der Welt dauerhaft aus der Ruhe bringen ließen. Mal für einen Moment etwas nervös werden, ja. Aber dann war auch wieder gut.

War so jemand fähig, im Affekt eine junge Frau zu ermorden?

»Nix für ungut«, sagte Kuno und verließ mit Arne das Haus.

Hinter ihnen fiel die Tür ins Schloss. Der Schlüssel wurde zweimal umgedreht.

»Und?«, fragte Arne leise, während er den Blick auf die Natursteinplatten gerichtet hielt, die den Weg zwischen der Treppe zum Hauseingang und dem Gartentor markierten.

Kuno überlegte, was er sagen sollte. Plötzlich nahm er wahr, wie die Tür noch einmal aufgeschlossen wurde.

»Herr Knudsen?«, rief Bubendey ihn an.

Halb im Gehen drehte Kuno sich um, dann blieb er stehen. »Ja?«

»Hoffentlich hat Okko Zeugen dafür, dass er nichts anderes gemacht hat, als Strandflöhe zu zählen, als er am Samstagnachmittag am Dünenhaus war. Ich arbeite nämlich sehr gerne mit ihm.«

Kuno durchzuckte es heiß. »Ja, schau'n wir mal.« Er nickte dem Professor zu und ging weiter.

»Hat der das ernst gemeint?«, raunte Arne ihm zu.

»Was meinst du jetzt? Die Aussage, dass er gerne mit Okko arbeitet?«

»Dass er hofft, dass Okko ein Alibi hat.«

Kuno schluckte. »Komm mir bloß nicht schräg. Du kennst Okko. Er hat die Leiche gefunden. Er ist der Melder, weiter nichts.«

Arne hob die Hände. »Schon gut, schon gut. Ich sehe es genauso. Aber du weißt, wie schnell die Leute reden.«

»Jo, weiß ich. Dagegen gibt's nur eins.«

»Was denn?«

»Den Mörder zu finden, und zwar so bald wie möglich.« Schweigend trottete Kuno zum Wagen.

»Und wenn das gerade nur ein Ablenkungsmanöver von dem Bubendey war?«, fragte Arne, als sie im Auto saßen und auf dem Rückweg nach Nebel am Haus des Professors vorbeifuhren.

»Ein Ablenkungsmanöver?« Kuno warf einen Blick in den Rückspiegel. Dem Dienstwagen der Ermittler näherte sich der erste Wagen der Kolonne, die gerade von der Fähre im Hafen von Wittdün gerollt war.

»Ja, ein Ablenkungsmanöver«, sagte Arne. Er lehnte sich zurück und schloss die Augen. Eine Angewohnheit, mit der er demonstrieren wollte, dass er gerade in eine Szene abtauchte, die er sich zum aktuellen Fall ausmalte und über die er besonders intensiv nachdachte. »Hat er

Okko beim Abschied ganz nebenbei in den Fokus unserer Überlegungen rücken wollen, damit wir nicht mehr darüber spekulieren, wie er selbst zu Hanna Lindegard gestanden hat?«

»Junge«, sagte Kuno. »Wenn du weiter so fantasierst, schlage ich dich für den Nobelpreis für kriminalistischen Surrealismus vor.«

»Das kannst du gerne machen«, erwiderte Arne munter. »Während du das Formular dafür ausfüllst, meine Daten hast du ja, werde ich mal recherchieren, was es mit dem Bubendey und seinen Studentinnen auf sich hat. Ich glaube nämlich, dass der Mann es faustdick hinter den Ohren hat.«

Kuno näherte sich dem Fußgängerüberweg, an dem zwei Familien mit kleinen Kindern die Inselstraße überqueren wollten. »Faustdick?« Vor Lachen trat er fester auf die Bremse als beabsichtigt. »Das glaubst du wohl selbst nicht, dass dieser zerstreute Umweltgelehrte der Typ ist, auf den die jungen Studentinnen stehen. Dass die hinter ihm her gewesen sein sollen, existiert nur in seinen Wunschträumen, da bin ich ganz sicher.«

Arne hatte die Augen wieder geöffnet. Kuno spürte, wie seine Blicke ihn streiften. »Sprichst du aus eigener Erfahrung?«

»Habe ich jemals behauptet, die jungen Frauen seien hinter mir her?«, gab Kuno zurück. »Ich war immer auf Bente fixiert. Ganz intuitiv war mir klar, dass sie die Frau ist, die ich mir seit Urzeiten gewünscht hab.«

»Hat aber lange gedauert, bis die Intuition in dein Bewusstsein gerückt ist.«

Kuno seufzte. »Können wir bitte das Thema wechseln? Sonst läuft das Gespräch am Ende noch darauf hinaus, dass du mit deiner Inka heute Abend woanders essen musst.«

Arne schlug sich lachend auf den Schenkel. »Dann lad ich uns zwei bei Friedrich ein. Wetten, dass ich danach besser über den Fall Hanna Lindegard informiert bin als du?«

Kuno passierte das Verkehrsschild, das ihm eine Geschwindigkeit von siebzig Kilometern pro Stunde zugestand, und gab Gas. »Ist dir vielleicht noch irgendwas Griffiges bei dem Gespräch mit dem Professor aufgefallen, außer der Sache mit den jungen Frauen?«

Erneut schloss Arne die Augen. Er rieb sich die Stirn und massierte mit zwei Fingern die Nasenwurzel. »Dem Mann wurde ungemütlich zumute, als du die Rede auf seine verpennte Verabredung mit Okko gebracht hast.«

»Na, so ungemütlich nun auch wieder nicht. Ich hatte den Eindruck, es war ihm ein bisschen peinlich.«

»Nachgebohrt hast du aber schon«, beharrte Arne.

»Während du voll auf die Nummer mit den Kopfschmerzen eingestiegen bist. Und ich saß da zwischen zwei Mimosen, die still vor sich hin leiden, wenn der Wind die Richtung wechselt. Aber lass uns mal weiter überlegen. Mir ist aufgefallen ...«

Arne hob eine Hand, um Kunos Redefluss zu stoppen. »Er liebt seine Obstbäume, er ist stolz auf seinen selbst gemachten naturtrüben Apfelsaft, aber er verliert kein Wort der Trauer über Hanna Lindegard.«

»Und das«, ergänzte Kuno, »obwohl sie ihm doch als Paketannahmestelle so dienlich war. Jetzt frag ich mich, warum der Mann sich eigentlich so viele Sachen schicken lässt. Was braucht er so Spezielles, was er auf der Insel nicht bekommt?«

»Nach Sendungen von Modeshops sah er mir nicht aus, so wie er gekleidet war.«

Kuno teilte Arnes Eindruck. »Er bekommt bestimmt viele Büchersendungen. Oder Präparate für irgendwelche Forschungsarbeiten.«

Sie erreichten den Parkplatz der Wache in Nebel. Arne zog am Griff der Beifahrertür, hielt die Tür aber noch angelehnt. »Guck mal da«, sagte er, bevor er ausstieg, und wies mit dem Kopf auf eins der Fenster. »Wer ist denn das?«

Eine Frau stand seitlich zu ihnen und tupfte sich mit einem Taschentuch über die Augen. Ein Kollege der uniformierten Polizei sprach beruhigend auf sie ein.

Kuno sah genauer hin. »Das ist Jördis Lindegard.«

# 10

Ellen von Holthusen nahm wieder das Fernglas zur Hand. Sie hatte es sich abgewöhnt, sich wie ein Spitzel zu fühlen. Es war ihre Aufgabe, die Wahrheit ans Licht zu bringen.

Was sie betrieb, war nichts anderes als eine Art von Enthüllungsjournalismus. Sie würde ihn entlarven, Ulf Janssen, den integren Mann mit der bombastischen Karriere, dem überquellenden Bankkonto und den exzellenten Kontakten. All die Homestorys, die über ihn existierten, würden zu Makulatur verkommen.

So viele ihrer Kollegen waren diesem Mann auf den Leim gegangen. Sie hatten ihn aus dem Nichts emporgeschrieben wie Magier, die schneeweiße Kaninchen aus dem Zylinder zauberten. Aber sie würde ihn in den Zylinder zurückstopfen, den Hut ins Grab werfen und tief unter der Erde verschwinden lassen.

Dazu musste sie nur eines tun: offenlegen, auf welch dreckigem Weg dieser Gewissenloseste aller Gewissenlosen nach oben geklettert war.

Janssens Gast, der Mann, der heute Nachmittag mit der Luxuskarosse vorgefahren war, die so gar nicht nach Amrum passte, war ihr bekannt. Im letzten Winter, wenige Tage nach Neujahr, war sie ihm und seiner Frau auf einer Wohltätigkeitsgala begegnet, über die sie als freie Mitarbeiterin einer Illustrierten berichten sollte. Sie hatte ein Interview mit ihm geführt, zehn Fragen, auf die er belanglose Antworten gab. Noch während des Gesprächs war er von Ulf Janssen begrüßt worden. Mitten im Satz hatten sie das Interview unterbrochen und Ellen links liegen lassen.

Zu dem Zeitpunkt wusste Janssen nicht, dass sie Annabelles Mutter war. Er wusste es wohl bis heute nicht.

Irgendwann würde er es erfahren.

Janssen hatte seinen Besucher nach der Ankunft an diesem Nachmittag begrüßt wie einen Staatsgast. Er hatte ihn in sein Wohnhaus gebeten, hatte ein Glas Schampus mit ihm getrunken. Anschließend hatte er ihn in das Gästehaus begleitet. Die Tür wurde von einer atemberaubend schönen Frau geöffnet, die ein atemberaubend offenherziges Kleid trug und auf Schuhen mit atemberaubend hohen Absätzen stolzierte. Kleidung, wie eine Frau sie niemals mit nach Amrum nehmen würde, wenn sie nicht einen ganz bestimmten Job zu erfüllen hätte.

Ellen lächelte bei der Erinnerung an diesen Nachmittag. Bevor Ulf Janssens Gast eintraf, war ihr auf dem Rückweg von einer Radtour ein pikanter Schnappschuss von Janssen und dieser Frau gelungen, den mancher Redaktionschef ihr aus den Händen reißen würde.

Sie hatte schon einen Plan, wem sie das Foto anbieten wollte. Die Zeitschrift, die es veröffentlichen würde, riskierte natürlich eine Klage. Doch egal, wie der Prozess ausgehen würde, der eigentliche Verlierer wäre am Ende Ulf Janssen.

Ellen legte das Fernglas weg. Sie schenkte sich ein Glas Wein ein, setzte sich aufs Sofa und nahm Annabelles Tagebuch zur Hand.

Beim ersten Lesen nach Annabelles Tod hatte sie einige Stellen, die ihr aufgefallen waren, mit Klebezetteln markiert.

*Ich sitze auf der Chefetage*, schrieb Annabelle an einem der ersten Tage ihres Praktikantenjobs in Janssens Agentur. *Als blutige Anfängerin im obersten Stock, da, wo der berühmte Ulf Janssen sitzt. Ein tolles Gefühl, hier mitmischen zu dürfen. Ich bekomme Einblick in die gesamte Entwicklung der Werbekampagnen – vom ersten Gedankenblitz bis zum letzten Schritt der Umsetzung. Eine unglaublich spannende Welt!*

Ellen blätterte weiter. Fünf Tage später schrieb Annabelle:

*Ulf Janssen ist ein faszinierender Mann, ein großer Unternehmer, ein Mann mit Einfluss. Er hat unendlich viel Charisma. Wenn er über den Flur läuft ... Nein, dieser Mann läuft nicht, er schreitet. Wie eine Majestät. Ein passender Vergleich, denn er hat sein eigenes Reich, das Werbekönigreich Janssen. Wahnsinn, über welche Etats er verfügt!*

Ihre Tochter war wohl wirklich geblendet gewesen von diesem Kerl. Auf sie selbst dagegen wirkte er wie aus der Retorte geschaffen. Gardemaß, markantes Gesicht, Bewegungen so geschmeidig wie ein Panther. Sogar die Selbstsicherheit, die er ausstrahlte, schien wie eigens für ihn in Auftrag gegeben und pünktlich zu seiner Geburt geliefert.

Annabelle war zu jung gewesen, um zu erkennen, was sich hinter der schillernden Fassade verbarg. Vielleicht war sie auch verzaubert von den Illusionen, die sie mit ihrem zukünftigen Beruf verband. Grafikdesign, das Universum des schönen Scheins. Idealisierende Kreationen. Das war die Welt, von der Annabelle geträumt hatte. Und in der sie untergegangen war.

Drei Monate, nachdem sie das Praktikum angetreten hatte, begann das Unheil, das Annabelle in ihrer Naivität für Glück gehalten hatte.

*Annabelle, oh, Annabelle! – Ich habe mich in den Boss verliebt! Es ist geschehen, ohne dass ich es wollte. Einfach so. Er stand heute Morgen bei mir am Schreibtisch. Er hat sich zu mir gesetzt und mich gefragt, ob ich mir nicht noch viel mehr zutrauen würde als bisher.*

*Ich habe einfach Ja gesagt. Er hat mir erste Entwürfe für eine große Kampagne gezeigt, und jetzt arbeite ich das Konzept für eine Anzeigenschaltung in Hochglanzzeitschriften aus.*

*Wow, was für eine Chance! Mir ist der Atem weggeblieben. Ehrlich gesagt, nicht nur wegen des Konzeptes. Der Boss hat natürlich gemerkt, was in mir vorging. In seinen Augen hat es geblitzt, und er hat mich für Samstag zum Essen eingeladen.*

*Ich werde nicht zu Mutti nach Hause fahren. Zum ersten Mal, seit ich in Hamburg bin, werde ich das nicht tun. Diesen Samstag gehöre ich dem Boss.*

Ellen ließ das Tagebuch sinken, das Annabelle in kindlich anmutender Schönschrift geführt und mit kunstvollen Fantasiegebilden verziert hatte. Eine linierte Kladde mit einem Einband aus schwarz-rotem Karton.

Sie schloss die Augen. Der Boss. Annabelle hatte sich natürlich nicht getraut, ihr zu sagen, dass sie ein Verhältnis mit ihrem Chef hatte. Einem verheirateten Mann, der um einiges älter war als sie und der Sohn und Tochter hatte, die in ihrem Alter waren.

Suchte Annabelle eine Vaterfigur? Hatte sie, Ellen, die Ehe mit Dirk Ahlfeldt zu früh aufgegeben? Hätten sie es doch noch einmal versuchen sollen, der gemeinsamen Tochter zuliebe?

Hatte sie als Mutter versagt?

Ellen legte das Tagebuch weg, stand auf und ging ans Fenster.

Janssen saß im Wohnzimmer und las ein Buch.

Ulf Janssen, schwor Ellen in Gedanken, du wirst büßen für das, was du Annabelle angetan hast.

# 11

Noch immer hielt Arne den Griff der Beifahrertür in der Hand. »Hast du so bald mit Jördis gerechnet?«

»Hab ich dir nicht gesagt, sie kommt?« Kuno löste den Sicherheitsgurt.

Jördis hatte mittlerweile bemerkt, dass ein Wagen auf den Parkplatz gefahren war. Sie wandte ihr Gesicht dem Fenster zu.

»Dann mal los«, sagte Kuno und stieg aus.

Der Kies knirschte unter den Sohlen der Ermittler. Ein Geräusch, das Kuno zwischen dem lebhaften Kreischen der Möwen und dem an der Wattseite nur unterschwellig vernehmbaren Rauschen des Meeres in diesem Moment als unangenehm empfand. Es erschien ihm wie ein akustisches Symbol dafür, dass es im Getriebe der friedlichen Insel Amrum heftig knirschte.

Bevor der Hauptkommissar die Wache betrat, warf er einen Blick über die Schulter in die Richtung, in der Ulf Janssens Häuser standen. Wären die Dinge anders gelaufen, wenn dieser Mann sich nie auf Amrum niedergelassen hätte?

Arne lief ihm in die Hacken. »'tschuldigung«, sagte er. »Obwohl – wer scharf bremst, ist selbst schuld, wenn es zu einem Auffahrunfall kommt.«

Kuno stierte noch immer nach drüben. Auch Arne wandte sich jetzt nach Ulf Janssens Grundstück um. »Meinst du«, fragte er, »der hat was damit zu tun?«

Kuno öffnete die Tür zur Wache. »Komm jetzt, Jördis Lindegard wartet.«

Arne war innerlich nicht auf die Begegnung mit der Mutter des Mordopfers vorbereitet. Kuno erkannte das an dem unschlüssigen Blick. Er legte seinem Kollegen die Hand auf den Rücken. »Wir schaffen das schon. Ist doch nicht das erste Mal, dass du so ein Gespräch führen musst.«

In Erwartung der Kommissare hatte Jördis sich mit dem Rücken zum Fenster gestellt. Ihre Hände krallten sich an der Fensterbank fest. Das Gesicht wirkte bleich, die Haare waren strähnig, die Lippen zusammengepresst und die Augen verweint.

»Da bist du ja«, sagte sie zu Kuno, als er den Raum betrat, in dem zwei uniformierte Kollegen sich um sie kümmerten.

Er ging auf sie zu und reichte ihr die Hand. Ihre Finger fühlten sich kalt an, so kalt wie der Tod. Er legte seine andere Hand darauf. »Mein aufrichtiges Mitgefühl, Jördis. Es tut mir furchtbar leid, dass wir uns unter diesen Umständen wiedersehen. Wie lang ist es jetzt her, dass wir ...«

»Lenk nicht ab«, sagte sie kühl. Sie zog die Hand zurück und schielte zu Arne hinüber.

»Das ist Kommissar Arne Zander. Arne, das ist Jördis Lindegard, die Mutter des Opfers.«

Jördis machte keine Anstalten, ihm die Hand zu geben. Bevor auch Arne ihr sein Beileid aussprechen konnte, stieß sie hervor: »Die Mutter des *Opfers.*« Sie schnaubte verächtlich. »Ich bin die Mutter von *Hanna Lindegard.* Und ihr? Wozu seid ihr Polizisten? Warum habt ihr nicht auf sie aufgepasst?«

Kuno hatte für vieles Verständnis, aber dieser Vorwurf ging ihm zu weit. Auch für Arne hätte er sich eine andere Begrüßung gewünscht, einen gerechteren Umgang mit ihm bei der ersten Begegnung.

»Jördis, ich verstehe deine Wut und deine Verzweiflung, aber Hanna war eine erwachsene Frau. Sie war selbst verantwortlich für ihr Leben, und für das, was ihr passiert ist, können wir nichts. Uns war nichts von einer Gefahr bekannt.«

Ein Kollege kam aus der Teeküche und reichte Jördis stumm einen Becher Kaffee. Genauso wortlos zog er sich wieder zurück.

»Lass uns in unser Büro gehen, Jördis.« Kuno legte Hannas Mutter die Hand auf den Arm und führte sie sanft mit sich. In dem Raum angelangt, bot er ihr einen Stuhl an. Arne und er setzten sich ebenfalls hin.

Einen Augenblick war es still. Die Ermittler suchten nach Blocks und Kugelschreibern. Eher als eine Notwendigkeit war es eine Handlung, die ihnen dazu diente, sich innerlich zu sammeln und auf ein schwieriges Gespräch mit einer Frau vorzubereiten, die es als schreiende Ungerechtigkeit empfand, dass ihre Tochter, ihr einziges Kind auf so brutale Weise ums Leben gekommen war. Kuno verstand die Gefühle der Frau. Aber wie hätte er den Mord verhindern sollen? Die Polizei war kein Schutzengel, der einzelnen Menschen überallhin folgte und verhinderte, dass das Schicksal seinen Lauf nahm.

Jördis stellte den Kaffeebecher geräuschvoll auf dem Schreibtisch ab. »Das Haus liegt so einsam. Ihr hättet ab und zu vorbeisehen müssen.«

Arne räusperte sich. »Frau Lindegard, es tut mir aufrichtig leid, was mit Ihrer Tochter geschehen ist. Aber diese Vorwürfe kann ich nicht hinnehmen. Zu dieser Jahreszeit sind gerade mal eine knappe Handvoll Polizisten auf der Insel. Sollen wir hinter jeder Düne stehen und aufpassen, dass nichts Unrechtes geschieht?«

Kuno kritzelte ein paar Linien aufs Papier. Der Stift war leer. Er zog die Schreibtischschublade auf und suchte nach einem anderen. »Wann hast du Hanna das letzte Mal gesprochen?« Er redete betont sachlich und hoffte, Jördis verstand, dass es nun um Aufklärung ging.

Das Gesicht der Frau versteinerte. Was war mit ihr los? Warum verschloss sie sich auf einmal so?

Auch Arne bemerkte wohl den Wechsel in Jördis' Haltung. Gerade hatte sie noch mit den Tränen gekämpft, hatte das Taschentuch aus der Jeanstasche gezupft. Jetzt stopfte sie es zurück, und ihre Augen wirkten stumpf und kalt. Arne nickte Kuno unauffällig zu.

»Wann, Jördis?«, fragte der Hauptkommissar.

Jördis stierte über die Schreibtische der Ermittler hinweg aus dem Fenster und zuckte mit den Schultern. »Das ist ein paar Tage her.«

»Auch wenn es dir verständlicherweise schwerfällt nach solch einem Schlag«, sagte Kuno. »Es wäre schön, wenn du versuchen würdest, dich daran zu erinnern.«

Jördis lehnte sich zurück, blickte ins Leere und sog die Luft laut schniefend ein. »Vor einer Woche genau. Letzten Sonntag. Das war der Tag, an dem sie wieder nach Amrum zurückkehrte.«

Arne beobachtete sie konzentriert. Es war, als analysierte er jedes Wort, das über ihre Lippen kam. »Was meinen Sie mit *wieder nach Amrum zurück*?«, fragte er. »Soweit ich informiert bin, lebte sie doch schon länger wieder auf dieser Insel.«

»Sie kehrte zurück nach einem Besuch bei mir«, antwortete Jördis ungeduldig. »Sie hatte ein paar Tage auf Föhr verbracht.«

»Verstehe«, sagte Arne. »Entschuldigung.«

Kuno nickte ihm einvernehmlich zu. Er sah keinen Grund, weshalb Arne sich entschuldigen müsste. Bei allem Verständnis für Jördis, sie machte es ihnen nicht leicht. Kunos Menschenkenntnis sagte ihm, dass Jördis möglicherweise ein schlechtes Gewissen hatte, das sie auf Arne und ihn abzuwälzen versuchte. Solche Reaktionen erlebte er manchmal bei Menschen, die sich im Stillen selbst Vorwürfe machten, weil es vor einem Verbrechen an einem engen Familienmitglied zu einem Streit gekommen war, den sie nun, bedingt durch den unvorhergesehenen Tod, nicht mehr beilegen konnten.

»Jördis«, sagte er vorsichtig, »erzähl doch bitte ein bisschen darüber, wie eure letzten Gespräche verlaufen sind. Gab es einen konkreten Anlass für Hannas Besuch bei dir?«

Jördis nahm ihre Handtasche von der Rückenlehne, öffnete sie und kramte darin herum, das Gesicht weit über die Tasche gebeugt. »Gibt es nicht immer Anlass für eine Tochter, ihre Mutter zu besuchen?« Fahrig hängte sie die Tasche zurück, schüttelte ihr halblanges Haar nach hinten und wartete auf eine Reaktion des Hauptkommissars.

»Wir versuchen alles«, sagte er, »um Hannas Mörder zu finden. Das fällt allerdings schwer, wenn wir nicht einmal den kleinsten Anhaltspunkt für ein Motiv haben, warum Hanna ihr Leben lassen musste.«

Jördis hatte immer den Ruf gehabt, ein komplizierter Mensch zu sein. Kuno hatte sich nie darüber gewundert, warum Hannas Vater, ein Versicherungsmakler aus Hessen, den Jördis bei einem Urlaub in Spanien kennengelernt hatte, die Familie so schnell wieder verlassen hatte und nach Frankfurt gezogen war.

Soweit er wusste, hatte der Mann pflichtbewusst den Lebensunterhalt für seine Tochter gezahlt. Einige Jahre lang war er auch regelmäßig in den Sommerferien zusammen mit Hanna und seinen eigenen Eltern an Urlaubsziele in südeuropäischen Ländern gefahren. Aber die Zeiträume zwischen den Kontakten waren mit der Zeit immer größer geworden, wie man sich damals erzählte, und irgendwann waren die Treffen komplett eingeschlafen.

Einen Familienkonflikt zwischen Mutter und Tochter einerseits und dem Vater andererseits schloss Kuno daher aus. Doch man konnte nie so krumm denken, wie das Leben manchmal spielte.

»Weiß Hannas Vater eigentlich, was passiert ist?«, fragte er.

Er fing sich einen strafenden Blick von Jördis ein. »Mein Kontakt zu ihm hat sich in den vergangenen zwanzig Jahren gen Null entwickelt.«

»Aber er muss doch informiert werden«, warf Arne ein. »Hanna war doch auch seine Tochter.«

»Ich habe ihm eine SMS geschickt«, erwiderte Jördis kühl, fast zickig. »Soll ich es Ihnen beweisen?« Sie schickte sich an, ihr Smartphone aus der Handtasche zu holen.

»Wie hat er reagiert?«, fragte Kuno schnell.

Zögerlich ließ Jördis sich zu einer Antwort herab. »Er hat mich umgehend angerufen. Die Nachricht hat ihn während einer geschäftlichen Besprechung erreicht, die er unterbrochen hat. Er wollte sofort hierherkommen.«

»Und?«, fragte Arne. »Spricht was dagegen?«

»Ja«, erwiderte Jördis scharf. »Ich will ihn hier nicht sehen. Ich habe meine Tochter alleine großgezogen. Ich werde sie auch alleine beerdigen. Dazu brauche ich einen Menschen wie Thomas nicht.« Sie zog ihr Taschentuch hervor, tupfte sich die Nase ab und schob hinterher: »Ich denke, das läge auch nicht in Hannas Sinn. Können wir das Thema damit bitte beenden?«

Jördis hatte sich zu einem verdammt harten Brocken entwickelt. Kuno dachte über eine Strategie nach, wie er die Mutter des Opfers dahin bringen könnte, sich zu öffnen und ihnen ein wenig über Hannas Leben in den letzten Wochen vor ihrem Tod zu erzählen. Er war sicher, in Hannas Fall war der Mörder wie in so vielen ähnlichen Fällen im privaten Umkreis zu finden. Wer, wenn nicht eine Person aus dem Bekanntenkreis, sollte sie getötet haben? Urlauber verloren sich nicht in das Dünenhaus, und nach ersten Erkenntnissen lag weder ein Sexualdelikt noch ein Raubüberfall vor.

Er zeigte auf den Becher, der vor Jördis stand. »Noch einen Kaffee?«

»Danke, ich hab noch.«

»Man sagt, deine Praxis als Heilpraktikerin läuft sehr gut. Du sollst sogar überregional bekannt sein. Du hast dich spezialisiert?«

Sie nickte, und endlich zeigte sich die Spur eines Lächelns auf ihrem Gesicht, das ansonsten von Trauer und Trotz geprägt war. Ihre Schultern entspannten sich, und die Hände, die sie krampfhaft ineinander verschränkt hatte, lösten sich. »Du weißt, meine Ausbildung war sehr umfassend. Ich biete ein breites Spektrum für Menschen an, die unter Stresssymptomen leiden. Das reicht von Yoga, autogenem Training und Meditation bis hin zu Kinesiologie, Bioenergetik und psychotherapeutischen Gesprächen.«

»Du hast neue Praxisräume, stand groß in der Inselzeitung.«

Einen Moment lang blitzte Stolz aus Jördis' Augen. »Du denkst sicher an den Artikel von Friedrich Fliegenfischer. Der Typ ist wirklich goldig. Er wollte sich einmal quer durch mein Behandlungsspektrum wuseln, natürlich ohne einen Cent dafür zu bezahlen. Er meinte, er müsste mich persönlich testen, um authentisch über mich und meine Praxis berichten zu können.«

»Wie haben Sie es geschafft«, fragte Arne, »ihm das abzuschlagen und trotzdem so einen guten Artikel zu bekommen?«

»Ich habe ihm gesagt, am authentischsten wäre es, wenn er sich mit meinen Klienten unterhielte. Die würden ihm schon sagen, ob meine Behandlung ihnen geholfen hat oder nicht. Meine Praxismitarbeiterin hat ihm Gesprächstermine vermittelt. Er hat dann mit ihr zu flirten begonnen. Sie hat ihn zum Abendessen bei sich zu Hause eingeladen und ihm wohl irgendwelche heißen Versprechungen gemacht.«

Arne nickte wissend. »Dann war der Artikel vermutlich schneller in der Zeitung, als die Affäre wieder beendet war.«

Jördis lächelte, und auf einmal war der Knoten geplatzt. Ihre Gesichtszüge wurden weicher, und wieder schien sie den Tränen nah. »Für die neuen Praxisräume, die ich mir Anfang dieses Jahres zugelegt habe, brauchte ich natürlich Geld«, erklärte sie und stockte plötzlich.

»Deshalb hast du das Dünenhaus verkauft.«

Sie nickte, und in ihren Augen bildeten sich kleine Seen. »Darüber ist es letztes Jahr zu Diskussionen zwischen Hanna und mir gekommen. Hanna wollte das

Haus behalten. Sie wollte es mir abkaufen. Aber ich brauchte mehr Geld, als sie mir hätte zahlen können. Ich konnte doch nicht verantworten, dass meine eigene Tochter sich so hoch verschuldet, um ein Haus zu kaufen, das sie geerbt hätte, wenn ich es behalten hätte.«

»Wobei du ja wohl noch lange nicht vorhast, von dieser Welt zu gehen«, entgegnete Kuno halb im Scherz.

Jördis senkte die Stimme. »Nein, auch wenn ich jetzt denke, dann wäre ich Hanna wieder nah.«

Unangenehm berührt stand Kuno auf. Dieses Gespräch kostete Nerven. »Ich guck mal, ob noch Kaffee da ist und ob ich irgendwo was zu knabbern finde.«

Arne schob seinen Stuhl zurück. »Bleib sitzen, ich erledige das schon.« Er verließ den Raum schneller, als Kuno ihn zurückpfeifen konnte.

»So, also ...« Er ließ sich auf den Stuhl zurückfallen und konzentrierte sich auf einen Stapel Unterlagen, die auf einer Schreibtischecke lagen und nichts mit dem Fall Hanna Lindegard zu tun hatten. Dann wandte er sich wieder Jördis zu. »Habt ihr gestritten wegen des Hausverkaufs? Ich meine, richtig böse gestritten?«

Jördis wechselte mehrfach die Sitzposition und sah angestrengt aus dem Fenster. »Sind eigentlich die Störche wiedergekommen, die letztes Jahr da drüben auf dem Dach genistet haben?«

Kuno schmunzelte mitleidig. »Jördis, habt ihr gestritten?«

»Wenn ich jetzt Nein sagen würde, würdest du es mir glauben?«

Arne trat wieder ein. Er trug eine Thermoskanne in der einen Hand und in der anderen eine Schale mit Keksen. »Tee kommt auch gleich«, sagte er zu Kuno. Er stellte die Schale vor Jördis hin und schenkte ihr ungefragt Kaffee nach. Dann setzte er sich. »Hab ich was Wichtiges verpasst?«

Kuno angelte sich einen Keks. »Jördis wollte gerade anfangen, zu erzählen, wie es zu ihrem Streit mit Hanna über den Verkauf des Dünenhauses kam.« Er schob seinen Bürostuhl etwas vom Schreibtisch weg und wandte sich betont aufmerksam Jördis zu. »Warum hast du eigentlich Erk Söderboom den Zuschlag gegeben? Hatte Ulf Janssen nicht auch Interesse an dem Haus?«

»Woher weißt du das?«

Kuno lächelte. »Es gibt einen Menschen auf Amrum, der findet alles raus, einfach alles.«

Indigniert zog Jördis die Augenbrauen hoch. »Friedrich Fliegenfischer?«

Kuno sah sich nicht veranlasst, darauf zu antworten.

Jördis' Lippen wurden schmal. »Wenn der Mann so schlau ist, wofür braucht ihr hier auf Amrum dann überhaupt die Kriminalpolizei? Soll er doch Hannas Mörder finden. Ich schätze, so intensiv, wie der seine Nase in all die Dinge steckt, die ihn gar nichts angehen, hat er in zwei, drei Tagen herausgefunden, was in Hannas letzten Stunden geschehen ist, und kann euch den Täter auf dem Silbertablett präsentieren.«

»Ja«, sage Kuno, »da magst du durchaus recht haben. Aber noch hat die Kripo das Monopol auf Verbrecherjagd. Wenn du also Interesse hast, den Tod deiner Tochter aufzuklären, bist du herzlich eingeladen, dich mit Arne Zander und mir zu begnügen.«

Jördis' Blicke suchten etwas. »Kann ich bitte Zucker haben?« Sie sah Arne an, und es dauerte einen Moment, bis er ihre Frage verstand.

Er sprang noch einmal auf, ließ die Bürotür diesmal weit offen stehen und kehrte nach wenigen Augenblicken mit einer Schachtel Würfelzucker und einem Kaffeelöffel zurück.

Aufreizend langsam öffnete Jördis die Schachtel, entnahm ihr mit spitzen Fingern zwei Stückchen, ließ sie in den Becher fallen und rührte darin herum. »Ich konnte Ulf Janssen auf einmal nicht mehr ausstehen.«

Kuno wartete darauf, dass der Zucker, der sich längst aufgelöst haben musste, verrührt war und Jördis sich bequemte, ihm als dem leitenden Ermittler wieder ihre Aufmerksamkeit zu schenken.

Sie tat ihm den Gefallen erst, nachdem sie seine Geduld über die Maßen strapaziert hatte.

»Wie kam das?«, fragte Arne und kam damit Kuno zuvor. »Ich meine«, fuhr er fort, als Jördis sich ihm zuwandte, »Sie hatten Ulf Janssen doch das Grundstück in Nebel verkauft. Hatte er damit nicht quasi das Vorrecht an dem Kauf des Dünenhauses?«

Jördis bedachte ihn mit einem langen, abschätzigen Blick.

»Für das Grundstück in Nebel«, sagte Kuno nicht ganz ohne Neugier, »hat Janssen dir ein stattliches Sümmchen gezahlt, wie man hört.«

Es kursierten Gerüchte über eine atemberaubende Summe, die Jördis von dem Hamburger Unternehmer kassiert haben sollte. Wenn die Angaben stimmten, fragte Kuno sich, warum sie es dann überhaupt nötig gehabt hatte, auch das Dünenhaus zu verkaufen.

»So viel war das gar nicht«, erwiderte Jördis. »Das Grundstück liegt zwar sehr schön, aber es war nicht erschlossen. Mit dem Geld konnte ich die Hypothek für mein Wohnhaus auf Föhr mit einem Schlag abbezahlen. Aber es reichte nicht auch noch für die neuen Praxisräume, und ich wollte mich nicht noch einmal verschulden. Nicht in meinem Alter.«

Kuno lachte. »Du bist noch in den Vierzigern.«

»Danke, ich bin Anfang fünfzig.« Jördis lächelte geschmeichelt. »Hanna war furchtbar wütend, weil ich mich von dem Haus trennen wollte und weil ihr Traum, es später mal zu erben und darin zu wohnen, zerplatzte.« Jördis unterbrach sich. Nach einem Augenblick des Nachdenkens fuhr sie fort: »Ja, es stimmt, Ulf Janssen hat das Haus haben wollen, und er hat mir mehr dafür geboten, als jeder andere mir zahlen wollte. Aber ich hatte inzwischen ein Problem mit den Janssens.«

Kuno merkte auf. »Und das bestand worin?« Er rückte wieder näher an den Schreibtisch heran und stützte den Ellenbogen auf die Tischplatte. Mit den Fingerspitzen kraulte er seinen Bart, wie er es immer tat, wenn eine nervöse Anspannung ihn ergriff.

»Hanna ...« Jördis unterbrach sich erneut. Sie hatte Mühe, weiterzureden. Nun nahm sie doch einen Keks und trank einen Schluck Kaffee hinterher. »Hanna hatte sich mit Kathi Janssen angefreundet, der Tochter der Familie. Beide sind kunsthandwerklich sehr talentiert, daher bestand eine große Gemeinsamkeit zwischen ihnen. Ansonsten ...« Jördis' Miene nahm einen entschlossenen Ausdruck an. »Ansonsten hatten die beiden aber nichts gemein, gar nichts.«

»Sie haben Kathi Janssen kennengelernt?«, fragte Arne, der Jördis nicht weniger gebannt zuhörte als Kuno.

»Ja, die beiden haben mich auf Föhr besucht, nicht nur einmal.«

»Davon wusste ich gar nichts«, platzte es aus Kuno heraus.

»Weißt du denn sonst immer alles über jeden? Wer wann mit wem wohin fährt?« Jördis erwartete sicher keine Antwort auf diese provokante Frage. In gemäßigterem, aber immer noch spitzem Ton redete sie weiter. »Ich mochte dieses Mädchen nicht. Diese Affektiertheit, dieses Zur-Schau-Stellen des Reichtums. Dieses Heraushängenlassen, dass sie was Besseres, was Wichtigeres ist. Das Schlimmste für mich war ...«

Jördis stockte wieder, und Kuno erkannte deutlich den Schmerz in ihrem Blick.

»Das Schlimmste war«, sagte sie so leise, dass die Ermittler genau hinhören mussten, »dass Hanna sich so meilenweit von mir entfernte. Sie ahmte Kathi Janssen nach. Sie zog sich an wie Kathi, sie färbte sich die Haare im selben Farbton wie sie. Sie vernachlässigte sogar ihre eigene Kreativität und ahmte Kathis Ideen nach. Sie hatte sich regelrecht an dieses Mädchen verloren. Die beiden waren inzwischen fast eins.«

»Deshalb hast du Ulf Janssen das Dünenhaus nicht überlassen wollen?«

»Richtig. Hanna hatte mir erzählt, dass sie und Kathi vorhatten, zusammen Kurse anzubieten, und dass sie Räume dafür suchten. Sie hat regelrecht darum gebettelt, dass ich, wenn ich mich schon davon trennen will, Ulf Janssen das Dünenhaus verkaufe, damit sie es für ihre Zwecke nutzen können.« Ihre Augen wurden schmal. »Da hab ich Angst bekommen. Hanna hätte ihnen dann ganz gehört. Die Janssens hätten darüber bestimmt, ob Hanna in dem Haus arbeiten darf oder nicht. Hanna hätte immer nach Kathis Pfeife tanzen müssen.«

»Du wolltest nicht«, sagte Kuno, »dass Hanna sich von dieser Familie abhängig macht. Also hast du das Dünenhaus Erk Söderboom verkauft.«

»Ja«, sagte Jördis, und wieder fiel ein Schatten auf ihr Gesicht. »Für den Fall, dass er es irgendwann verkaufen will, habe ich mir das Vorkaufsrecht vorbehalten, und ich habe ihn ausdrücklichen gebeten, das Haus niemals an Kathi Janssen zu vermieten. Ich dachte, damit wäre die Sache ausgestanden.«

»Aber?«, fragte Arne.

Unruhig strich Jördis sich über die Knie. »Die Janssens wollten sich mit meiner Entscheidung nicht abfinden. Kathi war von dem Haus total begeistert, und so hat Hanna Erk ganz gegen unsere Vereinbarung dazu überredet, mit ihr einen Vertrag über die Nutzung des Dünenhauses für Workshops abzuschließen, die sie gemeinsam mit Kathi veranstaltet. Erk hat die Räume allerdings auch anderen Leuten vermietet.«

»Zum Beispiel meinem Bruder«, stellte Kuno fest. »Stört Kathi Janssen sich etwa daran? Will sie, dass andere Leute das Haus nicht mehr für ihre Projekte nutzen dürfen?«

»Kathi hätte wohl gern«, erwiderte Jördis, »dass Erk die Verträge mit den anderen Mietern kündigt und das Haus ihrem Vater verkauft.«

»Rechnet sie ernsthaft damit, dass es so kommt?«, fragte Kuno. »Erk ist auf die Familie Janssen bekanntlich gar nicht gut zu sprechen. Die Gemeindeverwaltung konnte ihn nur schwer davon abbringen, eine Bürgerinitiative gegen Ulf Janssen zu gründen. Es kursieren die wildesten Gerüchte über ihn und sein Gästehaus.«

»Das sind nicht nur Gerüchte«, erwiderte Jördis.

Arne wollte nachhaken, aber Kuno hielt ihn mit einer Geste zurück. Das Thema war im Moment nicht wichtig. Es tat nichts zur Sache, und es fiel nicht in ihr Ressort. Er wollte wissen, was sich zwischen Erk Söderboom und Ulf Janssen in Sachen Dünenhaus abgespielt hatte. Hier tat sich eine Spur auf, die wesentlich heißer war als Dionisius Bubendey und seine vermeintlichen Flirts mit Studentinnen und anderen jungen Frauen.

»Über das Gästehaus der Janssens und das, was sich da abspielt, können wir uns später mal unterhalten«, beschied Kuno. »Jetzt wüsste ich gern, was es mit Erk Söderboom und Ulf Janssen auf sich hat. Wäre Erk wirklich bereit, das Haus an die Janssens zu verkaufen?«

»Die Janssens wollten wohl Druck auf ihn machen, bis er nachgibt. Und ich fürchte, eines Tages wird er nachgeben, so penetrant, wie diese Familie vorgeht.«

»Wie stand Hanna dazu?«, fragte Arne.

Jördis schüttelte verzweifelt den Kopf. »Hanna fand die Idee super. Sie hat sich derart hineingesteigert ... Sie hat sich sehr mit der Familie Janssen identifiziert. Wenn die das Haus gekauft hätten, hätte sie das Gefühl gehabt, das ist jetzt auch ihr Haus.«

»Das hat Ihnen sicher wehgetan«, meinte Arne.

»Was soll mir wehgetan haben?«, fragte Jördis.

»Dass Ihre Tochter sich so sehr mit den Janssens identifiziert hat.«

Es *hatte* Jördis wehgetan. Sie brauchte auf Arnes Frage gar nicht zu antworten, ihre Verbitterung darüber konnte sie nicht verbergen.

Sie würden noch einmal mit Erk Söderboom sprechen müssen. Aber – hatte nicht auch Jördis Lindegard ein Motiv?

»Wie war das«, fragte Kuno behutsam, »als du die Nachricht vom Tod deiner Tochter erhalten hast? Ich hoffe, du warst in dem Moment nicht allein, sondern hattest starke Arme, die dich aufgefangen haben.«

Jördis schloss für einen Moment die Augen. »Leider nein«, hauchte sie. »Ich war an dem Abend mit dem Fahrrad über die Insel unterwegs.«

»Allein?«

»Allein. Ich brauchte Ruhe. Meine Praxis läuft wirklich gut, die vergangenen Wochen waren sehr anstrengend. Ich musste Kraft tanken für die nächste Zeit. Das kann ich am besten bei einer Radtour. Dabei kann ich die Akkus richtig aufladen.« Sie lachte bitter. »Von der Erholung ist natürlich nichts mehr übriggeblieben. Als ich zu Hause ankam, stand die Polizei vor der Tür und empfing mich mit der Hiobsbotschaft.«

»Aber dann hast du hoffentlich Freunde angerufen?«, fragte Kuno weiter.

Jördis nickte. Durch die geschlossenen Lider sickerten Tränen hindurch. »Meine beste Freundin wohnt in derselben Straße wie ich. Sie ist zu mir gekommen. Sie hat mich auch heute Morgen nach Husum begleitet.«

Kuno hörte Jördis mit einer gewissen Skepsis zu.

Sie zog den Ärmel ihres Sweatshirts über die Hand und tupfte sich die Tränen von der Wange. Plötzlich stand sie auf. »Kann ich jetzt gehen, bitte? Ihr findet mich im Seeblick, wenn noch was ist.«

Auch die Ermittler erhoben sich.

»Wie kommst du dahin?«, fragte Kuno. »Kann einer unserer Kollegen dich hinbringen?«

»Danke, ich bin mit dem Fahrrad unterwegs. Etwas Bewegung an der frischen Luft tut mir jetzt gut.«

Arne zupfte Kuno, der Jördis hinausbegleiten wollte, am Ärmel. »Die Visitenkarte«, raunte er ihm zu.

Kuno schlug sich vor die Stirn und blieb stehen. »Jördis, eine Frage noch.«

»Ja?« Sie drehte sich zu ihm um.

»Die Kollegen von der Spurensicherung haben eine Visitenkarte sichergestellt. Sie lag in dem Raum, in dem wir deine Tochter gefunden haben.«

Jördis schien nicht zu verstehen, worauf er hinauswollte. »Was für eine Visitenkarte?«

Arne kam Kuno zuvor. »Eine Karte von Ihnen.«

»Von mir?« Jördis schüttelte verständnislos den Kopf. »Ja, und?«

»Sie wird nächste Woche auf Spuren untersucht, Fingerabdrücke, DNA«, erklärte Kuno. »Wer auf Amrum hat Visitenkarten von dir? So viele Menschen dürften das nicht sein, oder?«

Jördis überlegte. »Ich habe keine Patienten von hier. Eigentlich habe ich nur Erk Söderboom eine Karte gegeben, als wir in Verkaufsverhandlungen standen.«

»Und Hanna?«, fragte Arne. »Sie hatte doch sicher auch Karten von Ihnen?«

Jördis verneinte. »Wozu? Sie wusste auswendig, wie sie mich erreichen konnte und wo ich wohne.«

»Hätte ja sein können«, meinte Kuno, »du hättest ihr Karten zum Verteilen mitgegeben.«

»Nein, das hab ich nicht. Mein Name ist den Amrumern bekannt, mein Beruf ebenfalls. Wer meine Telefonnummer oder meine Anschrift sucht, der findet die Daten im Internet.«

»Ja, natürlich.« Kuno blickte Jördis lange fragend an. Vielleicht fiel ihr doch noch etwas dazu ein.

Tatsächlich schien sie einen Moment zu überlegen. Doch dann verabschiedete sie sich ohne weitere Worte.

Kuno folgte ihr hinaus und wartete, bis sie das Fahrrad bestiegen und das Grundstück der Polizeistation in Richtung Norddorf verlassen hatte, wo das Hotel lag, in dem sie wohnte.

Der Kopf schwirrte ihm, als er die Wache wieder betrat.

Arne hing in seinem Bürostuhl. Er schien von dem Gespräch mit Hannas Mutter nicht weniger erschlagen zu sein als er selbst. Die Beine ausgestreckt und die Hände hinter dem Kopf verschränkt, beobachtete er jeden seiner Schritte, bis er um die Schreibtische herumgegangen war und sich hingesetzt hatte.

»Du machst auch nicht gerade einen fröhlichen Eindruck. Dabei sind wir der Aufklärung des Falles gerade ein ganzes Stück nähergekommen, würde ich sagen.«

Kuno sah ihn von unten nach oben an. »Wie nah sind wir der Lösung denn, was meinst du?«

Arne druckste herum. »Kann sie es gewesen sein?«

»Du gibst mir den Ball zurück«, protestierte Kuno. »Das gilt nicht. Ich fürchte, in diesem Fall bin ich ein wenig voreingenommen. Ich kenne Jördis von früher, als sie noch hier lebte. Sie war mir nie unsympathisch, aber sie war schon immer ein harter Knochen.«

»Ob Erk Söderboom ein Motiv hatte?«, meinte Arne, »Wir müssten in Erfahrung bringen, was da läuft zwischen ihm und Ulf Janssen. Ob Janssen versucht, ihn zum Verkauf zu drängen.«

»Aber wenn es so war, warum musste dann Hanna Lindegard dran glauben?«, fragte Kuno mehr sich selbst als Arne.

»Ganz einfach«, rief sein Kollege aus. »Wenn Hanna sich derart mit den Janssens identifiziert hat, hat sie Erk Söderboom möglicherweise noch mehr unter Druck gesetzt, als die Familie selbst das getan hat.«

»Du meinst, sie hat ihn mit irgendwas erpresst?«

»Kann durchaus sein«, erwiderte Arne. »Ich stell mir vor, sie hatte etwas gegen ihn in der Hand, hat sich mit ihm im Dünenhaus verabredet und ihm die Pistole auf die Brust gesetzt. Sie wollte ihn zum Verkauf des Dünenhauses zwingen, um vor den Janssens toll dazustehen. So kam es zum Streit zwischen den beiden. Er ist ausgerastet, sie wollte vor ihm nach oben fliehen, weil er die Haustür versperrt hatte. Er hat sie an der Treppe abgefangen und zugestochen.«

»Das wäre eine Möglichkeit«, sagte Kuno. »Erk könnte die Visitenkarte von Jördis bei einer Rangelei mit Hanna unbemerkt verloren haben.«

»Das müsste nach derzeitigen Erkenntnissen allerdings eine sanfte Rangelei gewesen sein«, meinte Arne, »denn nach einem Kampf sah es ja nicht aus.«

»Stimmt«. Kuno spielte mit den Büroklammern auf seinem Schreibtisch und ging in sich.

Erk Söderboom war also in den Kreis derjenigen geraten, die möglicherweise ein Motiv hatten, Hanna umzubringen. Doch so wenig es ihm behagte, er konnte nicht an der Tatsache vorbeisehen, dass auch Jördis Lindegard ein Motiv hatte. Eins, das sich automatisch aufdrängte, ohne dass auch nur eine Spur Fantasie dafür nötig war.

Und dann spukte noch ein Gedanke in seinem Kopf herum. »Arne?«

»Ja?«

»Ich hab so ein merkwürdiges Gefühl.« Er lehnte sich zurück, zog den Bauch ein und stopfte sein Hemd in den Hosenbund. »Hanna Lindegard hat mich, als ich sie so am Boden liegen sah, an Kathi Janssen erinnert.« Kuno führte sich das Bild der Toten noch einmal vor Augen. »Von hinten sehen die beiden sich ziemlich ähnlich.«

»Und von vorne?«

Kuno hob die Achseln. »Das kann ich jetzt nicht so genau sagen. Da müsste ich beide Gesichter nebeneinander sehen. Aber du weißt doch, wie ähnlich sich Frauen von Mitte zwanzig oft sind. Faltenlose Gesichter, hübsch geschminkt, leuchtende Augen.«

Arne lachte. »Und die strohblonden Mähnen fallen rechts und links so weit ins Gesicht, dass man nur noch die roten Lippen und die Nasenspitze sieht.«

»So ungefähr. Ich sehe, du kennst dich aus«, zog Kuno ihn auf. »Und wenn sie dann auch noch beste Freundinnen sind, ahmt die eine die andere nach.«

Arne ließ die Worte auf sich wirken. »Das könnte bedeuten, dass erstens jemand sterben musste, der gar nicht gemeint war, und dass zweitens die Person, die wirklich gemeint war, damit rechnen muss, dass ...«

Er hielt inne, und Kuno nickte stumm.

»Schöne Bescherung«, meinte Arne. »Wir müssen Kathi Janssen vorwarnen und ihre Eltern auch.«

»Nun mach mir nicht die Wattwürmer wild«, ermahnte Kuno ihn. »Es war nur so eine Vermutung von mir. Ich habe keine Anhaltspunkte dafür, dass es wirklich so ist. Wir reden auf jeden Fall morgen mit Kathi, schon weil sie Hannas Freundin und Geschäftspartnerin war. Aber erst mal nur vorsichtig, nicht dass du mir bei den

Janssens mit der Tür ins Haus fällst und denen gleich Polizeischutz aufdrängst.«

»Nee, nee. Schon verstanden.« Arne räumte seinen Schreibtisch auf.

Kuno stierte gedankenverloren auf seinen Monitor, bis das Smartphone ihn aus seinen Überlegungen riss.

Bente!

»Moin, mein Schmusebär. Meine große Kühltasche und ich stehen jetzt in Wittdün am Hafen. Und wo bist du?«

# 12

Es passte Kuno nicht, dass er Bente mit dem Taxi nach Nebel kommen lassen musste. Aber wenn er jetzt nicht noch einen kleinen Abstecher zu Erk Söderboom machen würde, wäre er den ganzen Abend ungenießbar.

Arne machte es sich auf dem Beifahrersitz bequem. »Dass Bente so viel Verständnis für deinen Beruf hat, ist Gold wert.«

»Sie kennt mich schon lange genug, um zu wissen, dass ich keinen Nine-to-five-Job habe«, gab Kuno etwas zu selbstsicher zurück.

»So selbstverständlich ist es trotzdem nicht, dass sie es, ohne zu murren, hinnimmt, mit der großen Kühltasche an der Hand per Taxi nach Nebel fahren und das Abendessen ungeküsst vorbereiten zu müssen.«

»Den Kuss holen wir zu gegebener Zeit nach«, erwiderte Kuno schroff. »Und jetzt konzentrieren wir zwei uns bitte auf Erk Söderboom.«

»Was macht der eigentlich von Beruf?«, wollte Arne wissen.

»Er besitzt ein paar Ferienhäuser auf Amrum, und nebenbei züchtet er Galloways.«

»Galloways?« Arne guckte ihn ungläubig von der Seite an. »Diese robusten Viecher, die, wenn es ihnen auf der Weide zu langweilig wird, über den Zaun springen und die Urlauber auf den Wanderwegen erschrecken?«

Kuno lachte. »Sprich Erk lieber nicht darauf an. Er behauptet, seine Rinder würden niemals ausbrechen und seine Zäune seien sowieso unüberwindbar.«

Umsichtig fuhr der Hauptkommissar auf das Grundstück der Söderbooms, das im Süden Norddorfs lag.

Erk hielt Hunde, die nicht sonderlich zurückhaltend waren. Sie bellten ohrenbetäubend laut, und manchmal liefen sie frei herum. Aber heute war kein Hund zu sehen, und es blieb still auf dem Gelände.

Erk hatte die Ermittler offenbar kommen sehen. Er stand bereits in der Tür, bevor Kuno und Arne aus dem Wagen stiegen.

»Ihr seid wegen Hanna hier. Ihr habt noch Fragen.«

Kuno nickte.

»Dann kommt mal rein.« Erk führte sie durch einen breiten, kühlen Flur in den Trakt seines Hauses, der als Büro diente.

Sie nahmen auf unbequemen Stühlen mit zerschlissenen, grob gewirkten Stoffbezügen Platz.

»Was wollt ihr denn noch wissen? Hab ich euch heute Morgen was Wichtiges verschwiegen?«

Kuno kostete die Unsicherheit aus, die Erk mittlerweile befallen hatte. Er fragte sich, wann seine Befindlichkeit sich gewendet hatte. War das unmittelbar nach dem ersten Gespräch mit Arne und ihm geschehen oder erst jetzt, als sie erneut mit ihm sprechen wollten?

»Was meinst du denn?«, fragte Kuno zurück. »Was könntest du dir vorstellen, was wir unbedingt noch wissen sollten?«

Erk rollte auf seinem Bürostuhl zentimeterweise vor und zurück. Dabei stierte er die Ermittler an und blickte dennoch durch sie hindurch.

»Wir hören«, sagte Arne und nickte ihm aufmunternd zu.

Plötzlich schlug Erk sich vor die Stirn. »Ach, jetzt verstehe ich.« Er lachte bemüht. »Es geht um Ulf Janssen, ja? Hat der euch was erzählt?«

Kuno reagierte blitzschnell. »Erzähl du uns deine Variante.« Es würde ihn nicht wundern, wenn es eine ganze Reihe seltsamer Vorkommnisse zwischen Erk Söderboom und Ulf Janssen gegeben hätte. Was immer Erk jetzt auch meinte, sie würden es gleich erfahren.

Erk fing sich schnell wieder. »Der Janssen ist hinter dem Dünenhaus her, das habt ihr bestimmt gehört. Er lässt nichts unversucht, mir die Immobilie abzuluchsen. Der berühmte Hamburger Unternehmer kann es nicht verknusen, dass ihm ein schlichter Insulaner so ein Sahnestück vor der Nase weggeschnappt hat. Tja ...« Erk setzte eine bedauernde Miene auf.

»Es ist nicht nur eine Sache zwischen dir und Ulf Janssen«, sagte Kuno bedächtig. »Es ist auch eine Sache gewesen, die von Kathi Janssen ausging. Und Kathi hatte Hanna Lindegard auf ihre Seite gezogen.«

»Was nichts Geringeres bedeutet«, klinkte Arne sich ein, »als dass es auch eine Sache zwischen Hanna Lindegard und Ihnen war.«

»Ihr habt heute mit Jördis gesprochen«, erwiderte Erk spontan. »Sie hat euch das Drama von der verlorenen Tochter erzählt, und sie hat sich über mich beklagt.«

»Nun mal langsam«, sagte Kuno. »Beklagt hat sich niemand über dich. Wir haben Dinge erfahren, die darauf hindeuten, dass es sehr wohl zu Konflikten um das Dünenhaus gekommen ist. Allerdings nicht zwischen den einzelnen Mietern, sondern zwischen Hanna Lindegard und dir. Denn Hanna wollte dich überreden, Ulf Janssen das Haus zu verkaufen.«

»Gegen den ausdrücklichen Willen ihrer Mutter«, ergänzte Arne, »die Ihnen das Haus mit der Auflage verkauft hat, Kathi Janssen nicht da reinzulassen.«

Erk Söderboom lachte verächtlich. »Mit der *Auflage* ... Gebeten hat sie mich darum, ja. Aber ich habe mich zu nichts verpflichtet. Ich bin Geschäftsmann. So ein Haus kaufe ich nicht, weil es hübsch aussieht. Ich will Nutzen daraus ziehen, es muss sich finanzieren. Das tut es nicht, wenn nur Strandflöhe drumherum hüpfen.«

»Lassen wir Rendite, Strandflöhe und anderes Ungeziefer mal beiseite«, sagte Kuno in härterem Ton. »Es hat eine gewisse Logik, dass Hanna Lindegard dich bedrängt hat, die Bitte ihrer Mutter zu missachten und das Dünenhaus den Janssens zu verkaufen.«

Erk Söderboom lachte gezwungen. »Na, auf die Logik bin ich jetzt aber gespannt.«

»Du wolltest das Haus verständlicherweise nicht hergeben«, fuhr Kuno ungerührt fort. »Dass du es deinem Erzfeind Ulf Janssen vor der Nase weggeschnappt hast, ist dein ganz persönlicher Triumph. Hanna, die mit der Familie Janssen eng verbandelt war, hat dich immer heftiger bekniet. Darüber ist es zum Streit zwischen euch beiden gekommen. Als es zu arg wurde, bist du im Affekt ausgerastet, und nun ist Hanna tot und du hast deine Ruhe – wenigstens vor ihr.«

Arne verfiel in den gleichen Tonfall wie Kuno. »Jetzt ist mir auch klar, warum Hanna ganz allein ins Dünenhaus gekommen ist. Sie wollte unter vier Augen mit Ihnen reden. Von wegen, einsame Frau in einem abgelegenen Haus wird von einem sexhungrigen Urlauber überrascht. Das war die Schiene, auf die Sie uns schieben wollten, weil Sie genau wussten, wie es wirklich war.«

Erks Lippen waren während Arnes Rede schmal geworden, sein Gesicht war blass und seine Hände zitterten. »Ohne Anwalt sage ich jetzt nichts mehr.«

»Das ist dein gutes Recht, Erk«, sagte Kuno und stand auf. »Aber dein Alibi für den Samstagabend hätten wir gerne noch.«

Erk blieb sitzen wie versteinert. Kuno spürte förmlich die Panik, die den Mann beschlich.

Mit einem Mal nahm Erk den Hörer des Festnetztelefons in die Hand, das auf seinem Schreibtisch stand. Er drückte zwei Tasten, wartete einen Moment und schaltete den Lautsprecher ein. »Marga, wo war ich am Samstagabend?« Er sah die Ermittler an. »Welche Uhrzeit?«

»Zwischen sechzehn und zwanzig Uhr«, sagte Arne.

Es knisterte in der Leitung. Geschirr klapperte. Dann schniefte jemand. »Du warst hier. Wir haben zusammen gegessen und dann im Wohnzimmer gesessen und geklönt und gelesen und nebenbei Fernsehen geguckt.«

»Danke«, sagte Erk und legte auf. »Genügt das?«, fragte er die Ermittler.

Margas Alibi reichte, um Erk an diesem Abend vor einer weiteren Befragung zu bewahren. Das Motiv stand noch auf zu wackeligen Füßen, und mit dem Alibi, das sie nicht widerlegen konnten, auch wenn es nicht das glaubwürdigste war, das ihnen jemals untergekommen war, konnten sie keinen Haftbefehl erwirken. Sie würden nach Zeugen suchen müssen, die Erk an dem Abend in der fraglichen Zeit in Wittdün gesehen hatten.

Hoffentlich hatte er nicht Schleichwege genommen, durch den Wald und die Dünen. Wer sich auf der Insel so gut auskannte wie Erk Söderboom, fand immer einen geheimen Weg.

»Wir hören voneinander«, sagte Kuno.

# 13

In Kunos winzigem Wohnzimmer wurde es eng. Der runde Esstisch, der sonst meist verwaist in einer Ecke stand, da der Hausherr, wenn er alleine war, lieber an dem kleinen Tisch in der Küche aß, wurde ein Stück von der Wand abgerückt. So hatte es wenigstens für diesen Abend den Anschein, dass er den geselligen Mittelpunkt in Kunos Haus bildete.

Okko schob die vier Stühle, die um den Tisch standen, ein wenig zusammen, schleppte einen fünften Stuhl aus der Küche heran und schob ihn zwischen zwei andere. Nun fanden sie alle Platz: Bente und Kuno, Inka und Arne und er selbst.

Inka stand neben Bente am Herd. Die beiden Ermittler hatten sich am Küchentisch versammelt und arbeiteten den Frauen zu.

Arne hielt in der einen Hand einen Champignon, in der anderen ein Küchenmesser. Er schielte auf Kunos Finger und stieß den Hauptkommissar mit dem Ellenbogen an. »Ich wusste gar nicht, dass du so geübt im Gemüseputzen bist.«

Bente drehte sich zu ihm um, während sie Öl in der Pfanne verrührte. »Unterschätze deinen Chef nicht. Aus Kuno hätte auch ein Maître de Cuisine in einem guten Restaurant werden können.«

Kuno grinste verlegen. »Na, du übertreibst mal wieder. Für eine Pommesbude hätte es gerade gereicht. Aber ...«, er fuhr sich mit einer Hand über den Bauch, »... was wäre aus meiner Figur geworden, wenn ich Tag für Tag da verbracht hätte und mir ständig der Duft frittierter Kartoffelstäbchen um die Nase geweht wäre?«

Inka schnitt eine Zwiebel in Würfel und gab sie zu dem heißen Öl in die Pfanne. »Deine Steaks sollen aber hervorragend sein. Zumindest behauptet Arne das. Jedes Mal, wenn er von einem Einsatz auf Amrum zurückkommt, schwärmt er davon. Damit kann ich wohl kaum mithalten.«

»Ich geb dir gern Unterricht«, erwiderte Kuno mit leuchtenden Augen. Er stellte sich neben sie und fing an, ihr zu erklären, worauf sie schon beim Kauf des Fleisches achten müsse.

Bente schob ihn an den Tisch zurück und ermahnte ihre Küchenhelfer, sich auf die Zubereitung des Menüs zu konzentrieren. »Wenn ihr nicht aufhört, euch gegenseitig Komplimente zu machen, Einkaufstipps zu geben und zu rätseln, wer von euch der beste Koch ist, bekomme ich das Hauptgericht heute nicht mehr fertig. Und ihr habt doch alle Hunger. Eure Mägen knurren lauter, als das Fett in der Pfanne zischt.«

»Das geht natürlich nicht«, sagte Kuno. »Also schweigen wir jetzt, bis die Champignons im Backofen sind.«

In den nächsten Minuten war tatsächlich kaum etwas anderes zu vernehmen als das Knistern der Zwiebelwürfel im heißen Öl, das Schaben des Pfannenschiebers und das Klappern von Kochgeschirr und Rührlöffeln.

»So«, sagte Bente, als sie den Champignonauflauf in den vorgeheizten Backofen geschoben hatte. »Inka hat die Fischsuppe inzwischen fertig zubereitet. Lasst uns beginnen.«

Bente, Arne, Okko und Kuno nahmen sich der Reihe nach einen Suppenteller, ließen ihn von Inka auffüllen und trugen ihn vorsichtig balancierend ins Wohnzimmer.

Kuno legte eine CD mit Schmusemusik in den CD-Player und regelte die Lautstärke so, dass man die Melodien gut im Hintergrund hörte, ohne dass sie die Unterhaltung störten.

Als Letzte kam Inka mit ihrem Teller dazu. »Kuno, mir fällt gerade ein schönes Geburtstagsgeschenk für dich ein«, sagte die Kriminaltechnikerin, als auch sie am Tisch Platz genommen hatte.

Kuno nickte. »Ich weiß schon, 'ne Suppenterrine.«

»Und beim nächsten Mal«, meldete Okko sich zu Wort, »schieben wir die Stühle noch ein bisschen weiter zusammen und holen den Dionisius mit dazu. Der lässt sich auch gerne mal verwöhnen.«

Kuno lachte laut. »Das glaube ich wohl. Als Gelehrter hat der Mann im praktischen Leben bestimmt zwei linke Hände und freut sich, wenn er kein Küchenmesser in die Hand nehmen muss.«

»Da irrst du aber gewaltig«, rief Okko aus. Er wedelte mit dem Suppenlöffel in der Luft herum. »Der Mann ist ganz schön geschickt. Er angelt leidenschaftlich gern, und er kann kochen. Du solltest ihn mal dabei beobachten, wie er mit dem Messer hantiert, wenn er den Fisch ausnimmt und filetiert. Den könntest du glatt engagieren, wenn du mal ein Restaurant aufmachen willst.«

Den letzten Satz seines Bruders hatte Kuno nur noch am Rande mitbekommen. Wie erstarrt hielt er die Hand mit dem vollen Suppenlöffel auf halber Höhe zwischen Teller und Mund und stierte Okko an. Bubendey als Messerkünstler ...

Auch Arne hatte sich an seiner Suppe verschluckt, als Kunos Bruder das Bild von Bubendey heraufbeschwor, der mit einem Messer geschickt den Fisch traktierte.

»Dein Professor ist im Umgang mit Messern geübt?«, fragte Kuno. »Mit richtig langen, scharfen Messern, mit denen man Tiere auseinandernimmt?«

Okko nahm einen weiteren Löffel Suppe und nickte, bis er hinuntergeschluckt hatte. »Der hat eine ganze Sammlung von Messern, mit denen er sich notfalls sogar durch den Dschungel kämpfen könnte. Er ist ja ständig draußen unterwegs.«

»Wozu braucht er all die Messer?«, fragte Arne. »Ich meine, ich verstehe, dass er eins haben muss, wenn er geangelt hat und den Fisch zum Verspeisen zubereiten will. Aber was macht er sonst noch so da draußen? Es schwimmen ja nicht überall Fische herum. Wen oder was massakriert er mit seinen Messern?«

»Na, das ist doch klar. Er braucht sie, um sich zum Beispiel durchs Dickicht zu schlagen. Er ist ja ein echter Outdoor-Künstler. Und er benutzt sie natürlich auch, um Materialien zu zerschneiden, Verpackungen zu öffnen oder so.«

Kuno nickte bewundernd. »Ein Outdoor-Künstler ist er, das hätte ich nicht gedacht. Sieht man ihm nicht an.«

»Versteht sich doch eigentlich von selbst«, entgegnete Okko. »So ein Umweltschützer ist viel draußen, und auch wenn er Professor ist, muss er nicht zwangsläufig zwei linke Hände haben. Hab ich ja auch nicht.«

»Du bist aber auch kein Professor«, warf Inka vorsichtig ein.

Okko grinste. »Was nicht ist, kann noch werden. Es ist nie zu spät – für gar nichts. Das sieht man doch auch an Kuno und Bente. Wer hätte jemals gedacht, dass mein großer Bruder auf seine nicht mehr ganz jugendlichen Tage ...«

»Okko, jetzt ist mal gut«, funkte Kuno dazwischen. »Um noch mal auf Bubendey und seine Messer zu sprechen zu kommen ...«

Plötzlich stierte Okko ihn mit offenem Mund an. Unübersehbar klickte es hinter seiner Stirn. Er legte den Suppenlöffel beiseite und rieb sich das Kinn. »Ihr hackt so auf dem Dionisius und seinen Messern herum. Das ist aber doch nicht etwa wegen – Hanna Lindegard?«

Kuno und Arne versenkten ihre Blicke in den Suppentellern.

»Sie ist aber doch nicht ...«, fuhr Okko fort. »Ja, ist sie denn erstochen worden?« Entgeistert sah er Inka an, die als Einzige am Tisch den Mut hatte, ihm offen ins Gesicht zu sehen.

Okko nahm den Löffel wieder auf und machte sich über den Rest Suppe her, der noch in seinem Teller verblieben war. »Das ist aber jetzt nicht fair«, meinte er mit säuerlicher Miene. »Dionisius ist nicht hier, aber ihr redet schlecht über ihn.«

Arne tupfte sich die Lippen mit der Serviette ab, faltete das Tuch zusammen und legte es neben den Teller. »Das siehst du falsch. Wir reden nicht schlecht über ihn. Wir reden eigentlich gar nicht über ihn. Wir führen nur ein lockeres informatives Gespräch, bei dem sein Name gefallen ist, nachdem du interessanterweise seine umfassende Sammlung an Messern für verschiedene Gelegenheiten erwähnt hast.«

»Ja«, ereiferte Okko sich, »und ihr habt sofort die Chance ergriffen, den Mord an Hanna zu einer der Gelegenheiten zu erklären, die Dionisius genutzt hat, um sein Talent im Umgang mit diesen Werkzeugen unter Beweis zu stellen. Das. Ist. Unfair.«

Kuno ärgerte sich, dass er überhaupt auf das Thema eingegangen war. Er hätte seine Bedenken für sich behalten und morgen mit Arne darüber reden sollen. »Ich wusste im Übrigen gar nicht, dass du dich so gewandt ausdrücken kannst«, erwiderte er pampig.

»Das ist Dionisius' guter Einfluss«, gab Okko zurück.

Kuno warf sich gegen die Rückenlehne. Er hatte es doch kommen sehen. Als er Bente vorhin endlich in seine Arme schließen konnte, war er in Gedanken noch ganz bei den Gesprächen mit Jördis Lindegard und Erk Söderboom gewesen. Trotz der Wiedersehensfreude fiel es ihm verdammt schwer, abzuschalten und den Fall Hanna Lindegard für die nächsten Stunden in den hintersten Winkel seines Schädels zu schieben.

Während der Fahrt nach Hause hatte er sich vorgenommen, an diesem Abend kein Wort über berufliche Dinge fallen zu lassen und erst recht keine Silbe über den aktuellen Fall zu verlieren. Er hatte gewusst, dass das schiefgehen würde. Wenn drei von fünf Anwesenden einer geselligen Runde der Kripo Wattenmeer angehörten und gerade erst mit den Ermittlungen zu einer Mordsache begonnen hatten, war schnell ein gemeinsames abendfüllendes Thema gefunden. Bei einem leckeren Essen und einem guten Wein war die Gefahr, dass die Hirngespinste davongaloppierten, doppelt groß.

Er versuchte, von Bubendeys Messern abzulenken. »Die Suppe war schon mal hervorragend, Bente.«

»Das Kompliment gebe ich gerne an Inka weiter. Es war zwar mein Rezept, aber ohne ihre tatkräftige Hilfe hätte sie heute Abend nicht auf dem Tisch gestanden.«

Die Uhr am Backofen klingelte. Bente schob ihren Stuhl zurück und wollte die Suppenteller einsammeln.

Doch Inka sprang sofort auf und nahm ihr das ab. »Hol du mal den Auflauf aus dem Ofen. Ich mach hier klar Schiff.«

Kuno zauberte sein versöhnlichstes Lächeln aufs Gesicht und deutete mit dem Finger auf Okko. »Und du kümmerst dich um den Wein? Ich kenne niemanden, der eine Flasche mit einem so sanften, melodischen *Plopp* entkorken kann wie mein Bruder.«

Okko guckte skeptisch und kicherte. »Mann, so klebrig warst du nicht mehr, seit du mich mal dringend brauchtest, um unsere Eltern davon zu überzeugen, dass sie dich trotz eines Ausgehverbots wegen ungebührlichen Betragens am Samstagabend als meinen Aufpasser zur Party in die Strandhalle mitgehen lassen sollten.«

»Daran kann ich mich nicht mehr erinnern«, log Kuno. »Ist aber auch egal, darüber wollen wir jetzt nicht streiten. Was ist nun, übernimmst du den Wein?«

Die Frage erübrigte sich. Seit Okko sich selbstständig gemacht hatte, hatte sein Alkoholkonsum sich zwar in einem Maß reduziert, das Kuno nie für möglich gehalten hätte. Doch wenn es um das Öffnen von Weinflaschen oder die Beschaffung von Bier ging, war seine Einsatzbereitschaft immer noch ungewöhnlich groß.

Mit feierlicher Miene stand er auf und ging hinaus, um den kalt gestellten Weißwein zu holen.

Arne, der auf dem Freischwinger aus der Küche Platz genommen hatte, lehnte den Oberkörper zurück und wippte leicht mit der Rückenlehne. »So ganz aus dem Rennen ist der Herr Professor nicht.« Er sprach so leise, dass Kuno, der neben ihm saß, ihn gerade noch verstehen konnte, aber sicherlich kein Laut bis in die Küche drang.

Kuno stützte die Ellenbogen auf den Tisch und faltete die Hände unter dem Kinn zusammen. »Seh ich auch so«, raunte er. »Wir sollten mal bei ihm vorbeigucken und uns seine Messersammlung vorführen lassen.«

»Ich wüsste gerne, wie viele Messer der Mann hat und was für welche das genau sind. Ob Okko uns schon was darüber sagen kann?«

Kuno schüttelte den Kopf. »Mein Bruderherz hat Lunte gerochen, das hast du doch gehört. Wir können ihn nicht danach fragen. Er steht auf Bubendeys Seite.«

»Klar.« Arne nickte nachdenklich. »Ich bin gespannt, was Sören Beers rausfindet. Wenn die Mordwaffe ein Messer war, mit dem man Fisch filetiert ...«

»Oder so ein Outdoor-Teil ...« Kuno hob beide Hände zu einer Geste, die großes Unheil andeuten sollte. »Wenn sich herausstellen sollte, dass Bubendey der Täter ist ... Ich darf gar nicht daran denken. Da hat Okko endlich mal beruflich Fuß gefasst und jemanden gefunden, der ihm Rückhalt gibt. Wenn das kaputtgehen sollte, dann fällt er umso heftiger in seine altbekannte Lethargie zurück.«

»Meinst du, alleine macht er diese Seminare nicht weiter?«, fragte Arne.

»Wie denn? Er braucht den Bubendey. Der hat das Wissen, er hält die Vorträge und macht die Führungen. Das kann Okko nicht. Dafür ist er nicht ausgebildet.«

»Aber Jugendbetreuer ist er«, versuchte Arne, ihm Mut zu machen. »Darauf kann er doch aufbauen.«

Aus der Küche war ein lautes Scheppern zu hören. Kurz darauf kam Inka mit einem Stapel flacher Teller herein. »Besteck habt ihr ja alle schon.« Sie verteilte die Teller.

Okko kam mit dem Wein zurück und schenkte jedem davon ein.

Bente brachte den Auflauf und deponierte ihn auf der Warmhalteplatte mitten auf dem Tisch. »Bitte, bedient euch«, sagte sie und setzte sich hin.

Als jeder sich eine Portion aufgetragen hatte, nahm sie ihre Gabel zur Hand. »Guten Appetit euch allen. Und bevor wir anfangen zu essen, noch ein Wort«, sagte sie mit ernstem Blick. »Ab jetzt reden wir nicht mehr über Mord, Messer und mögliche Verdächtige.«

»Einverstanden«, riefen Kuno und Arne gleichzeitig aus, und Inka nickte und sagte kühl: »Okay.«

Okko zuckte gleichgültig mit den Schultern. »Wenn ihr glaubt, dass ihr das durchhaltet.«

# 14

»Oh, oh, oh.« Arnes Stimme scholl Kuno beim Betreten der Wache entgegen.

Obwohl sich der unterhaltsame Abend bis weit nach Mitternacht hingezogen hatte, war Arne an diesem Montagmorgen früher aus dem Bett gesprungen als üblich. Bevor er das Gästehaus von Anneke Brinks verlassen hatte, hatte er Kuno, der schräg gegenüber der Pension wohnte, telefonisch darüber informiert, dass er nicht wie sonst üblich auf der Straße auf ihn zu warten brauchte, um gemeinsam mit ihm zur Polizeistation zu gehen.

Was ihn so früh zur Arbeit trieb, dazu wollte er sich am Telefon nicht äußern. Kuno nahm jedoch an, dass auch Inka, die für die Dauer ihres aktuellen Einsatzes bei Arne im Zimmer untergekommen war, früh aufgestanden war.

Kuno blieb im Türrahmen stehen und klopfte an wie ein Besucher, der der Kripo etwas melden wollte. »Soll ich lieber noch ein bisschen draußen warten, oder darf ich eintreten?«

Arne, der mit dem Rücken zur Tür ihres gemeinsamen Büros saß, blickte ihn über die Schulter hinweg an. »Komm rein, wenn du dich traust«, sagte er, die eine Hand auf der Maus, die andere auf der Tastatur.

»So schlimm?« Neugierig trat Kuno an Arnes Schreibtisch heran. Er stützte sich auf die Rückenlehne des Bürostuhls und beugte sich hinab, um zu sehen, was für spannende Geschichten sein Kollege auf dem Bildschirm hatte.

»Ich habe nach Bubendey gegoogelt«, erklärte Arne.

Schneller, als Kuno die Überschriften entziffern konnte, klickte Arne in der Ergebnisliste der Suchmaschine herum, öffnete einen Artikel, scrollte rauf und runter, schloss ihn und fischte sich den nächsten heraus.

»Geht's noch ein bisschen flotter?«, fragte Kuno. »Sonst bekomme ich am Ende noch was mit.«

Mit einer leichten Drehung nach rechts entzog Arne seinem Chef die Rückenlehne als Stütze. Er deutete mit der Hand auf den anderen Schreibtisch und lächelte wohlwollend. »Wenn Sie bitte Platz nehmen möchten, Herr Hauptkommissar. Dann informiere ich Sie gerne eingehend über die Ergebnisse der Suche, die ich durchgeführt habe, während Sie sich bei Morgentee und Frühstücksei langsam in den Tag geschummelt haben.«

Ächzend richtete Kuno sich auf und ging an seinen Platz. »Dafür, dass du heute lange vorm Wachwerden aufgestanden bist, bist du verdammt gut drauf. Erzähl, was hast du rausgefunden?«

»Der Herr Professor Bubendey hat tatsächlich Schlag bei den Frauen.«

Unwillkürlich musste Kuno schmunzeln. »Sag bloß, Berichte über seine Frauengeschichten finden sich im Internet.«

Arne klickte weiter auf dem Monitor herum. »Es gibt nichts, was man im Internet nicht finden könnte. Man muss nur lange genug suchen.« Er hob kurz den Kopf. »Hab ich das nicht schon immer gesagt?« Erneut guckte er auf den Bildschirm, dann hatte er gefunden, was er Kuno vortragen wollte. »Ich habe eine Studentenzeitschrift entdeckt, in der über alles Mögliche berichtet wird, auch über heiße Partys an Bubendeys Uni.«

»Jetzt bin ich aber gespannt.«

»An der Fakultät, an der Bubendey unterrichtet hat«, erzählte Arne, »wird am Ende eines jeden Semesters eine Abschlussparty veranstaltet. Eigentlich sind das reine Studentenfeiern. Der Lehrkörper ist dazu nicht eingeladen. Aber alle Teilnehmer der Seminare, männlich wie weiblich, dürfen eine Partnerin oder einen Partner mitbringen. Es hat anscheinend immer wieder Studentinnen gegeben, die haben Bubendey als Begleiter dazu eingeladen, und er war, wie man sieht, nicht abgeneigt.«

Kuno nickte. »Ich schätze, Bubendey ist zwar gerne mal allein, aber er ist nicht der Typ, der dauerhaft die Einsamkeit sucht. Den Eindruck hatte ich schon bei unserem Besuch bei ihm.« Er lachte. »Ein Einsiedlertyp würde es auch kaum länger mit Okko zusammen aushalten. Mein Bruder hat bekanntlich sehr anhängliche Züge. Wen er einmal in sein Herz geschlossen hat, den will er ständig in seiner Nähe wissen.«

»Das ist wohl wahr«, feixte Arne. »Wenn Bubendey und er sich in der Beziehung nicht so ähnlich wären, würden die beiden Jungunternehmer auch nicht so gut miteinander harmonieren.«

»Aber Moment mal.« Kuno runzelte die Stirn. »Der Bubendey ist als offizieller Partner von Studentinnen zu den Partys gegangen, zu denen Professoren sonst nicht zugelassen waren?«

»Sieht so aus.« Arne blickte noch einmal konzentriert auf den Monitor. »In dem Bericht, den ich hier gerade geöffnet habe, stehen der Vorname und der Anfangsbuchstabe des Nachnamens einer Studentin, die vor vier Jahren mit ihm auf so eine Party gegangen ist. Es gibt sogar ein Foto, auf dem sie sich vertraulich an seine Schulter lehnt. Willst du mal sehen?«

Arne drehte den Bildschirm um.

Kuno hob eine Hand, als wollte er seine Augen vor dem Anblick schützen. »Nee, lieber nicht. Nachher fange ich automatisch, an zu grinsen, wenn ich ihm gegenüberstehe. Und ich weiß ja nicht, was uns noch alles erwartet. Womöglich haben wir gar keinen Grund zum Grinsen, wenn wir mehr mit ihm zu tun bekommen.«

»Das ist in der Tat die Frage«, sagte Arne wie aus der Pistole geschossen.

Kuno schloss daraus, dass sein Kollege noch eine brandheiße Neuigkeit hatte. Vielleicht sollte auch er mal früher aufstehen als üblich. Wie war das noch mit dem, der zu spät kam? »Du hast noch was auf Lager?«

»Der Reihe nach.« Arne schmunzelte geheimnisvoll. »Bleiben wir noch einen Moment bei den Frauen. Auf einer dieser Partys – wann war das noch?« Seine Hand griff wieder zur Maus, und er klickte wild herum.

»Warum hast du das nicht alles rauskopiert und in einen Ordner gepackt?«, maulte Kuno. »Wir suchen es sonst immer wieder. Lass uns deine Suchergebnisse doch gleich richtig dokumentieren.«

»Schscht«, machte Arne. »Später. Hier hab ich es schon. Vor zwei Jahren, zu dem Zeitpunkt war er schon nicht mehr Ordinarius, haben sich zwei Studentinnen seinetwegen in die Haare gekriegt.«

»Nee, im Ernst?« Kuno beugte sich über den Schreibtisch und stützte das Kinn in beide Hände. »Lies vor.«

»Lies es dir nachher beim Tee selbst in aller Ruhe durch. Jetzt nur die Quintessenz: Eine Studentin, die im sechsten Semester war, hatte ihn per Mail kontaktiert und ist mit ihm zusammen hingegangen. Während der Party ist eine andere Studentin wie eine Furie auf die

Frau losgegangen. Sie hatte Bubendey während seiner aktiven Zeit an der Uni mehrmals eingeladen, sich aber immer einen Korb eingefangen. Es kam zu einem Wortgefecht zwischen den beiden Damen wegen angeblicher älterer Vorrechte, und wie der Verfasser des Artikels schreibt, ging die Party dann richtig los.« Arne hielt inne.

Kuno sah ihm an, dass er bei der Vorstellung, was da abgelaufen sein mochte, an sich halten musste, um nicht vor Lachen laut loszuprusten. »Soll das heißen, es hat eine Schlägerei um Bubendey gegeben? Ich kann mir nicht vorstellen, dass der das zugelassen hätte.«

Arne zuckte die Achseln. »Ich war nicht auf der Party. Schade eigentlich. Wenn ich dabei gewesen wäre, ich hätte das glatt mit dem Handy gefilmt. Das sind die Szenen, die das Leben schreibt.«

Kuno massierte sich mit beiden Händen den Nacken. Seitdem der Wecker heute Morgen geklingelt hatte, redete er sich ein, die leichten Kopfschmerzen seien nicht dem Wein geschuldet, dem er gestern Abend genussvoll zugesprochen hatte, sondern der etwas unbequemen Schlafposition bei Nacht. Er war es nicht gewohnt, sein Bett zu teilen. Wenn er das nächste Mal nach Hamburg fuhr, würde er sich in einem der großen Möbelhäuser nach einem richtigen breiten Doppelbett umsehen.

»Was sagst du nun dazu?«, fragte Arne.

Der Hauptkommissar musste nicht lange überlegen. »Deine Suchergebnisse in Ehren, aber ich denke nicht, dass wir das in irgendeinen Zusammenhang mit dem Mord an Hanna Lindegard stellen können.«

»Immerhin haben wir mit diesen Berichten den Beweis, dass der Bubendey und die Frauen ein weitaus größeres Thema sind, als wir uns das vorgestellt hatten. Er ist kein Kostverächter. Es könnte also durchaus sein ...« Arne wedelte vage mit den Händen in der Luft herum.

»... dass es zwischen ihm und Hanna Lindegard zu sexueller Anmache kam«, vollendete Kuno den Satz. »Und du meinst, dass es darüber zum tödlichen Streit gekommen ist? Den Berichten zufolge, die du im Internet gefunden hast, sieht es aber doch ganz so aus, als wäre nicht Bubendey derjenige, der die Frauen belästigt, sondern die Frauen sind es, die ihn bedrängen. Warum sollte er Hanna dann umgebracht haben? Er ist stark genug, sich auch ohne Messer zu wehren.«

Arne rollte mit den Augen. »Das ist doch mal wieder typisch Mann.« Er klopfte mit den Fingern heftig gegen den Monitor. »Was hier steht, ist doch nur die halbe Wahrheit. Weißt du, was er anstellt, wenn gerade keine Kamera zugegen ist, die ihn fotografiert oder filmt?«

»Du denkst also, er könnte Hanna bedrängt haben, sie hat ihm gedroht, seine Anmache öffentlich zu machen, und daraufhin hat er zugestochen? Nee, ganz ehrlich, das ist mir zu weit hergeholt. Wenn es zu einem Mord kommt, muss mehr vorgefallen sein als so etwas. Selbst wenn Bubendey die Hanna belästigt hätte, hätte sie doch keine Beweise gegen ihn gehabt, oder?«

Arne spitzte die Lippen und sprach kein Wort. Was ging in ihm vor?

»Eine Vergewaltigung hat es nicht gegeben«, fuhr Kuno fort. »Verbale Anmache ist nicht strafbar. Man kann sie nicht einmal beweisen, wenn kein Zeuge zugegen war. Und ungewollte Berührungen, so verwerflich sie auch sind, sind ebenfalls nicht nachweisbar, wenn keine Verletzungen dadurch entstanden sind. Wie hätte Hanna den Bubendey also in Verruf bringen können?«

Arne war merkwürdig still geworden. »Es gibt da noch etwas«, sagte er endlich. Er wandte sich wieder dem Bildschirm zu. »Der Bericht von Sören Beers ist da. Der Stich ins Herz wurde, und jetzt kommt's, mit einem Messer mit Sägezahnrücken ausgeführt. Mit einem Outdoor-Messer.«

Hätte Arne ihm mit einem Holzhammer vor die Stirn geschlagen, es hätte Kuno nicht heftiger getroffen.

Wie ferngesteuert stand er auf und machte sich an seinem Wasserkocher zu schaffen. »Jetzt brauch ich einen Tee.«

»Ich denke«, sagte Arne dröge, »das solltest du auf später verschieben. Wir sollten uns erst noch einmal mit dem Herrn Professor unterhalten.«

Mit einer genervten Handbewegung schaltete Kuno den Wasserkocher wieder aus. Wenn er ehrlich sein sollte, brauchte er jetzt auch gar keinen Tee, sondern eine Packung Baldrian. Wenn er an Okkos Zukunft dachte ...

Bubendey durfte nicht der Täter sein. Er durfte es einfach nicht. Nein.

Das schlechte Gewissen trat aus Kuno heraus, stellte sich schräg hinter ihn und tippte ihm auf die Schulter. ›Kuno‹, sagte es so leise, dass Arne es nicht hören konnte. ›Kuno, du bist befangen. Merkst du das nicht?‹

Kuno wandte sich abrupt von seinem Gewissen ab. »Ach, Quatsch«, rief er aus.

Arne sah ihn verwundert an. »Was ist Quatsch?«

»Wie? Äh, nichts.« Kuno pfiff sein schlechtes Gewissen zurück, setzte sich hin und knetete die Hände, die auf dem Schreibtisch lagen, als gehörten sie nicht zu ihm. Er sah auf die Uhr. »Bubendey und Okko sind jetzt im Projekt, das weißt du doch.«

»Stimmt ja.« Arne tippte sich an die Schläfe. »Heute startet das neue Seminar. Weißt du, in welchem Haus sie es abhalten?«

Kuno nickte. »Okko hat es mir gestern Abend bei Tisch erzählt. Ich weiß, wo das liegt. An der Inselstraße, nicht weit von Bubendeys Haus entfernt.«

»Das ist ja nicht aus der Welt. Lass uns hinfahren, wenn die ihre Mittagspause machen.«

»Das wäre am besten«, meinte Kuno. »Das ist nicht so auffällig, als wenn wir ihn vor versammelter Mannschaft mitten aus einem Vortrag rausholen würden.«

»Jetzt also erst zu Kathi Janssen?«

Selten hatte Kuno einen Alternativvorschlag seines Kollegen mit so großer Erleichterung angenommen wie diesen. Ein Gespräch mit Kathi Janssen würde zwar die erneute Befragung von Dionisius Bubendey nur hinausschieben. Aber vielleicht ergaben sich ganz neue Aspekte, bislang unbekannte Hinweise. Vielleicht würden die Auskünfte von Janssens Tochter den Professor nur noch als kleine, unverdächtige Randfigur des Geschehens erscheinen lassen.

Arne zog sich einen Pulli über, nahm seinen Notizblock vom Schreibtisch und verließ das Büro.

Missmutig trottete Kuno hinter ihm her. »Ich glaube immer noch, dass es sich um eine Verwechslung handelt. Dass Kathi Janssen gemeint war und dass der Mord sich im Prinzip gegen ihren Vater richtete.«

Tapfer ignorierte er das Pochen seines Herzens, dessen Echo sich in dem Moment, als sie das Grundstück der Janssens betraten, mit beängstigender Heftigkeit in seiner Brust ausbreitete.

# 15

In Ermangelung einer Gardine, die in norddeutschen Häusern nicht unbedingt üblich war, hielt sich eine Frau, vermutlich die Dame des Hauses, hinter den Falten eines zurückgezogenen Vorhangs halb versteckt. Mit einem Auge lugte sie auf den Weg, der von der Straße durch den Vorgarten zur Haustür führte. Unwillkürlich wurden in Kuno Erinnerungen an Erzählungen seiner Großeltern über die heimliche Neugier der Menschen in Vorstadtsiedlungen auf dem Festland wach.

Kaum hatte Arne die Klingel betätigt, wurde die Tür geöffnet. Vor ihnen stand Ulf Janssen, wie Kuno ihn aus Illustrierten kannte. Nicht, dass er zu den Käufern der Klatschblätter gehörte. Aber wenn man einen Arzttermin hatte und lange warten musste, wie sollte man sich die Zeit vertreiben? Ein kurzer Blick auf Arnes Miene angesichts des Stars unter den Hamburger Werbeunternehmern zeigte ihm, dass auch sein Kollege nicht zu denen gehörte, die bei Friseur und Zahnarzt nur die Wirtschaftsmagazine studierten.

»Sie wünschen?«, fragte Janssen.

Wenn es das Klischee des aalglatten, frisch gegelten, zahngebleichten Millionärs nicht bereits gäbe, man hätte es eigens für Ulf Janssen erfinden müssen.

»Kripo Wattenmeer.« Wie geübte Synchronschwimmer zückten Arne und er gleichzeitig ihre Dienstausweise. »KHK Knudsen ist mein Name. Kommissar Zander und ich würden uns gerne mit ihrer Tochter unterhalten. Es geht um den Mord an Hanna Lindegard.«

»Mit dem wir nichts zu tun haben.« Janssen schickte sich an, die Tür wieder zu schließen.

»Das kann sich schnell ändern«, entfuhr es Arne gerade noch rechtzeitig, bevor die Tür ins Schloss fiel.

Die wenigen Worte hatten genügt, um Janssens Neugier zu wecken. »Wir stecken allerdings gerade mitten in der Arbeit«, sagte der Unternehmer in etwas gnädigerem Tonfall, während er die Tür wieder öffnete.

»Sie haben doch jede Menge Kreative, die sich die tollen Werbekampagnen ausdenken«, sagte Kuno halb im Spaß. »Da müssen Sie doch selbst nicht mehr ran.«

»Ach«, sagte Janssen pikiert, »so sehen Sie das also. In meinem schicken Glaspalast an der Elbe tummeln sich zweihundert Kreative, die auch ohne mein Zutun wissen, wo es langgeht. Währenddessen sitze ich als Unternehmer gemütlich auf Amrum und beobachte beim Online-Banking, mit welcher Geschwindigkeit die Überweisungen meiner Kunden eintrudeln.«

Kopfschüttelnd führte er die Ermittler in einen großen Raum, den man eher als Salon denn als Wohnzimmer bezeichnen konnte. Mit einer ausladenden Geste bot er ihnen Plätze an.

Arne versank in einem riesigen ledernen Sessel. »So ähnlich haben wir uns Ihren Arbeitstag vorgestellt«, sagte er. »Oder spielen Sie wirklich selbst noch aktiv mit? Ich meine, wer hier wohnt ...«, er sah sich demonstrativ bewundernd um, »der hat doch seine Schäfchen im Trockenen und macht auf Amrum nichts als Urlaub.«

Kuno hockte sich auf die Kante des Sessels gegenüber dem von Arne und rutschte vorsichtig nach hinten. Er traute seinen Bandscheiben nicht.

Janssen beobachtete ihn skeptisch aus dem Augenwinkel und beantwortete Arnes Einwurf. »Schon mal was von Homeoffices und Online-Meetings gehört?«

»Gehört schon.« Arne schnitt eine Grimasse, die zeigte, dass er von digitalen Arbeitswelten nicht viel hielt. »Das alles hat bei uns aber noch nicht Einzug gehalten. Mordfälle werden analog verübt, und um sie zu lösen, müssen wir raus in die reale Welt.«

Kuno versuchte, Frieden zwischen den beiden Männern zu stiften. »Das analoge Arbeiten hat auch seine Vorteile«, sagte er, bevor Ulf Janssen seinem Kollegen eine passende Erwiderung an den Kopf werfen konnte. »Sonst würden wir weder so bekannte Persönlichkeiten kennenlernen wie Sie, noch würden wir etwas über andere Arbeitswelten erfahren. Und damit wären wir wieder bei Ihrer Tochter. Ich vermute, sie ist trotz eigener Aktivitäten mit in Ihr Unternehmen eingebunden.«

Janssen zuckte nervös mit den Nasenflügeln und sah Kuno von oben herab an. »Meine Kathi befindet sich gerade in einem kreativen Prozess.«

Kuno wartete, bis Arne seinen als Husten getarnten Lachanfall im Griff hatte. »Es tut uns außerordentlich leid«, erwiderte er dann, »dass wir Ihre Kathi dabei stören müssen. Wir werden sie auch nur ganz kurz aus ihrer Ideenwelt reißen. Wenn Sie sie für einen Moment zu uns bitten würden? Sie ist doch im Haus?«

»Kathi«, rief eine weibliche Stimme, die sicher zu der Dame gehörte, die vorhin am Fenster gestanden hatte.

»Was ist denn?«, rief kurz darauf eine jünger klingende Frauenstimme aus dem oberen Stockwerk herab.

»Kommst du mal runter? Wir haben Besuch. Zwei Herren von der Kriminalpolizei.«

»Hach, Mann.«

Kuno und Arne warfen sich amüsierte Blicke zu, die Ulf Janssen nicht entgingen.

Einen Moment später stapfte jemand die Treppe hinab, und dann stand sie vor ihnen: Kathi Janssen. Lange grellblonde Haare, von demselben Ton, wie Hanna Lindegard ihn zuletzt getragen hatte. Ausgeschlafen, ungeschminkt und offensichtlich schlecht gelaunt.

»Bitte setz dich«, sagte ihr Vater.

Ohne sich den Ermittlern vorzustellen oder sie gar per Handschlag zu begrüßen, trottete sie auf das Sofa zu, auf dem ihr Vater saß.

Kuno hielt den Atem an. Von hinten sah Kathi Janssen ihrer Freundin Hanna tatsächlich zum Verwechseln ähnlich. Kathi hatte eine etwas schmalere Statur, aber so groß war der Unterschied nicht. Auch für den, der eine der beiden Frauen von vorne sah und sie nur flüchtig kannte, war es wohl nicht so einfach, sie auf Anhieb von der anderen zu unterscheiden. Und sicher gab es viele Amrumer, die die Freundinnen nicht näher kannten.

Kathi wohnte die meiste Zeit des Jahres in Hamburg. Wenn sie auf der Insel war, lebte sie zurückgezogen. Man sah sie selten am Strand und kaum in den Geschäften. Die Janssens verschanzten sich gern in ihrem Haus.

Hanna Lindegard kannten die meisten Amrumer nur als Kind. Seit sie mit Jördis nach Föhr gezogen war, hatte sie sich kaum noch auf Amrum sehen lassen. Erst seit wenigen Wochen lebte sie wieder hier, und auch sie ging selten unter die Leute. Abgeschieden von der Amrumer Gesellschaft bot sie ihre Seminare an, die Frauen aus vermutlich allen Teilen Deutschlands besuchten, am wenigsten jedoch von den nordfriesischen Inseln.

Kathi Janssen rutschte auf den Platz direkt neben ihrem Vater und verzog den Mund. »Da bin ich. Vielleicht erfahre ich auch, was ich hier soll?«

Kuno lächelte über ihr schlechtes Benehmen hinweg. »Schön, dass Sie sich Zeit nehmen, um mit uns über Ihre Freundin Hanna zu sprechen.«

Ulf Janssen bremste ihn sofort aus. »Sie können sich vorstellen, wie sehr Hannas Tod meine Tochter mitgenommen hat. Ich bitte Sie um Rücksichtnahme.«

Arne beugte sich vor. »Machen wir gerne«, sagte er. »Sie als besorgter Vater können sich bestimmt vorstellen, wie es zurzeit in Hannas Mutter aussieht. Daher sind wir Ihnen und Ihrer Tochter ausgesprochen dankbar für Ihr Entgegenkommen, uns trotz der Trauer und trotz all der kreativen Prozesse, die gerade in Ihren Köpfen glühen, bei der Aufklärung des Mordes behilflich zu sein.«

Die Worte des Kommissars hatten gesessen. Keiner der beiden Janssens erwiderte etwas.

Kuno kam zur Sache. »Soweit ich informiert bin, hat Hanna Lindegard das Dünenhaus gemeinsam mit Ihnen, Frau Janssen, genutzt.« Er lächelte Kathi höflich an.

»Nicht ausschließlich mit Kathi«, erwiderte Ulf Janssen. »Hanna hat sich gelegentlich auch alleine dort aufgehalten oder sich mit sonst wem getroffen.«

›Ruhig bleiben‹, flüsterte Kunos innere Stimme ihm zu. »Was hat Hanna am Samstag alleine dort gemacht?«, fragte er Kathi. »Haben Sie Ihre Kurse nicht immer gemeinsam vorbereitet?«

»Nein, haben sie nicht.« Wieder antwortete der Vater. »Meine Tochter und Hanna Lindegard ...«

Arne fuhr dazwischen. »Herr Janssen, würde es Ihnen etwas ausmachen, Ihre Tochter selbst antworten zu lassen?«

»Ja.«

Kathi sah unsicher zu ihm auf.

»Meine Tochter und Hanna Lindegard haben die Kurse zwar gemeinsam abgehalten, aber unabhängig voneinander vorbereitet.«

Kuno änderte seine Strategie. »Herr Janssen, dürfen wir das so verstehen, dass auch Ihre Tochter sich ab und zu alleine im Dünenhaus aufhält?«

Ulf Janssen zuckte kaum merklich mit den Schultern und gab die Frage wortlos an seine Tochter weiter.

»Ja, das ist so«, sagte sie. »Wir haben uns immer abgesprochen, wenn wir alleine da sein wollten.«

»Hatte Kathi einen Schlüssel zum Dünenhaus?« Auch Arne richtete seine Frage an den Vater.

Wieder etwas, worauf Ulf Janssen die Antwort nicht wusste. Kuno entspannte sich. Seine Strategie, den Vater stumm zu schalten, war aufgegangen.

»Nein«, erwiderte Kathi. »Wenn ich alleine im Dünenhaus zu tun hatte, habe ich mir den Schlüssel von Hanna geben lassen.«

»Hinterher haben Sie ihn wieder bei ihr vorbeigebracht«, sagte Kuno.

»Entweder so, oder sie kam zu uns und hat ihn sich abgeholt.«

Wie umständlich das für die beiden Frauen gewesen sein musste! »Kam das oft vor«, fragte Kuno, »diese Schlüsselübergabe? Wäre es nicht sinnvoller gewesen, Sie hätten beide einen Schlüssel bekommen?«

»Da sagen Sie was«, rief Kathi aus. »Fragen Sie mal Erk Söderboom, ob er dazu bereit gewesen wäre.«

»Haben Sie ihn denn gefragt?«, wollte Arne wissen.

Kathi wandte sich ihm verwundert zu. »Natürlich, was denken Sie denn?«

Endlich sah Ulf Janssen wieder eine Chance, das Wort zu ergreifen. Er nahm Kathis Hand und drückte sie fest. »Erk Söderboom gehört nicht zu den Fans unserer Familie. Das dürfte Ihnen nicht entgangen sein. Wenn ich an den Aufstand denke, den er gemacht hat, als wir hier gebaut haben ... Um ein Haar hätte er diese Bürgerinitiative ins Leben gerufen. Ich möchte wirklich mal wissen, wie der sich das vorgestellt hat. Dachte der Mann allen Ernstes, er könnte uns ...«

»Herr Janssen«, rief Arne dazwischen, »können wir bitte zur Mordsache Hanna Lindegard zurückkommen?«

Kuno hob die Hände, um Ruhe einzufordern und die Aufmerksamkeit auf sich zu lenken. »Erk Söderboom war also nicht bereit, Ihnen einen weiteren Schlüssel zu geben. Haben Sie sich darüber mit ihm gestritten?«

»Ich nicht«, sagte Kathi. »Ich glaube, Hanna ist mit ihm deswegen mal aneinandergeraten.«

»Konnten Sie nicht einfach einen Schlüssel nachmachen lassen?«

Kathi schüttelte den Kopf. »Das sind Sicherheitsschlüssel, die muss man beim Eigentümer bestellen.«

Es gab also niemanden, der sich hinter dem Rücken von Erk Söderboom einen Schlüssel hatte nachmachen lassen können, um heimlich in das Haus einzudringen.

»Hatte Jördis Lindegard nicht noch einen Schlüssel, den sie Ihnen hätte geben können?«, fragte Kuno.

»Jördis!« Kathis Miene sprach Bände.

»Wie standen Sie eigentlich zu Hannas Mutter?«, fragte Arne in bravourös gespielter Naivität.

Ulf Janssen wollte wieder antworten, doch Kuno warf ihm einen warnenden Blick zu, bevor er einen Ton herausbringen konnte.

»Jördis und ich ...« Kathi schlug die Beine übereinander und umfasste die Knie mit den Händen. Sie brauchte lange, um sich darüber klar zu werden, wie sie antworten sollte. »Sagen wir mal so«, begann sie schließlich. »Jördis ist eine etwas komplizierte Frau. Einerseits nett, andererseits aber auch irgendwie ...« Sie ließ die Knie los und machte mit Daumen, Zeige- und Mittelfinger einer Hand eine Bewegung, als wollte sie die Beschaffenheit eines Stücks Stoff ertasten. »Ich glaube, sie fand mich nicht wirklich schlimm, aber so richtig einen Draht haben wir nicht zueinandergefunden.«

Kuno nahm die Aussage schweigend zur Kenntnis. Kathi Janssen hatte die Abneigung, die Jördis ihr gegenüber verspürt hatte, in nette Worte verpackt, ohne dabei durchblicken zu lassen, ob dieses Gefühl auf Gegenseitigkeit beruhte. Gar nicht so ungeschickt.

»Hatten Sie nach dem Tod von Hanna schon Kontakt zu Jördis Lindegard?«

Ulf brauste auf. »Ich glaube nicht, dass die Antwort auf diese Frage zur Aufklärung des Mordes beitragen kann. Apropos – wie ist Hanna überhaupt ums Leben gekommen?«

Kathi legte ihre Hand erschrocken auf seinen Arm. »Vati, nein, das will ich jetzt wirklich nicht wissen.« Sie schlug sich die Hände vors Gesicht und lehnte sich gegen seine Schulter.

Er nahm sie in den Arm. »Sorry, Kleines. Ich hab nicht dran gedacht, wie nah dir das geht.«

»Im Gegensatz zu Ihnen«, sagte Kuno halb fragend. »Berührt Sie das Schicksal der Freundin Ihrer Tochter nicht? Sie haben Hanna Lindegard doch auch gekannt. Sie ist hier ein und aus gegangen, soweit ich weiß.«

»Ja, du meine Güte.« Aufgebracht zog Janssen seine Tochter noch ein Stück näher zu sich heran.

Mit verweinten Augen blickte Kathi wieder auf. Sie ließ die Hände in den Schoß sinken. »Natürlich geht Hannas Tod auch meinen Eltern nah. Was ihr passiert ist, hätte genauso gut mir passieren können.« Wieder begann sie zu schluchzen und lehnte sich gegen die Schulter ihres Vaters.

»Wie kommen Sie denn darauf?« Kuno versteifte sich innerlich. Gänsehaut lief seinen Rücken hinab. Er strich sich mit der Hand über den Arm.

Arne war mit einem Schlag wieder mit dem Oberkörper vorgeschnellt. Beide Ellenbogen auf die Knie gestützt, legte er das Kinn auf die verschränkten Hände und verfolgte gespannt wie ein Wachhund, wie Kathis Miene noch ernster und ängstlicher wurde.

Kathi redete nicht. In Gedanken schien sie sich irgendwo in der Vergangenheit zu befinden.

Janssen legte den Arm noch fester um sie. »Erzähl es ruhig. Du musst doch kein Geheimnis daraus machen.«

»Es ist wegen Erk«, begann Kathi zögerlich. »Weil er immer so sauer war. Er ist ja richtig wütend geworden.«

»Weshalb?«, fragte Arne.

Kathi zog die Nase hoch. Sie saß auf dem Sofa wie ein Häufchen Elend, das sich ganz in die starken Arme des Vaters zurückzog.

»Kathi, rede doch«, ermutigte Janssen seine Tochter.

Sie drückte seine Hand. Dann nickte sie, als wollte sie sich selbst den Startschuss für die Geschichte geben, die sie zu erzählen hatte.

»Eigentlich ging das alles von Jördis aus«, sagte sie zaghaft. »Ich hatte das Gefühl, es war ihr überhaupt nicht recht, dass Hanna sich mit mir zusammengetan hatte. Ich war ihr wohl nicht gut genug.«

»Oder zu gut«, tönte Ulf Janssen.

Kathi wischte sich mit den Fingern unter den Augenlidern entlang. »Jedenfalls hat sie Erk Stress gemacht, weil er das Haus nicht nur an Hanna, sondern indirekt auch an mich vermietet hat.« Sie guckte empört. »Jördis wollte nicht, dass ich in dem Haus Workshops anbiete. Obwohl es ihr nicht mehr gehörte, hat sie auf Erk Druck gemacht, dass er mich da nicht mehr reinlassen soll. Deshalb habe ich keinen Schlüssel bekommen.«

Kuno ließ die Geschichte auf sich wirken. Was Kathi berichtete, passte zu dem, was Jördis ihm und Arne erzählt hatte. Nur die Sache mit Erk, der Druck, den sie auf ihn gemacht hatte, davon hatten sie bisher nichts gewusst.

»Hat Erk Söderboom offen mit Ihnen über das Problem geredet?«

Kathi nickte. »Er hat mir gesagt, dass er den Vertrag über die Kurse nur mit Hanna unterschrieben hätte, nicht mit mir. Ich hab ihm gesagt, dass ich nun mal zu Hanna gehöre und er soll das doch bitte mit ihr klären.«

»Wie hat er reagiert?«, fragte Kuno.

»Äußerlich ist er ganz ruhig geblieben, aber an seinem Gesicht habe ich gemerkt, dass er innerlich kochte. Tage später ist er angekommen und hat mir gesagt, so gehe es nicht weiter, er würde sich das ewige Genörgel und Gedrängel von Jördis nicht mehr anhören. Er hat mich aufgefordert, sie anzurufen und selbst mit ihr zu reden. Er hat mir eine Visitenkarte von Jördis unter die Nase gehalten und gebrüllt: ›Hier hast du ihre Nummer. Ruf sie gefälligst an, und zwar noch heute, jetzt sofort.‹«

»Was haben Sie daraufhin gemacht?«, fragte Arne.

»Na, was schon?«, erwiderte Kathi in einem Ton, als gäbe es nur eine denkbare Reaktion darauf. »Ich habe ihm die Karte aus der Hand geschlagen und bin wütend aus dem Haus gelaufen.«

»Er hat die Karte wieder aufgehoben«, sagte Kuno, »und ist Ihnen gefolgt?«

»Ich weiß nicht, was er gemacht hat«, sagte Kathi ungeduldig. »Ich war ja weg. Ich bin, so schnell ich konnte, nach Wittdün zurück, hab mein Rad vom Fahrradständer am Supermarkt geholt und bin zu Hanna geradelt.«

»Haben Sie ihr von der unschönen Begegnung mit Erk erzählt?«

»Natürlich.«

»Und?«, fragte Kuno weiter. »Wie hat sie das gesehen?«

Kathi wägte ihre Worte ab. »Sie war sich nicht sicher, was sie machen sollte. Mit Jördis wollte sie nicht mehr drüber reden. Sie wollte die Beziehung zu ihrer Mutter nicht noch weiter aufs Spiel setzen.«

»War denn die Beziehung zwischen Hanna und Jördis durch die Unstimmigkeiten um Ihre Person so stark belastet, dass ein ernsthaftes Zerwürfnis drohte?«

Kathi biss sich auf die Lippe und sah ihren Vater an. Der nickte ihr zu.

»Ich will nicht zu viel darüber sagen. Ich hab das nur am Rande mitbekommen, aber es muss ziemlich geknallt haben zwischen Jördis und Hanna.«

Kuno konnte gut nachempfinden, in welchem Zwiespalt sowohl Hanna als auch Kathi sich befunden hatten. »Sie und Hanna wollten sich aber auch Ihre Freundschaft nicht kaputtmachen lassen«, mutmaßte er.

»Natürlich nicht.«

»Hanna«, sagte Kuno nachdenklich, »Hanna hat also selbst keine Lösung für den Konflikt gesehen?«

Kathi schüttelte mit tieftraurigen Augen den Kopf. »Die einzige Möglichkeit, die sie sah, war die, selbst noch einmal mit Erk zu reden. Sie wollte versuchen, ihn zum Schweigen zu bringen.«

»Zum Schweigen?« Kuno verstand nicht, was Kathi meinte.

»Ja, sie wollte Erk dazu bringen, dass er ihrer Mutter gegenüber so tat, als wäre ich nicht mehr dabei.«

»Wie denn das?«, fragte Arne skeptisch. »Es hätte sich doch herumgesprochen, dass Sie weiterhin gemeinsam Ihre Kurse veranstalten.«

»Das hab ich Hanna auch gesagt.«

Wieder wurde es still, und jeder hing seinen Gedanken nach. Wo war eigentlich Ulf Janssens Frau abgeblieben? Erst jetzt wurde Kuno bewusst, dass Erika Janssen die Ermittler weder begrüßt, noch sich auch nur einmal gezeigt hatte. Auch der Bruder von Kathi hatte keinen Laut von sich gegeben, obwohl er sicher im Haus war, wo er – Kuno musste unwillkürlich schmunzeln – einem kreativen Prozess nachhing.

Arne meldete sich noch einmal zu Wort. »Wann hat sich das Ganze überhaupt abgespielt, diese Szene mit der Visitenkarte?«

»Das ist noch ganz frisch«, gab Kathi zur Antwort. »Es war letzte Woche, ich glaube, am Freitag.« Sie wandte sich ihrem Vater zu. »Freitag, nicht wahr?«

Ulf nickte.

Kuno rieb sich über den Bart. »Zum Schluss noch eine ganz andere Frage«, sagte er. »Bei der Leiche ...« Er unterbrach sich kurz, als Kathi ihn mit entsetzten Augen ansah. »Als wir Hanna gefunden haben, lag eine Haarspange neben ihr. Eine große, ausgefallene mit aufgebrachten Blüten in verschiedenen Farben, die aus winzigen Stoffstücken hergestellt waren.«

»Ja«, sagte Kathi, »das sind Spangen, die wir selbst anfertigen. Bei unseren Kursteilnehmerinnen sind sie der Hit. Hanna und ich haben jede Menge davon und tauschen sie auch untereinander aus, je nachdem, was wir gerade anziehen wollen. Die Spange soll ja farblich nicht nur zum Haar, sondern auch zur Kleidung passen.«

Kathi redete mit solch einer Begeisterung von diesen Accessoires, als säßen Hanna und sie noch immer gemeinsam am Werktisch. Kuno tat es weh, sie wieder in die brutale Realität zurückholen zu müssen. »In den nächsten Tagen werden wir die Spange von den Kriminaltechnikern zurückerhalten. Wir würden sie Ihnen gerne zeigen, damit Sie bezeugen können, ob das eine ist, die Sie oder Hanna hergestellt haben.«

Kathis Augen wurden feucht. Sie presste die Lippen zusammen und nickte.

»Ja«, sagte Kuno, »dann danken wir Ihnen für die Auskünfte. Sie haben uns ein Stück weitergeholfen.«

Erschrocken hielt Kathi sich die Hand vor den Mund. »Sie werden Erk Söderboom doch jetzt nicht ... Ich meine, Sie denken hoffentlich nicht, dass er ...«

»Kathi!« Ulf Janssen verdrehte die Augen. »Das ist doch nicht dein Problem.«

»Nein, nein«, sagte Kuno, »keine Angst. Bevor wir jemanden verhaften, müssen handfeste Beweise vorliegen. Das ist bisher nicht der Fall.«

Arne und er verabschiedeten sich von den Janssens.

»Frau Janssen, bevor ich es vergesse«, sagte Kuno, als er schon halb aus der Tür gegangen war. »Ich würde Ihnen raten, die nächsten Tage ein bisschen vorsichtig zu sein.«

Ulf Janssen schob sich zwischen die beiden Ermittler und versperrte Arne damit den Weg nach draußen. »Wie meinen Sie das: ein bisschen vorsichtig sein? Soll sie lieber nicht mit Messer und Gabel essen, weil sie sich daran verletzen könnte, oder was?«

Kuno überwand alle Regeln der Höflichkeit, die er jemals gelernt hatte, und drückte Janssen den Finger auf die Brust. »Mit meiner Bemerkung wollte ich zum Ausdruck bringen, dass Ihre Tochter vorerst besser nicht ohne Begleitung aus dem Haus gehen sollte. Ist nur eine Empfehlung, keine Warnung und kein Befehl. Aber besser ist, sie hält sich dran. Sie wissen schon: Die Welt ist voller böser Geister. Und wenn Sie jetzt den Weg bitte freimachen würden für meinen lieben Kollegen?«

Ulf Janssen trat zur Seite.

Arne schlüpfte an ihm vorbei.

»Auf Wiedersehen«, rief Janssen ihnen hinterher.

»Was für ein Scheusal«, raunte Arne.

# 16

Annabelles Glück mit dem ›Boss‹ währte nicht lange. Noch immer fing Ellen von Holthusens Herz an zu rasen, wenn sie las, auf wen ihre Tochter reingefallen war.

*Korruption.* Mit diesem einen Wort begann der erste der wenigen Einträge, in denen Annabelle ihre Enttäuschung offenbarte, nachdem sie erkannt hatte, wie die Janssens zu ihren wichtigsten Aufträgen kamen.

*Sie sind korrupt. Die Familie Janssen ist korrupt. Sobald sie beschließen, sich um ein großes Projekt, um einen bedeutenden Werbeetat zu bewerben, laden sie die verantwortlichen Manager der ausschreibenden Firma ein. Allerdings nur, wenn es Männer sind. Sie bieten ihnen einen Workshop in ihrem Gästehaus auf Amrum an. Einen ›exklusiven Kreativ-Workshop mit individueller Rundum-Betreuung‹ nennen sie das.*

*Im Büro vom Boss hab ich durch Zufall Fotos gesehen. Von einem der Manager, der gerade im Gästehaus ›individuell betreut‹ wurde.*

*Sie müssen versteckte Kameras in dem Haus installiert haben. Sie filmen ihre Gäste. Sie filmen sie mit den Frauen, und sie filmen sie, wenn sie Drogen nehmen.*

*Auf dem Schreibtisch vom Boss lag eine Liste mit den Namen der Manager, den Namen der Edelprostituierten, die sie für sie gebucht haben, und mit den Rauschmitteln, die sie für die Dauer des ›Workshops‹ bereitstellen: Schampus mit Red Bull, Ecstasy, Amphetaminil, Kokain und was der Markt noch so hergibt.*

*Nach so einem Workshop dauert es nicht lange, und die Firma Janssen erhält den Zuschlag für das Projekt. Kann das Zufall sein?*

*Und wie lange wird es noch dauern, bis sie die ersten Callboys für eine Managerin bestellen?*

*Ich habe Angst,* schloss Annabelle an diesem Tag.

Die Angst war berechtigt gewesen, wie Ellen heute wusste. Sie sah vom Tagebuch auf. Das Feuer im Kamin knisterte, als wollte es ihr Trost zusprechen.

Aber es gab keinen Trost. Es gab nur den brennenden Wunsch nach Vergeltung.

Erneut vertiefte Ellen sich in die handgeschriebenen Zeilen ihrer Tochter. Annabelle hatte Beweise gesammelt, ohne zu notieren, was sie damit vorhatte. Vermutlich brauchte sie sie nur für sich selbst, damit sie immer wusste, warum sie die Beziehung zum ›Boss‹ beendet und das Praktikum mit einem Schlag aufgegeben hatte.

Der ›Boss‹ konnte sich natürlich denken, warum sie das getan hatte. Darum hatte er sie gestalkt.

*Er ruft mich an, ich gehe nicht ans Telefon. Er klingelt an der Tür, ich öffne nicht. Er joggt hinter mir her, er kommt immer dichter an mich heran. Manchmal schneidet er mir den Weg ab und versucht, mich zur Rede zu stellen. Zum Glück bin ich schneller als er und besser trainiert. Doch ich werde mir andere Strecken suchen.*

Annabelle hatte sich tatsächlich neue Wege gesucht, hatte sich aber nach kurzer Zeit, als sie dachte, er hätte aufgegeben, wieder getraut, durch den Volksdorfer Wald zu laufen.

Ellen war klar, wie es zu dem Unglück gekommen sein musste. Der ›Boss‹ hatte ihr aufgelauert. Er hatte sie durch den Wald gehetzt. Sie war vor ihm geflohen, hatte vor dem Haus, in dem sie wohnte, in Panik die Straße überquert und war unter den Lkw geraten.

So musste es abgelaufen sein. Niemals wäre Annabelle ohne Not auf die Straße gerannt, ohne nach links und rechts zu sehen.

Ellen schrak zusammen. Zum ersten Mal, seit sie hier wohnte, vernahm sie die Türglocke.

Wer kam unangemeldet zu ihr? Das konnte eigentlich nur einer sein. In Gedanken versunken stand sie auf und ging zur Tür. Sie hatte richtig getippt.

Friedrich Fliegenfischer grinste sie unbeholfen an.

»Ich wollte nur mal gucken, was die Kunst macht.«

»Die hat sich heute zur Ruhe gelegt«, erwiderte Ellen.

Friedrich guckte betreten. »Oh, dann störe ich wohl.«

Ellen riss sich zusammen und bat den Reporter herein.

»Du arbeitest also heute nicht?«, fragte er, als sie ihn ins Wohnzimmer führte.

Mechanisch ließ sie sich in ihren Sessel gleiten und schlug die Beine übereinander. Mit einer müden Handbewegung wies sie zu den Häusern der Janssens hinüber. »Ich observiere.«

»Die Janssens?«

»Warum nicht?«, fragte sie. »Sie sind eine zweifelhafte Familie. Es lohnt sich, ein Auge auf sie zu halten.«

»Du schreibst einen Artikel über sie? Da ist doch schon so viel geschrieben worden. Es ist immer dasselbe Zeug.«

Ellen lächelte geheimnisvoll. »Mein Ehrgeiz ist es, diese Familie und ihre Geschäftspraktiken mal von einer ganz anderen, bisher unbekannten Seite zu beleuchten.«

Friedrich kaute auf ihren Worten herum. Seine Blicke wanderten zu dem Grundstück schräg gegenüber, dann wieder zu Ellen. »Geht das etwas konkreter?«

»Noch nicht. Demnächst vielleicht. Ich sammle noch. Bevor ich mich detaillierter dazu äußere, will ich erst ganz sicher gehen und noch ein paar Beweise sammeln.«

»Beweise?« Friedrich machte es sich in der Sofaecke bequem, legte den Arm auf die Rückenlehne und sah sie verschmitzt lächelnd an. »Spielst du etwa Kriminalpolizei?« Er setzte sich wieder auf. »Also, da muss ich dich warnen, unsere Herren von der Kripo Wattenmeer haben es nicht gern, wenn man ihnen dazwischenfunkt.«

»Wer spricht denn von Dazwischenfunken?« Ellen ging zum Kamin und legte ein paar Holzscheite nach.

Friedrich schielte auf die Zeitschriften, die auf dem Couchtisch lagen.

Eilig schlug Ellen das Blatt, in dem sie heute Morgen gelesen hatte, zu und schob alle Illustrierten zusammen. Friedrich musste nicht wissen, mit welchen Themen sie sich gerade befasste.

Er hatte die Geste anscheinend verstanden. Entschuldigend hob er eine Hand. »Ich bin nun mal neugierig, das musst du doch verstehen. Wir haben schließlich denselben Beruf. Aber wenn ich so nachdenke ...« Er griff sich an die Stirn.

»Ja?«

»Du hast vielleicht recht. Wir sollten den Janssen mal im Auge behalten. Vielleicht hat er mit dem Mord an Hanna Lindegard zu tun.«

»Ulf Janssen als Mörder der jungen Frau im Dünenhaus?« Ellen guckte erstaunt. »Wer weiß? Aber ehrlich gesagt, mit dem Fall habe ich mich noch nicht befasst. Da vertraue ich ganz auf dich als Einheimischen. Ich denke zurzeit an eine andere Sache. Eine, die bis heute nicht als Verbrechen erkannt wurde. Aber der Zeitpunkt, darüber zu reden, ist noch nicht gekommen.«

»Du machst es ganz schön spannend«, sagte Friedrich und versuchte einen Flirt mit ihr.

Ellen tat, als bemerkte sie es nicht. »Wenn du nichts weiter auf dem Herzen hast, würde ich jetzt gerne da weitermachen, wo du mich vorhin unterbrochen hast.«

Enttäuscht stand der Reporter auf. »Ich hatte gedacht, bei dir gäbe es einen Kaffee. Oder besser noch einen Pharisäer?«

»Bedaure«, sagte Ellen, »so weit sind meine Vorräte noch nicht aufgefüllt. Nach meinem Einzug hier gab es ein paar andere Dinge, die dringender waren.«

Mitleidslos führte sie ihn aus dem Wohnraum, ging auf die Haustür zu und riss sie weit auf.

»Na denn«, sagte Friedrich, als er das Haus verließ.

»Komm am Mittwoch vorbei«, rief sie ihm hinterher. »Dann machen wir eine Redaktionskonferenz.«

»Ich werde pünktlich sein«, erwiderte er, ohne eine Uhrzeit mit ihr zu vereinbaren.

Doch die Uhrzeit war das Geringste, was Ellen jetzt beschäftigte. Ulf Janssen und sein Sohn hatten sich gerade auf eine Bank im Garten gesetzt. Noch nie hatte Ellen den Mann, der ihre Tochter auf dem Gewissen hatte, reden gehört.

Wie klang die Stimme von Ulf Janssen? Verführerisch, imposant, egoistisch, machtgierig, sexy?

Sie zog sich eine Jacke an, hängte ihre Handtasche über die Schulter und ging hinaus.

In Höhe eines der Sträucher vor dem Grundstück der Janssens, ganz in der Nähe der Gartenbank, blieb sie stehen, halb verdeckt von dem Gewächs, und tat, als suchte sie etwas in ihrer Tasche.

Die beiden Männer unterhielten sich leise. Sicher über Geschäftliches.

Ellen näherte sich noch einen Schritt.

Ulf erzählte etwas von einem erdigen Farbkonzept, der Sohn forderte eine bizarre Formensprache.

Auf einmal wurde im ersten Stock ein Fenster geöffnet. Eine junge Frau beugte sich hinaus.

»Hey, Boss«, rief sie, »kommst du mal eben? Ich muss dir was zeigen.«

»Ich bin gleich bei dir«, rief der Boss ihr zu. Kurz darauf stand er auf.

Fassungslos sah Ellen ihm hinterher.

Mit einem Mal schwankten Himmel und Erde.

# 17

»So, ihr Umwelt-Abenteurer.« Okko klatschte kräftig in die Hände. »Eure Mägen knurren bedrohlich laut. Wir machen Pause. Im Nebenraum ist ein kaltes Büfett aufgebaut. Ihr habt jetzt eine Stunde Zeit, und danach ...« Der Rest seiner Rede ging im Stühlerücken und im lauten Gegröle der Jugendlichen unter, die einen Wettlauf um den ersten Platz am Serviertisch starteten.

Durch ein geöffnetes Fenster hatten die Ermittler Okko und Bubendey beobachtet, die mit dem Rücken zu ihnen standen und die Flucht der Seminarteilnehmer aus dem Vortragsraum verfolgten.

Kuno klopfte vorsichtig gegen die Scheibe des offen stehenden Fensterflügels.

Erschrocken wandte Okko sich um. Als er seinen Bruder und dessen Kollegen erblickte, legte er sich erleichtert die Hand aufs Herz. »Ihr habt mich vielleicht erschreckt. Das ist ja wie ein Überfall.«

Professor Bubendey ging zu einer Tafel, die an der Wand befestigt war, und wischte Zeichnungen und Erklärungen weg.

»Dürfen wir kurz reinkommen?«, fragte Arne. »Wir hätten eine Kleinigkeit zu besprechen.«

Okko grinste. »Habt ihr denn die Seminargebühr bezahlt?« Dann wies er mit der Hand zur anderen Seite des Hauses. »Kommt rein, die Tür steht offen.«

Bubendey ließ sich durch das Eintreten der Kripobeamten nicht aus der Ruhe bringen. Erst als Kuno ihm zur Begrüßung eine Hand auf die Schulter legte, hörte er auf, die Tafel zu säubern.

»Sie wollen aber nicht zu mir?«, fragte er.

»Doch«, sagte Kuno. »Nur zu Ihnen, ganz exklusiv.«

Dem Gesicht des Professors war anzusehen, dass er nicht wusste, ob er sich darüber freuen oder sich lieber in Luft auflösen sollte. Er nahm ein Stück Kreide zur Hand und warf es von der Rechten in die Linke und zurück.

»Die brauchen Sie jetzt nicht«, sagte Kuno und zeigte auf die Kreide. »Wir sind nicht hier, um Privatunterricht zu nehmen. Schon gar nicht, ohne die Teilnahmegebühr bezahlt zu haben. Obwohl es meinem Kollegen sicher nicht schaden würde, ein bisschen mehr über den Umweltschutz auf Amrum zu erfahren«, sagte er in ironischem Ton und deutete mit dem Daumen auf Arne. »Aber das holen wir später nach. Wenn es zeitlich passt, schicke ich ihn mal in eins Ihrer Seminare.«

Der Professor wurde ruhiger und lächelte geschmeichelt. Er legte die Kreide in die dafür vorgesehene Ablage an der Tafel. »Das wäre mir natürlich eine Ehre.«

Okko, der die drei Männer aus zwei Meter Entfernung beobachtet hatte, meldete sich zu Wort. »Also, wenn ihr gleich ein Anmeldeformular ausfüllen wollt, das nächste Projekt starten wir – wartet mal ...«

»Jetzt nicht«, rief Kuno ihm zu. »Wir hätten nur eine Frage an den Herrn Bubendey.«

»Dann schießen Sie mal los.« Der Professor lehnte sich mit der Schulter gegen die Tafel und schob die Hände in die Hosentaschen.

Seinem Gesichtsausdruck nach rechnete er wohl mit einer Frage, die sich auf sein Fachgebiet bezog. Womit er nicht ganz danebenlag, wenn man das Wirkungsfeld weit ausdehnte. Gehörten nicht auch die Werkzeuge dazu, die ein Ökologe bei seinen Ausflügen benutzte?

Kuno warf Okko einen Blick zu, der als Beruhigungsmaßnahme gedacht war. Er hätte seinen Bruder auch hinausschicken können, wollte Bubendey aber nicht dadurch ängstigen, dass er ihm das Gefühl gab, eine Art Verhör mit ihm führen zu wollen. Und Okko sollte bei dem Gespräch ruhig dabei sein, damit er die Gewissheit hatte, dass die Ermittler ihn nicht als Verräter dastehen ließen, der Bubendey in Verdacht gebracht hatte.

»Als Biologe machen Sie doch sicher häufig Exkursionen«, begann Kuno.

»Na klar.« Bubendey nickte nachdrücklich. »Hier auf der Insel wie auf dem Festland. Ich strolche gern in Gegenden herum, in denen es noch richtig viel Natur gibt.«

»Manchmal«, sagte Okko und trat näher an die Männer heran, »manchmal kampiert er sogar tagelang in der freien Wildbahn. In ganz abgelegenen Landstrichen, wo es praktisch keine Zivilisation mehr gibt.«

Der Hinweis kam Kuno wie gerufen. »Wo baden Sie denn dann?«, fragte er. »Und wovon ernähren Sie sich in der Zeit? Doch nicht etwa von Regenwürmern und so 'nem Zeug?« Angewidert verzog er das Gesicht.

»Nee.« Bubendey lachte. »Ich bade in wilden Gewässern, an Seen oder Bächen. Da hole ich auch mein Trinkwasser her. Was die Ernährung betrifft, ich hab Trockenwürste im Rucksack, Dauerbrot und Obst. Ab und zu jage ich Kaninchen, und ich angle viel. Zu meiner Ausrüstung gehört ein leichtes Kochgeschirr. Am Lagerfeuer bereite ich mir gerne abends am Seeufer einen Kaninchenbraten zu, oder ich dünste Fisch. Es geht doch nichts über ein fangfrisches Fischfilet.«

Bei dem Wort ging Okko sichtlich ein Licht auf. Ihm wurde klar, weshalb die Ermittler gekommen waren. Erschrocken blickte er Kuno an und näherte sich ihm noch einen Schritt.

Unauffällig machte Arne eine Geste, die ihn stoppte und einen Protest verhinderte.

»Haben Sie denn auf ihren Exkursionen immer das passende Messer zur Hand?«, fragte Kuno.

»Ja, sicher«, erwiderte Bubendey, der nun wieder ein wenig unsicher wurde. »Zu Hause habe ich eine ganze Menge verschiedener Messer. Je nachdem, was für eine Tour ich vorhabe, nehme ich eine Auswahl davon mit.«

Arne lehnte sich an die andere Seite der Tafel und verschränkte die Arme. »Kennen Sie diese Messer mit Sägezahnrücken? Benutzen Sie so etwas da draußen?«

Bubendeys Blick wurde skeptisch. »Ein Messer mit Sägezahnrücken? N-nein, so was habe ich nicht.«

»Braucht man das nicht bei der Jagd?«

Der Professor nahm wieder den Kreidestift in die Hand. »Mag sein, dass manch einer so was benutzt.« Erneut ließ er die Kreide von einer Hand in die andere rollen. »Sie können mich ja bei so einer Tour mal begleiten. Dann jagen wir zusammen, und ich zeige Ihnen ...«

»Danke, danke.« Der Hauptkommissar hob die Hände, um Bubendeys Vorschlag abzublocken. »Wir glauben Ihnen auch so, dass Sie sich anders zu helfen wissen. War nur so eine Idee.«

»Die aber einen konkreten Hintergrund hat.« Bubendeys Stimme klang auf einmal fest und vorwurfsvoll. »Ich bin ja nicht blöd. Was wollen Sie mir unterstellen?«

Okko trat nun doch einen Schritt vor. »Wir haben gestern Abend beim Essen über Messer geredet«, erklärte er dem Professor. »Ich hab erzählt, dass du sehr geschickt damit umzugehen verstehst.«

Resolut legte Bubendey die Kreide wieder weg. Er ging zu einem der Tische, an denen die Jugendlichen während der Seminarveranstaltung saßen, zog einen Stuhl weg und ließ sich darauf fallen. Den Kopf zur Seite geneigt, fragte er die Kommissare: »Sind Sie in Ihrer Mittagspause hierher gekommen, nur um sich von mir persönlich bestätigen zu lassen, dass ich einen Haufen scharfer Messer habe?« Mit einer Handbewegung bat er die Ermittler, sich zu ihm an den Tisch zu setzen.

Kuno fühlte sich unwohl wie ein Schüler, der dazu verdammt war, sich vom Schulleiter eine Standpauke abzuholen. Ihm wurde bewusst, wie Bubendey sich gerade gefühlt haben musste. Er hätte es wirklich geschickter anstellen können.

Kurzentschlossen trat er die Flucht nach vorn an. »Herr Bubendey, wir hätten es gleich ganz offen sagen sollen. Wir sehen uns gerade nach jemandem um, der ein Messer mit Sägezahnrücken besitzt. Da Okko uns gestern von Ihrer Sammlung berichtet hat, dachten wir, vielleicht ist solch ein Exemplar dabei. Wir hätten es uns gerne mal angesehen.«

Bubendey überlegte lange, drehte sich nach Okko um und winkte auch ihn an den Tisch. »Ich hatte früher mal so ein Messer«, sagte er. »Ich hab's aber nicht mehr.«

»Früher?«, wiederholte Kuno.

»Ja«, sagte Bubendey. Mit leiser, unsicher wirkender Stimme fragte er: »Ist Hanna Lindegard mit so einem Messer umgebracht worden?«

Arne antwortete ihm. »Zu den Todesumständen von Hanna Lindegard können wir im Moment nichts sagen.«

Bubendey schluckte. »Aber irgendwann werden Sie es mir sagen dürfen?«

Kuno beobachtete die Sorgenfalten, die sich auf der Stirn des Professors abzeichneten. Der Blick des Mannes war düster geworden. Die Hände lagen zusammengefaltet auf dem Tisch, als suchte die eine an der anderen Halt.

»Warum interessiert Sie das so sehr, Herr Bubendey?«, fragte er.

Der Professor öffnete für einen kurzen Moment die Hände. »Nur so.« Er hielt sich eine Faust vor den Mund und räusperte sich. »Der Mord ist in dem Haus geschehen, in dem Okko und ich unsere Seminare abhalten. Es dürfte verständlich sein, dass wir uns dafür interessieren, was für ein Schicksal sich unter dem Dach abgespielt hat.« Er wandte sich an seinen Geschäftspartner. »Nicht wahr, Okko?«

Okko nickte stumm, weil ihm gar nichts anderes übrig blieb. Er tat Kuno leid, denn er saß zwischen sämtlichen Stühlen. Wie Bubendey konnte auch er sich ausrechnen, aus welchem Grund Arne und er nach einem Messer mit Sägezahnrücken fragten. Womöglich hatte er solch ein Instrument sogar schon einmal in Bubendeys Ausrüstung gesehen. Doch er konnte und durfte seinen Kompagnon weder verärgern noch verraten.

Kuno ärgerte sich über sich selbst. Er hatte dieses Gespräch vergeigt. Doch wie hätte er anders vorgehen sollen? Für eine Hausdurchsuchung reichte die Verdachtslage bei Weitem nicht aus. Er musste sich vorsichtig herantasten an diesen Mann, von dem er immer noch nicht recht wusste, was er von ihm halten sollte. War Bubendey zu allem fähig, oder war er harmlos?

»Sonst noch was?«, fragte Okko in die Stille hinein. »Weil – ich hab nämlich Hunger.«

»Ich auch«, sagte Bubendey. Er reichte den Ermittlern zum Abschied die Hand. »War nett, mit Ihnen zu plaudern. Aber nächstes Mal sagen Sie bitte gleich, worauf Sie hinauswollen. Ich halte es für Zeitverschwendung, hintenrum zu fragen.«

Arne folgte Kuno betreten nach draußen. Vor dem Gebäude blieben beide stehen und atmeten durch.

»Ist nicht optimal gelaufen«, sagte Arne. »Aber der Bubendey scheint mir ganz in Ordnung zu sein.«

Kuno nickte. »Okko hätte einen schlechteren erwischen können. Ich glaube, die beiden sind wirklich ein gutes Team. Und was das Messer betrifft ...« Er zuckte mit den Achseln.

»Warte ab«, sagte Arne, »es taucht irgendwann auf. Ich hab das im Gefühl.«

»Dann müssten wir jetzt nur noch klären«, sagte Kuno, »wie verlässlich deine Gefühle sind.«

# 18

»Achtung«, rief Arne aus, »radfahrendes UFO von rechts, getarnt mit einem Jeansanzug, den man getrost als außerirdisch bezeichnen kann.«

Kuno trat auf die Bremse. »Und auf einem Fahrrad, das nur mit viel Wohlwollen als verkehrstüchtig gelten kann. Friedrich kann froh sein, dass es bei uns auf der Insel so gut wie keine Verkehrskontrollen gibt. In Hamburg hätten sie ihn mit diesem klapprigen Drahtesel längst aus dem Verkehr gezogen.«

Der Inselreporter löste eine Hand vom Lenker und winkte zum Wagen der Ermittler hinüber, den Kuno am Strunwai, Ecke Sanghughwai zum Stehen gebracht hatte. Seelenruhig radelte Friedrich geradeaus weiter.

Kuno bog links ab und blieb auf der schmalen Straße hinter Friedrich, da er gleich rechts auf den Parkplatz der Wache einbiegen wollte.

»Fährt der etwa zur Polizeistation?«, fragte Arne.

Friedrich verlangsamte das Tempo. Tatsächlich hatte er dasselbe Ziel wie die Kommissare.

Hektisch löste Arne den Sicherheitsgurt. »Schnüffelt der mal wieder in unserem Fall herum?«

»Das werden wir gleich erfahren.« Kuno schaltete den Motor ab. »Ich würde mich aber wundern, wenn nicht.«

Friedrich lehnte sein Rad achtlos gegen einen Baumstamm auf dem Grundstück und ging freudestrahlend auf die Ermittler zu. »Das trifft sich gut, dass ihr da seid. Ich wollte mich mal nach dem neuesten Stand der Ermittlungen in der Mordsache Hanna Lindegard erkundigen. Habt ihr schon eine heiße Spur?« Er stemmte die Hände in die Hüften und blinzelte in die Sonne.

»Großes Geheimnis«, erwiderte Arne. »Sonst steht morgen alles in der Zeitung und der Täter ist vorgewarnt, bevor wir ihn festgenommen haben.«

»Meinst du?« Friedrich lächelte breit. »Kann allerdings auch passieren, dass ich ihn eher zu fassen kriege als ihr. Wir recherchieren nämlich jetzt zu zweit.«

»Wer ist *wir*?«, fragte Kuno.

»Habt ihr einen Tee mit Schuss für einen durstigen Reporter?«, fragte Friedrich zurück.

»Einen Tee vielleicht«, antwortete Arne an Kunos Stelle. »Den Schuss kannst du aus dem Dienstrevolver haben, wenn du unbedingt einen brauchst.«

Friedrich grinste gequält, begleitete die Ermittler in ihr Büro und setzte sich zu ihnen. »Ein Pharisäer ginge auch«, meinte er, als er merkte, dass weder Kuno noch Arne sich anschickten, einen Tee zuzubereiten. »Oder vielleicht 'ne Tote Tante?«

Kuno öffnete das Fenster, um den Büromief durch Frischluft zu ersetzen. Der Wind kam von Nordost, die Luft war heute besonders würzig. »Betreiben wir hier ein Café?«, fragte er und warf Friedrich einen genervten Blick zu. »Glaubst du, wir hätten Tee, Kaffee, Kakao, Rum und Sahne im Haus und unsere Kunden brauchten nur mit dem Finger zu schnippen, und schon servieren wir das Heißgetränk ihrer Wahl?«

Friedrich schnappte enttäuscht nach Luft.

Kuno blieb hart. Er hatte eine heimliche Buddel Rum im Schrank. Arne wusste das. Aber wenn sie den Reporter jetzt bewirteten, würden sie den Mann in den nächsten zwei Stunden nicht mehr los, und sie hatten heute wirklich noch zu tun. Er setzte sich an seinen Schreibtisch. »Nun erzähl endlich, wer ist *wir*?«

Der Inselreporter guckte sich irritiert um. So wenig Gastfreundschaft war er von Kuno nicht gewohnt. Er suchte die Anrichte ab, auf der der Wasserkocher, die Teedosen und einige andere interessante Dinge standen.

»Wer ist *wir*?«, fragte nun auch Arne. »Hast du dich vervielfältigt, geklont, gespalten? Leidest du an einer Form von dissoziativer Identitätsstörung?«

Mit einem überheblichen Grinsen lehnte der Reporter sich zurück. »Es gibt also tatsächlich noch Ereignisse auf Amrum, die selbst dem alteingesessenen Insulaner und gewieften Kriminalfuchs Kuno Knudsen entgehen, obwohl sie sich vor seiner Haustür abspielen.«

Kuno ließ Friedrichs Provokation an sich abtropfen. Scheinbar gelangweilt griff er sich einen Aktendeckel, der am Rand seines Schreibtischs lag, schlug ihn auf und vertiefte sich darin. »Wenn du dich nur aufwärmen willst, kannst du das im Café Claussen am Waasterstigh machen. Wir haben zu tun.«

Die Worte waren Warnung genug, um Friedrich endlich zum Reden zu bringen. »Ich habe eine Kollegin«, brachte er akzentuiert hervor, als wäre es die Sensation der Woche. »Eine Journalistin vom Festland, die sich gerade auf Amrum niedergelassen hat. Ist euch das wirklich durch die Lappen gegangen?« Provokant blickte er von Kuno zu Arne und wieder zu Kuno.

Kuno schlug die Akte zu und schob sie an den Rand des Schreibtischs. »Und warum meinst du«, fragte er schlecht gelaunt, »dass du dadurch, dass du dich verdoppelt hast, Hannas Mörder schneller finden kannst als wir? Die Logik erschließt sich mir nicht.«

»Ganz einfach.« Friedrich zog die Oberlippe zwischen die Zähne und nagte daran herum. Er gab die

Lippe wieder frei und machte eine Miene, als hätte er etwas Wichtiges zu verkünden. »Sie hat was gegen Ulf Janssen, und wie es aussieht, steckt der irgendwie mit drin. Sie hat sich jedenfalls an ihm festgebissen.«

Die Aussage elektrisierte beide Ermittler gleichermaßen.

Arne sprang auf. »Ich Trottel, ich hab den Tee ganz vergessen. Schwarz, grün oder Rooibos?«

Friedrich kniff die Augen zusammen. »Schwarz mit Schuss.« Seine Stimme klang fordernd.

»Schuss gibt's hier nicht«, sagte Kuno streng. »Auch nicht, wenn du noch so heftig mit den Wimpern klimperst. Die Polizeistation ist ein alkoholfreies Areal. Den Schuss kannst du dir später mal bei mir zu Hause abholen. Aber erst, wenn der Fall geklärt ist.«

Friedrich gab notgedrungen klein bei. »Dann ist mir egal, welchen Tee du machst«, rief er Arne zu.

Kuno suchte Friedrichs Blick. »Wie heißt deine Kollegin?«

»Ellen.« Friedrichs Augen blitzten wie die eines verknallten Siebzehnjährigen.

»Hat sie auch einen Nachnamen?«, fragte Kuno.

Friedrich nickte stolz. »Von Holthusen. Ellen von Holthusen.«

»Hmhm«, machte Kuno. »Schöner Name.«

Selbstgefällig schob Friedrich die Fingerspitzen in die Taschen seiner Jeans. »Schöner Name, schöne Frau.«

Kuno gab es nicht auf, eine brauchbare Information aus Friedrich herauszuquetschen. »Und was hat deine Ellen konkret gegen Ulf Janssen?«

Der Reporter wedelte mit der Hand in der Luft herum. »Huhuuu, das ist gut – *meine* Ellen. Lass sie das bloß nicht hören! Ich glaub, sie ist in der Beziehung ein bisschen eigen.«

Arne, der darauf wartete, dass das Wasser brodelte, drehte sich feixend um. »Haha, du konntest also bei ihr bisher nicht landen. Künstlerpech, sag ich nur.«

Kuno schloss entnervt die Augen. »Könnt ihr nicht ein einziges Mal ernst bleiben?« Er wandte sich wieder dem Reporter zu. »Friedrich, was hat es mit Ellen von Holthusens Aversion gegen Ulf Janssen auf sich?«

Friedrich zuckte mit den Schultern. »Eigentlich geht euch das ja gar nichts an.«

Kuno rastete bald aus. »Deshalb bist du hergekommen, und deshalb hast du es uns unter die Nase gerieben, weil es uns nichts angeht, ja?«

Arne goss das Teewasser auf. »Seit wann lebt Ellen von Holthusen überhaupt auf Amrum?«, fragte er.

»Seit ein paar Tagen. Sie wohnt vorerst in einem Ferienhaus und wird sich demnächst nach einer dauerhaften Bleibe umsehen.«

»Hat sie gesagt.« Arne konzentrierte sich auf die Uhr, die herunterzählte, wie viele Minuten und Sekunden der Tee noch ziehen musste.

»Hat sie gesagt«, wiederholte Friedrich stereotyp.

»Und was hat sie gesagt«, fragte Kuno, »warum sie Ulf Janssen nicht mag?«

Mit der Frage schien Friedrich überfordert zu sein. Zumindest fiel ihm nicht sofort eine plausible Antwort ein. Er nahm den Teebecher entgegen, den Arne ihm reichte, stellte ihn ab und guckte skeptisch in das Gebräu, dem die aus seiner Sicht wichtigste Zutat fehlte. »Kann man den überhaupt trinken, so ohne was drin?«

»Ich hätte Zucker da«, erwiderte Arne.

»Was hat sie gegen den Janssen?«, insistierte Kuno.

Friedrich zog den Kopf zwischen die Schultern. »Ich weiß da nix Konkretes«, sagte er. »Aber ich war bei ihr zu Hause und ... na ja, sie kann von ihrem Wohnzimmer aus direkt zu den Häusern der Janssens rübergucken.« Wie in einem Anfall von vorauseilender Selbstverteidigung hob er die Stimme. »Ich meine, das ist doch merkwürdig, dass sie sich unter all den Ferienhäusern, die es bei uns gibt, eins aussucht, das so gelegen ist, dass sie das Grundstück der Janssens im Blickfeld hat. Und dann – sie hat ein Fernglas da liegen. Griffbereit. Sie hatte es unter einer Zeitschrift versteckt, als ich bei ihr war.«

Arne nickte ihm verständnisvoll zu. »Und du hast natürlich herumspioniert, als sie mal kurz aus dem Zimmer gegangen ist, und zufällig das Fernglas entdeckt.«

Schuldbewusst zuckte Friedrich mit den Achseln. »Kann ich was dazu, dass sie was zu trinken geholt hat? Ich habe nicht herumgeschnüffelt, ich hab mich nur ans Fenster gestellt. Bei der Gelegenheit bin ich auf die Zeitschrift gestoßen. Dass ich jede Illustrierte in die Hand nehme, die mir unterkommt, ist eine Berufskrankheit. Ich kann nicht anders. Das würdet ihr an meiner Stelle genauso machen, wenn ihr Journalisten wärt.«

Kuno sah Friedrich lange an. In seinem Schädel sprühten die Funken wie bei einem Feuerwerk. Ellen von Holthusen, Ulf Janssen. Welche Verbindung bestand zwischen den beiden? Kannte sie ihn? Wenn ja, hatte sie mit ihm persönlich zu tun gehabt, oder kannte sie ihn nur aus Zeitungsberichten? Wenn sie ihn per Fernglas observierte, sah das nicht nach Freundschaft aus. Hatte er ihr etwas getan? Wollte sie ihm eins auswischen? Hatte sie es möglicherweise sogar bereits versucht? War sie in den Mord an Hanna Lindegard verwickelt, der Frau, die der Tochter von Ulf Janssen so ähnlichsah?

»Hältst du es für möglich«, fragte Kuno, »dass das Erscheinen von Ellen von Holthusen auf Amrum etwas mit dem Mord an Hanna Lindegard zu tun hat?«

Friedrich sah ihn an, als hätte er auf einmal fließend Chinesisch gesprochen. »Wie meinst du das? Was soll Ellen mit dem Mord zu tun haben?«

Arne lehnte sich weit über den Schreibtisch und sah dem Reporter in die Augen. »Das will Kuno ja gerade von dir wissen.«

»Quatsch! Die Ellen doch nicht. Aber der Janssen, vermute ich. Glaubt mir, sie weiß was über ihn.«

»Was weißt du darüber?«, fragte Kuno scharf.

Unsicher wuselte Friedrich sich durchs Haar. »Ich weiß nichts weiter. Mir kommt das nur so merkwürdig vor, dass sie gerade jetzt hierhergekommen ist und dass sie so fixiert auf ihn ist. Fragt sie doch am besten selbst. Ihr müsst ja nicht durchblicken lassen, dass ich euch auf sie gebracht habe. Wir haben schließlich noch viel vor.«

Arne prustete vor Lachen laut los. »Das glaube ich dir aufs Wort. Woher kommt deine Ellen überhaupt?«

»Sie stammt aus Hannover. Sie hat die guten Kontakte in Niedersachsen, Bremen und Hamburg. Ich hab die Beziehungen in Schleswig-Holstein, speziell in Nordfriesland ...«

Arne machte ein todernstes Gesicht. »Vor allem hast du Verbindungen zu so bedeutenden Regionen der Weltpolitik und der gesellschaftlichen und kulturellen Entwicklung wie Amrum, Föhr und der Hallig Hooge.«

»Ellen und ich«, erwiderte Friedrich mit unerschütterlicher Ruhe, »betreiben jedenfalls in Kürze gemeinsam ein Redaktionsbüro. Wir gründen einen Online-Nachrichtendienst für den deutschsprachigen Raum. Unser Themenspektrum deckt Bereiche ab wie die Regionalpolitik, norddeutsche Kultur, Umwelt und – und ...«

»Sensationsmeldungen wie Morde, die sich ab und zu auf unseren Inseln ereignen«, schloss Kuno. »Aber wehe, ich lese etwas aus eurer Feder, was den Täter vorwarnt oder uns die Recherchen erschwert.«

Friedrich entblößte seine beiden Reihen nikotingelber Zähne. »Wenn ihr wollt, biete ich euch eine Zusammenarbeit an. Wir veröffentlichen nichts ohne Abstimmung mit euch. Dafür dürfen wir exklusiv über den Mordfall Hanna Lindegard berichten.«

Kuno schüttelte den Kopf. »Wie stellst du dir das vor? Wir können keiner Redaktion verbieten, über den Fall zu berichten.«

Friedrich lächelte siegessicher. »Aber ihr könnt selbst entscheiden, welche Redakteure ihr zu welchem Zeitpunkt worüber informiert. Wir wollen ja nur die Ersten sein. Wer nach uns berichtet, das ist uns egal.«

Arne ging zum Schein darauf ein. »Okay«, sagte er. »Aber erst gucken wir uns deine Ellen mal an. Wenn wir sie für vertrauenswürdig halten, machen wir vielleicht einen Deal. Was sagst du, wo sie wohnt?«

Friedrich zog eine Visitenkarte seiner Kollegin aus der Jackentasche. »Wann wollt ihr sie heimsuchen?«, fragte er, als er Arne die Karte übergab.

Kuno antwortete für seinen Kollegen. »Wenn es uns in den Zeitplan passt.« Er stand auf. »Danke für den Hinweis, Friedrich. Ich begleite dich dann noch hinaus.«

Widerwillig erhob der Reporter sich und folgte Kuno zur Ausgangstür. »Ach, noch was«, sagte er, als sie auf den Treppenstufen standen. »Falls es euch interessiert – Ulf Janssen teilt ein Geheimnis mit Erk Söderboom.«

Kuno hegte Zweifel daran, dass die beiden Männer etwas verband. »Was für ein Geheimnis soll das sein?«

»Das weiß ich nicht. Nur, dass sie sich am Sonntagmittag im *Seeräuber* kurz angegiftet und anschließend in ein separates Zimmer zurückgezogen haben.«

»Woher weißt du das schon wieder?«

»Der Feld-, Wald- und Wiesenfunk hat's mir mitgeteilt.« Friedrich schlug Kuno kameradschaftlich auf die Schulter. »Dann mal viel Erfolg«, sagte er und schlenderte über den Rasen zu seinem Fahrrad.

Kuno kehrte ins Büro zurück und informierte Arne über das, was er beim Abschied von Friedrich noch erfahren hatte.

Arne sah zum Fenster hinaus und beobachtete den Reporter, der neben seinem Fahrrad stand und seltsam konzentriert zu Boden stierte. »Hab ich mir gleich gedacht, dass wir uns Erk Söderboom noch näher angucken müssen.«

Kuno stellte sich neben ihn und sah zu den dicken Wolken hinauf, die der Wind nach Südosten trieb. »Erk Söderboom und Ellen von Holthusen, die beiden. Und dann hoffe ich, dass Inka und ihr Team uns im Laufe des Tages ein bisschen was über die Spuren verraten können, die sie im Dünenhaus gefunden haben.«

»Höre ich da Kritik an der Arbeitsgeschwindigkeit meiner Liebsten heraus?«, fragte Arne verunsichert. Er wandte sich vom Fenster ab und setzte sich an seinen Schreibtisch.

»Nee.« Kuno bemühte sich, seinen Groll darauf, dass alles so lange dauerte, zu unterdrücken. »Mir ist schon klar, dass die DNA-Untersuchungen eine Weile brauchen. Aber wenn ich daran denke, wie viel Zeit es kostet, DNA aus Beweismaterial zu isolieren und zu analysieren, und wie schnell dagegen ein Space-Shuttle einmal um den ganzen Erdball gezogen ist ...«

»Was die Kriminaltechnik macht«, erklärte Arne im Oberlehrerton, »ist nun mal penible Analysearbeit, auch wenn sie technisch unterstützt wird. Wenn die Astronauten zu Fuß um die Erde gehen müssten, würden sie auch ein Stück länger brauchen.«

Ehe Kuno etwas darauf erwidern konnte, stürzte Friedrich wieder in ihr Büro. In der einen Hand hielt er einen faustgroßen Stein, in der anderen ein zerknülltes Blatt Papier.

»Was hast du denn da?«, fragte Arne.

Friedrich legte seinen Fund vor ihm auf den Schreibtisch. »Das lag bei euch im Garten, neben meinem Fahrrad. Das Papier war um den Stein gewickelt.«

Kuno trat an den Schreibtisch heran und las, was auf dem Computerausdruck stand.

*Mordwaffe im Blumenkübel in Bubendeys Vorgarten*

»Verdammt«, rief er aus. »Wir brauchen so schnell wie möglich einen Durchsuchungsbeschluss.«

# 19

Die Zeit, in der sie auf den Durchsuchungsbeschluss warteten, verbrachte Arne am Computer. Seine angespannten Gesichtszüge zeigten Kuno, dass er hoch konzentriert bei der Sache war.

»Was klickst du denn da so eifrig herum?«, fragte er.

Ohne den Blick vom Monitor zu wenden, antwortete Arne: »Ich stöbere im Internet.«

»Gibt es da heute was umsonst?«

»Ich googele nach Ellen von Holthusen«, erwiderte Arne geistesabwesend. »Vor lauter Erk Söderbooms und Dionisius Bubendeys sollten wir diese Dame nicht unter den Tisch fallen lassen.«

»Nee, da gehört eine Dame auch nicht hin«, meinte Kuno, dem Arnes Aktivitäten nun doch zu übertrieben erschienen. »Aber wenn du glaubst, dass du die Lösung des Falles im Internet findest ...«

»Ha«, machte Arne. »Wenn du wüsstest, was ich gerade entdeckt habe ...«

Kuno stand auf, ging um den Schreibtisch herum und stellte sich hinter seinen Kollegen. »Eine Todesanzeige?« Ohne Brille konnte er aus dieser Entfernung die Buchstaben nicht entziffern. »Lies doch mal vor.«

»*Wir trauern um unsere geliebte Tochter, Enkelin, Nichte und Freundin*«, zitierte Arne. »*Annabelle Ahlfeldt, geboren am 8. Juli 1996, gestorben am 2. März 2019. Zu Tode gehetzt von ihrem Stalker. Ellen von Holthusen und Dirk Ahlfeldt*« Arne sah zu Kuno hoch. »Das müssen die Eltern sein. Darunter stehen noch ein paar Namen. Und zum Schluss: *Dein Tod wird nicht ungesühnt bleiben. Ich werde nicht ruhen, mein Engel, bis dein Mörder sühnt. Deine Mutti.*«

Kuno seufzte laut. »Das bringt eine ganz neue Komponente in den Fall.« Langsam ging er zu seinem Stuhl zurück und ließ sich kraftlos darauf fallen. Die Ellenbogen auf den Schreibtisch gestützt, verbarg er das Gesicht hinter den Händen und dachte nach.

»Warum ist die Frau nach Amrum gekommen?«, fragte Arne. »Was macht sie hier?«

Kuno sah auf.

Arne tippte sich an die Stirn und gab sich selbst die Antwort. »Bescheuerte Frage. Sie rächt ihre Tochter.«

»Steht eine Traueradresse unter der Anzeige?«

»Ja, eine Anschrift in Hannover.« Sofort begann Arne wieder, auf der Tastatur herumzutippen und mit der Maus auf den Bildschirm zu klicken. »Ich versuche, die Telefonnummer zu herauszufinden«, erklärte er Kuno.

»Hoffentlich steht sie im Telefonbuch. Journalisten geben ihre Privatnummer normalerweise nicht preis.«

»Ich hab sie«, triumphierte Arne. »Nicht die von Ellen von Holthusen, aber die von ihrem Mann.«

»Wenn sie denn noch aktuell ist«, maulte Kuno. Der Gedanke, dass sie mit Erk Söderboom, Dionisius Bubendey und Ellen von Holthusen gleich drei Tatverdächtige hatten, die alle drei nichts, aber auch absolut gar nichts miteinander zu tun hatten, behagte ihm nicht.

»Ich ruf einfach mal an«, sagte Arne, »mit Rufnummernunterdrückung.« Er griff nach seinem Smartphone.

Kuno stand auf. »Lass das mit dem Handy sein. Nachher geht das schief. Bei dieser modernen Technik weiß man nie ...«

Doch Arne hatte schon gewählt.

Kuno stellte sich neben ihn, beugte sich hinab und hielt sein Ohr dicht an das Mobilgerät.

Es tutete vier Mal, dann meldete sich eine Stimme:

»Hier ist der Anrufbeantworter von Dirk Ahlfeldt und Ellen von Holthusen. Im Moment sind wir leider nicht zu ...«

Schnell trennte Arne die Leitung. Kuno stellte sich wieder ans Fenster und sah in den Himmel, als könnte er von dort oben Hilfe erwarten.

»Ich googele mal weiter«, sagte Arne. »Vielleicht finde ich noch was Interessantes. Und du, was machst du, bis das Fax mit dem Durchsuchungsbeschluss kommt?«

»Beten.«

Kuno plumpste auf seinen Stuhl. Was, wenn sie nun wirklich ein Messer bei Bubendey finden würden, das sich zu allem Unglück auch noch als Tatwaffe erwies?

Ein Klingeln zerriss die Stille im Raum, die nur von Arnes gelegentlichem Tippen unterbrochen wurde. Das Faxgerät sprang an, Kuno hechtete darauf zu.

Seine Finger tippelten über das Gehäuse des Gerätes, bis die Seite endlich ausgedruckt war und er sie in den Händen hielt.

»Los, auf zu Bubendey«, rief er aus.

Arne protestierte. »Moment, ich hab hier gerade ...«

»Auf zu Bubendey«, brüllte Kuno und marschierte aus dem Raum.

Arne verkniff sich während der gesamten Fahrt jegliche Bemerkung. Erst kurz vor Erreichen des Hauses wies er darauf hin, dass Bubendey noch im Seminar war.

»Wir brauchen ihn nicht, um den Blumenkübel zu durchwühlen«, antwortete Kuno pampig. »Er wird früh genug merken, was los ist.«

Er parkte den Wagen halb auf dem Gehweg, schaltete das Warnblinklicht ein und stieg aus.

Aus dem Kofferraum holten sie Handschuhe und Werkzeug. Drei Blumenkübel standen vor dem Haus.

»Fangen wir beim mittleren an«, schlug Kuno vor.

Arne fragte nicht, warum. Er stellte sich neben seinen Chef und half mit, so gut es ging, während Kunos Pranken vorsichtig die Erde aus dem Kübel schaufelten.

Bald stieß Kuno auf einen Gegenstand. Er ertastete eine Klinge, den Griff. Er zog das Messer heraus. Es steckte in einer transparenten Plastiktüte. »Volltreffer«, rief er und fragte sich, ob er sich darüber freuen sollte.

Arne hielt ihm eine Asservatentüte hin. »Da hat Inka noch was zu tun. Ein Glück, dass die Kollegen ihr ein mobiles Labor rübergeschickt haben. So kann sie sich gleich heute Nachmittag noch das Messer ansehen.«

»Erst brauchen wir eine DNA-Analyse von Bubendey«, sagte Kuno.

»Wo holen wir die her? Brechen wir die Tür auf oder besuchen wir ihn noch mal drüben im Seminarraum?«

Kuno überlegte kurz. Er wollte Bubendey nicht hintenherum überführen. Er zog es vor, ihm gegenüber mit offenen Karten zu spielen. Als so verschlagen schätzte er den Mann nicht ein, dass er, sofern er der Täter war, nur gestand, wenn er überrumpelt wurde.

»Lass uns zu ihm gehen und ihm sagen, was Sache ist. Geben wir ihm die Chance, sich aus eigenen Stücken für das Aushändigen einer DNA-Probe zu entscheiden.«

Arne schmunzelte mitleidig. »Du glaubst nicht, dass er es war. Du hältst das hier für einen Scherz.«

»Das sicher nicht. Ich denke eher, dass jemand anderes die Schuld von sich abwälzen will.«

Arne hatte Mühe, Kunos raumgreifenden Schritten zu folgen. »Du meinst Erk Söderboom?«

Welche Antwort erwartete er? »Ich meine den wahren Täter, wer immer das auch ist«, raunzte Kuno ihn an.

Er ging auf das Fenster zu, an dem sie Okko und Bubendey heute um die Mittagszeit schon einmal aus dem Tritt gebracht hatten.

Okko stand an der Tafel und erklärte den Jugendlichen etwas. Er schien ganz in seinem Element zu sein. Bubendey lehnte mit dem Rücken an der Wand gegenüber dem Fenster. Beim Anblick der Kommissare schwankte seine Miene zwischen Furcht und Freundlichkeit.

Bubendey ließ Okko ausreden. Dann stellte er sich wieder vor die Jugendlichen und kündigte mit Blick auf seine Armbanduhr eine vorgezogene Pause von einer halben Stunde an. Als die Teilnehmer sich erhoben, trat er ans Fenster. »Noch eine Frage, die Herren?«

»Ja.« Arne öffnete die Asservatentüte mit dem Messer und hielt sie dem Professor hin.

Bubendey guckte hinein, wurde blass und hob ungläubig den Kopf. »Wo haben Sie das gefunden?«

»Wo können wir uns unterhalten?«, fragte Kuno.

»Kommen Sie rein«, sagte Bubendey heiser.

Die Ermittler gingen zum Eingang, wo Bubendey sie empfing. Er blockte Okko ab, der sich zu ihnen gesellen wollte. »Kümmerst du dich um die Schüler?«

Okko nickte wortlos mit offenem Mund und ging in den Garten, in dem die jungen Leute sich in Gruppen zusammengefunden hatten.

Mit hängendem Kopf führte Bubendey die Kommissare in den Seminarraum. Er schloss die Tür und deutete auf den Tisch, an dem sie beim vorherigen Gespräch schon gesessen hatten.

»Wo haben Sie das gefunden?«, fragte er noch einmal.

Kuno überlegte, was in Bubendey vorgehen mochte. Würde er gleich gestehen? Er glaubte nicht, dass dieser Mann, wenn er das Verbrechen wirklich begangen hatte, großartig versuchen würde, zu leugnen. Ein Mensch, der so naturverbunden war wie er, war nach seiner Erfahrung unfähig, Lügen lange aufrecht zu erhalten.

»Ist dies das Messer, das Sie nach Ihrer Aussage von heute Mittag *früher* mal besessen haben?«, fragte Kuno.

»Je nachdem, wo Sie es gefunden haben«, antwortete Bubendey kleinlaut.

»Wo haben Sie Ihr Messer denn versteckt?«

Der Professor sackte in sich zusammen. »Es ist so verdammt blöd gelaufen.«

»Das scheint mir auch so«, platzte Arne heraus.

Kuno stieß unterm Tisch einen Fuß gegen den seines Kollegen. Ein Zeichen, das Arne verstand.

»Herr Bubendey«, sagte Kuno mit samtweicher Stimme. »Am einfachsten ist, Sie erzählen mal von Anfang an, was gelaufen ist. Wann haben Sie Ihr Messer zum letzten Mal benutzt?«

Kuno baute darauf, dass Bubendey ihnen jedes Detail erzählen würde, wenn sie ihm nicht das Gefühl gaben, ihn von vornherein für einen Totschläger, einen Mörder zu halten.

»Ich hab's vergessen«, sagte Bubendey leise.

Kuno atmete scharf ein. Wenn der Herr Professor es jetzt bloß nicht den Politikern gleichtat und den Mann mit der Gedächtnislücke spielte!

»Was haben Sie vergessen?«, fragte Arne ungeduldig. »Doch nicht etwa, wo Sie das Messer zuletzt benutzt haben?«

»Nein, ich hab das Messer vergessen.« Treuherzig blickte Bubendey die Ermittler an. »Ich habe es im Dünenhaus liegen lassen. Am Freitag war das. Ich bin an dem Nachmittag durch die Dünen spaziert. Anschließend wollte ich noch etwas in meinen Unterlagen nachsehen, die in einem Schrank in unserem Seminarraum liegen. Das Messer war an meinem Gürtel befestigt. Ich hab es auf einem Regal in der Diele abgelegt und hab mir die Schuhe ausgezogen, weil die ganz sandig waren. Dann hab ich mir die Unterlagen genommen und mich an einen Tisch gesetzt. Als ich fertig war, habe ich die Unterlagen schön ordentlich wieder in den Schrank gelegt, die Schuhe angezogen und bin gegangen, ohne an das Messer zu denken.«

»Wann haben Sie gemerkt, dass Sie es vergessen hatten?«, fragte Kuno.

»Zu Hause, als ich mich umgezogen habe. Da fehlte auf einmal was am Gürtel und mir fiel ein, wo es lag.«

»Sie hatten aber keine Lust mehr, zurückzugehen.«

Bubendey lächelte den Hauptkommissar an, er fühlte sich offenbar verstanden. »Genau. Das Haus war abgeschlossen, da konnte niemand Unbefugtes rein. Ich hab mir gedacht, ich hole es am Samstag ab, wenn ich mich mit Okko am Dünenhaus treffe.«

»Dazu kam es dann aber nicht«, warf Arne mit strenger Stimme ein. »Sie haben den Termin mit Okko versäumt.«

»Warum es dazu kam, habe ich Ihnen schon eingehend erklärt«, verteidigte Bubendey sich. »Das muss ich jetzt wohl nicht noch einmal aufwärmen. Ich würde Ihnen heute nichts anderes erzählen als am Sonntag, weil es stimmt, Wort für Wort.«

Kuno rückte mit seinem Stuhl näher an den Tisch und sah dem Professor noch eine Spur tiefer in die Augen. »Seit Freitagnachmittag haben Sie das Haus nicht mehr betreten.«

Bubendey erwiderte den Blick. »So ist es.«

»Unsere Spurensicherer haben das Messer aber nicht an der Stelle vorgefunden, an der Sie es vergessen haben.«

»Dazu kann ich nichts sagen.«

Beide Ermittler studierten Bubendeys Gesicht.

»Sie glauben mir nicht«, spie der Professor aus. »Sie glauben mir einfach nicht.«

Kuno hob beruhigend die Hand. »Doch, Herr Bubendey, wir glauben Ihnen.«

Der Professor deutete mit dem Kinn auf die Asservatentüte. »Ist denn Blut da dran?«

»Auf den ersten Blick sieht es sauber aus«, sagte Kuno. »Aber unsere Kriminaltechniker werden das genau prüfen. Wenn dies die Mordwaffe ist, werden sie Blutspuren daran finden, ganz sicher. Und vermutlich auch DNA des Täters.«

»Und meine?«

Kuno nickte. »Ihre auch, sofern es wirklich Ihr Messer ist. Wir würden Sie bitten, uns ein Haar zu überlassen, damit wir Ihre DNA mit den Spuren auf dem Messer abgleichen können. Nur so können wir prüfen, ob dieses Messer wirklich Ihnen gehört.«

Bubendey zögerte nur kurz. Beherzt griff er sich an den Kopf, riss ein Haar aus und ließ es in die Asservatentüte fallen, die Arne ihm hinhielt.

Arne verstaute die Tüte mit der, die das Messer enthielt, in dem Koffer, den sie mitgenommen hatten.

Bubendey stützte die Hände gegen die Tischkante und kippelte mit dem Stuhl. Es rumorte in seinem Kopf – so laut, dass Kuno meinte, es hören zu können.

»Dann werde ich jetzt nicht verhaftet?«, fragte der Professor und ließ die vorderen Stuhlbeine wieder auf den Boden sinken.

»Sie sind nicht tatverdächtig«, beruhigte Kuno ihn. »Wir müssen Sie aber trotzdem bitten, sich zu unserer Verfügung zu halten, bis die Tat aufgeklärt ist. Sie haben doch nicht vor, die Insel in den nächsten Tagen zu verlassen?«

Bubendey schüttelte den Kopf. Er schielte auf seine Armbanduhr. »Können wir dann mit dem Seminar fortfahren?«

»Wenn Ihnen jetzt noch der Kopf danach steht«, sagte Kuno. »Ich hoffe, mein Bruder kann Ihnen einen Teil des Unterrichts abnehmen.«

Bubendey begleitete die Ermittler hinaus.

Okko ging auf sie zu. »Na, geht's voran bei euch?«

»Kann man so sagen«, erwiderte Arne. »Vor lauter Verdächtigen können wir uns kaum noch retten. Macht richtig Spaß.«

»Aber der Dionisius gehört doch nicht zu denen, die ihr am Wickel habt?«

Kuno tat entrüstet. »Wo denkst du hin?« Er schlug Okko jovial auf die Schulter und wünschte ihm noch einen spannenden Tag mit den Seminarteilnehmern.

Wieder im Auto lehnte Arne sich zurück und verschränkte die Arme. »Dann kann ich ja wieder der Spur nachgehen, von der du mich vorhin losgerissen hast.«

Kuno startete den Motor. »Du meinst Ellen von Holthusen?«

»Genau die. Wenn die nicht in der Sache drinsteckt, dann ...«

Kuno tippte ihm mit den Fingerspitzen aufs Bein. »Versprich mir jetzt bitte nicht, dass du dann deinen Job aufgibst und dich zum Jugendbetreuer umschulen lässt.«

Kaum hatten sie den Parkplatz der Wache erreicht, sprang Arne aus dem Wagen und vertiefte sich wieder die Internet-Recherche.

Kuno machte indessen einen Spaziergang zur Bäckerei am Waasterstigh. Er war der Meinung, Arne und er hätten sich eine Portion Nervennahrung verdient.

Mit einem großen Kuchentablett in der Hand kehrte er ins Büro zurück. Der Gedanke an eine Kanne Tee zu einer Extraportion Käsekuchen mit kandierten Mandelblättern ließ ihm das Wasser im Mund zusammenlaufen.

Arne empfing ihn aufgewühlt. »Den Kuchen stell mal gleich in den Kühlschrank. Wir haben noch ein wichtiges Gespräch zu führen.«

»Mit wem denn jetzt?«, fragte Kuno genervt. »Ich hab wirklich Hunger.«

»Mit Ellen von Holthusen natürlich. Ich bin fündig geworden. Ihre Tochter Annabelle hat bei Ulf Janssen in der Firma ein Praktikum gemacht. Von einem gewissen Zeitpunkt an muss es Probleme gegeben haben, welcher Art auch immer. Jedenfalls hat Frau von Holthusen Ulf Janssen öffentlich vorgeworfen, ihre Tochter gestalkt und in den Tod getrieben zu haben.«

Kuno legte das Kuchentablett auf dem Teebüfett ab. In seinen Ohren begann es zu rauschen. »Woher weißt du das?«

»Es steht in der Online-Ausgabe eines Hamburger Stadtteilblättchens. Ellen von Holthusen hat bei einer

Redakteurin offenbar so auf die Tränendrüse gedrückt, dass sie über die Sache berichtet hat. Allerdings ist nichts stichhaltig erwiesen. Es soll Tagebuchaufzeichnungen von Annabelle Ahlfeldt geben, die aber keine juristisch verwertbaren Rückschlüsse darüber erlauben, was wirklich passiert sein könnte. Deshalb ist der Fall nicht weiter verfolgt worden. Ulf Janssen wurde dazu befragt, er streitet natürlich alles als Hirngespinste ab.«

»Er steht aber doch nicht mit vollem Namen in dem Artikel?«

»Natürlich nicht«, erwiderte Arne. »Alle Namen sind abgekürzt, auch der Firmenname der Agentur. Aber wenn man so tief in dem Fall drinsteckt wie ich, errät man leicht, um wen es geht.« Er grinste stolz.

Kuno kraulte sich nachdenklich den Bart. »Deshalb ist Ellen von Holthusen hier. Sie will Rache an Ulf Janssen üben.« Er setzte sich an seinen Schreibtisch und dachte über Arnes Worte nach.

»Das könnte tatsächlich bedeuten«, sagte er schließlich, »dass es eine Verwechslung gegeben hat. Ellen von Holthusen kennt Kathi Janssen sicher nicht gut genug, um sie von Hanna Lindegard unterscheiden zu können. Sie wollte Kathi treffen und hat Hanna erwischt. So könnte es gewesen sein.«

Ihm wurde übel bei dem Gedanken, dass seine Vermutung sich bewahrheiten könnte.

Arne deutete mit dem Kopf auf den Kuchen. »Der muss warten, so leid es mir tut.«

# 20

Kunos Schultern verspannten sich, als er sich an der Seite von Arne dem Haus näherte, in dem Ellen von Holthusen wohnte. Er zupfte nervös an seinem Schnauzbart und versuchte, beim Blick auf die Fenster etwas im Innern des Hauses zu erspähen. Vergeblich. Alle Fenster waren geschlossen. In keinem der Räume brannte Licht, und der Himmel spiegelte sich in den Scheiben.

Kuno legte den Kopf in den Nacken und sah zur oberen Etage hoch. Auch hier war nichts zu erkennen.

Arne drückte auf die Türklingel.

Nichts rührte sich im Haus.

Der Kommissar klingelte ein zweites und ein drittes Mal. Er trat ein paar Schritte zurück und sah nach oben. »Sie ist nicht da.«

Kuno nickte. »Ausgeflogen. – Dein Handy ruft.«

Arne nahm das Mobiltelefon aus der Jackentasche. »Das ist Inka.« Er tippte auf das grüne Hörersymbol und führte das Gerät ans Ohr. »Hi, Schatzi, hast du was Spannendes für uns?«

Kuno hielt etwas Abstand zu seinem Kollegen. Im Moment war ihm wirklich nicht danach, Zeuge von Kosenamen und Küsschen zu werden.

»Oh«, sagte Arne. »Aha. – Nicht schlecht. – Ja, das hilft uns weiter, sehr sogar. Dann wissen wir, was wir zu tun haben. Danke, Schatzi.«

Kuno verzog das Gesicht und wandte sich ab. Unwillkürlich zog sich sein Magen zusammen, als er ein schmatzendes Geräusch vernahm. Wie konnte seinem Kollegen jetzt der Sinn nach Handy-Küsschen stehen?

»Fäddisch«, rief Arne ihm zu.

Kuno drehte sich wieder um.

Arne hakte sich bei ihm unter und zog ihn von Ellen von Holthusens Domizil fort. »Wir gehen zu den Janssens«, sagte er.

»Schon wieder?«, fragte Kuno. »Scheint wohl die neueste Ermittlungsmethode zu sein: Jede verdächtige oder im weiteren Sinn in einen Fall verwickelte Person wird zweimal täglich von der Kripo überfallen.«

»Wenn es Schlag auf Schlag neue Erkenntnisse gibt«, erwiderte Arne, »ist das die einzig richtige Methode.«

Kuno fühlte sich nicht wohl in der Rolle desjenigen, der im Moment ein Informationsdefizit hatte. »Klärst du mich auf, was du von Inka erfahren hast?«

Zum Erstaunen des Hauptkommissars steuerte Arne nicht das Haus der Janssens an, sondern ging in die Richtung, in der die Polizeistation lag.

»Inka kommt mit dem Wagen und übergibt uns die Haarspange, die neben dem Opfer lag. Wir wollten sie doch Kathi Janssen zur Identifikation vorlegen. Inka hat in den Stoffblüten nicht nur DNA von Hanna gefunden, sondern auch von weiteren Personen.«

Kuno jaulte auf. »Die Spuren stammen bestimmt von irgendwelchen nicht mehr auffindbaren Kursteilnehmerinnen der beiden Frauen.«

Arne blieb von dem Pessimismus, den sein Chef verströmte, unbeeindruckt. »Die Untersuchung der DNA, die sie aus der Visitenkarte isoliert haben, läuft noch. Wenn die Spuren mit denen auf der Haarspange übereinstimmen sollten, wären wir ein gutes Stück weiter.«

»Ach ja?«, Kuno blieb stehen. »Dann erklär mir mal, wie übereinstimmende DNA-Spuren auf der Haarspange und der Visitenkarte mit den Personen zusammenpassen, die wir bisher mit dem Fall in Verbindung gebracht haben.«

Arne blieb ebenfalls stehen. Mit besserwisserischer Miene drückte er Kuno einen Finger auf die Brust. »Das Messer darfst du nicht vergessen.«

Kuno nickte. »Das kommt noch dazu. Das geben wir Inka gleich mit. Was bei der Untersuchung wohl rauskommen wird?«

Arne griff sich an die Stirn. »Das wäre der Hammer, wenn alle drei Beweisstücke dieselben DNA-Spuren aufweisen würden.«

Die Ermittler bogen auf das Grundstück der Polizeistation ein. Inka Hoop war kurz vor ihnen eingetroffen. Sie stand am Heck des Transporters und suchte etwas in einem Metallkoffer. Über die Schulter sah sie die Ermittler an, deren Stimmen sie gehört haben musste.

»Da seid ihr ja. Ich habe die Spange für euren Termin in eine transparente Tüte gesteckt. Dann könnt ihr sie vorzeigen, ohne sie auspacken zu müssen.« Sie schloss den Metallkoffer und hob ihn aus dem Wagen.

»Kommst du mit rein?« Arne legte ihr die Hand um die Taille. »Wir haben noch was für dich. Damit du auch keine Langeweile kriegst.«

Inka ließ sich von ihm ins Gebäude führen. Arne holte die Asservatentüte mit dem Messer aus einem verschlossenen Schrank, öffnete die Tüte und hielt sie Inka hin. »Die Tatwaffe«, sagte er stolz.

»Uih, wo habt ihr die gefunden?«

»Aus dem Untergrund ausgegraben«, sagte Kuno. Er berichtete ihr in Kurzform, auf welchem Weg sie auf das Versteck gestoßen worden waren und was Dionisius Bubendey dazu erzählt hatte.

»Ein, zwei Tage werde ich dafür brauchen«, sagte Inka und verstaute die Tüte in dem Koffer, den sie mit ins Haus genommen hatte. Im Gegenzug übergab sie Kuno die Tüte mit der Haarspange. »Wir sehen uns heute Abend?«, fragte sie Arne.

»Wenn mein Chef mir keine Nachtschicht aufbrummt.« Er sah Kuno fragend an.

»Heute ist alles möglich«, antwortete er. »Ich kann für nichts garantieren.«

Die Ermittler begleiteten Inka zum Wagen.

Auf dem Weg zum Grundstück der Familie Janssen kamen sie wieder an dem Haus vorbei, in dem Ellen von Holthusen wohnte.

»Noch einmal klingeln?« Arne wartete Kunos Antwort nicht ab. Er marschierte auf die Tür zu und läutete an. »Hoffentlich ist sie nicht geflohen«, raunte er Kuno zu, als sich wieder nichts rührte.

Auch Kuno wurde unsicher. Hatte Frau von Holthusen Wind vom Fortschritt der Ermittlungen bekommen und war Hals über Kopf abgereist? »Es hat keinen Sinn, darauf zu warten, dass sie öffnet«, sagte er nach einigen Sekunden. »Lass uns zu den Janssens gehen.«

»Hoffentlich machen die uns auf«, erwiderte Arne. »Nicht, dass sich alle gegen uns verschworen haben.«

Die Frau, die ihnen öffnete, sah sie kühl an.

»Sie sind Frau Janssen?«, fragte Kuno.

Statt zu antworten, rief sie »Ulf? Kommst du mal?«

Ulf Janssen wirkte weder erstaunt noch erfreut, die Ermittler wieder vor sich zu sehen. »Sie haben neue Erkenntnisse?«, fragte er leicht näselnd.

Bei so viel Überheblichkeit geriet Arne ins Stottern. »Die Haarspange ... Wir waren doch so verblieben, dass wir Ihrer Tochter die Spange vorlegen, die wir neben dem Opfer gefunden haben, damit sie sie identifizieren kann.«

»Ah ja.« Janssen ließ die Kommissare eintreten. »Gehen Sie schon mal durch. Meine Tochter sitzt in ihrem Kreativraum. Einen Moment, ich hole sie.«

Mit durchgedrücktem Rücken und hoch erhobenem Kopf stieg er die Treppe hinauf. Kuno meinte zu hören, wie an eine Tür geklopft wurde. Dann war es still. Auch die Ehefrau von Ulf Janssen war wie von einer Welle aus dem Haus geschwemmt.

Die Ermittler setzten sich auf zwei Sessel, die im rechten Winkel zueinander standen, und sprachen kein Wort.

Nach einigen Augenblicken waren Schritte auf der Treppe zu vernehmen, ein Raunen, dann standen Vater und Tochter im Wohnzimmer.

Arne hielt Kathi das Tütchen mit der Haarspange hin.

Nach kurzem Zögern und einer aufmunternden Bemerkung von Kuno nahm sie es in die Hand und betrachtete die Spange. »Ja«, sagte sie, »die habe ich angefertigt. Ich habe sie Hanna geschenkt. Sie war ganz verrückt nach der Farbkombination, die ich für dieses Exemplar verwendet habe.«

Arne nahm die Tüte wieder entgegen. »Sie haben die Spange handgefertigt?«, vergewisserte er sich.

Kathi nickte. »Jede einzelne Blüte habe ich genäht.«

»Eine Frage hätten wir noch«, wagte Kuno sich vor. »Neben der DNA von Hanna haben wir verschiedene weitere Spuren gefunden. Wenn Sie die Spange hergestellt haben, haben Sie zwangsläufig DNA darauf hinterlassen. Aber auch die des Täters könnte sich darauf befinden. Für unsere weiteren Ermittlungen wäre es wichtig, Hannas und Ihre DNA von den weiteren Spuren unterscheiden zu können. Dann können wir feststellen, welche möglicherweise vom Täter stammt. Wären Sie bereit, uns eine DNA-Probe zu überlassen?«

»Das musst du nicht«, meldete Ulf Janssen sich sofort zu Wort.

»Ist schon klar«, sagte Kathi. »Aber wenn es hilft.« Sie sah Kuno an. »Was brauchen Sie denn? Ein Haar oder Speichel?«

»Beides ist recht.«

Sie zupfte sich ein Haar aus und gab es in die Asservatentüte, die Arne ihr hinhielt.

»Vielen Dank«, sagte Kuno. »Damit entlassen wir Sie gerne wieder. Sehr freundlich, dass Sie Ihre Arbeit für uns unterbrochen haben.«

Kathi nickte den Ermittlern zu, stand auf und verließ den Raum.

Kuno sah ihr hinterher. Es war frappierend, wie sehr sie Hanna äußerlich glich.

»Und nun?«, fragte Ulf Janssen.

»Wenn Sie ein paar Minuten Zeit erübrigen könnten«, sagte Arne höflich, »würden wir uns gerne noch mit Ihnen unterhalten. Wir haben Fragen zu Ihrer Begegnung mit Erk Söderboom am Sonntag im *Seeräuber*.«

»Am Sonntag im *Seeräuber*?«

»Da haben Sie sich in einem Hinterzimmer zusammengesetzt, wie wir gehört haben.«

Arne meisterte das Gespräch mit dem überheblichen und nur schwer zugänglichen Unternehmer hervorragend. Keine Spur von Unsicherheit mehr.

»Ja«, sagte Ulf Janssen. Er bestätigte, dass er Erk Söderboom um ein Gespräch unter vier Augen gebeten hatte, und verwies auf eine Konfrontation mit Erk im Zusammenhang mit der geplanten Bürgerinitiative, die der Begegnung im *Seeräuber* vorausgegangen war.

Kuno beobachtete die beiden Männer stumm. Erk Söderboom geriet immer mehr in den Fokus seiner Überlegungen. Tief im Inneren war der Eisblock ein Vulkan. Das wusste Kuno noch aus seiner Jugendzeit. Wie oft hatte Erk den coolen, starken, unbesiegbaren Typ gegeben und war dann doch beim geringsten Anlass ausgerastet. Er hatte gedacht, dass sich das im Laufe der Jahrzehnte gegeben hätte. Erk war zuletzt nur noch selten durch Jähzorn und Lautstärke in Erscheinung getreten. Aber als wütender Bürger machte er immer noch von sich reden. Zuletzt durch den Versuch, die Bürgerinitiative gegen den Bau der zwei Häuser der Familie Janssen auf Amrum ins Leben zu rufen.

War Erk während einer Diskussion mit Hanna Lindegard ausgerastet, weil sie nicht darauf verzichten wollte, das Dünenhaus zusammen mit Kathi zu nutzen?

Die Frau von Ulf Janssen steckte den Kopf durch die Tür.

Ulf Janssen unterbrach sich. »Was ist denn, Erika?«

»Ich bin mal für zwei, drei Stunden weg. Ihr braucht mich ja im Moment nicht.«

»Wohin gehst du?«, fragte Janssen.

»Erzähl ich dir später.«

Erika Janssen zog sich zurück, und ihr Mann wandte sich wieder den Ermittlern zu. »Wo waren wir stehen geblieben? Ach ja, Erk Söderboom und ich im Hinterzimmer des *Seeräubers*.« Janssen lächelte süffisant.

»Dürfen wir erfahren, worüber Sie gesprochen haben?«, fragte Arne.

»Ja, klar. Das ist kein Geheimnis. Es ging um den Kauf des Dünenhauses. Ich habe Interesse an diesem Haus und bin der Meinung, dass ich es viel besser nutzen kann, als Erk das tut.«

»Worauf gründet sich Ihre Ansicht?«, fragte Kuno.

Mit der Haltung eines Künstlers fuhr Janssen sich durch die schwarze Mähne. »Ich führe eine Werbeagentur, wie Sie wissen dürften. Eines der bedeutendsten Unternehmen dieser Branche in Europa. Meine Mitarbeiter müssen ein Höchstmaß an Kreativität aufbringen, um die Ansprüche unserer Kunden zu erfüllen. Ich plane, das Dünenhaus für Kreativwochen meiner besten Mitarbeiter zu nutzen. Die Lage, die Atmosphäre, das alles wäre perfekt für diesen Zweck.«

»Aber jetzt wird es doch auch für kreative Zwecke genutzt«, stellte Kuno fest. »Sogar von Ihrer Tochter. Wo ist da der Unterschied?«

Janssen lachte überheblich. »Der Unterschied ist der, dass es jetzt nach dem Bauchladenprinzip genutzt wird. Jeder, der ein Seminar abhalten will, kann das Haus von Erk Söderboom mieten. Egal, um welches Thema es geht. Kreativkurse, Umweltseminare, Yoga, womöglich werden demnächst noch Kochkurse gegeben. Damit wird das Haus entweiht. Finde ich jedenfalls. Ich möchte einen echten Kreativtempel daraus machen.«

»Dem steht Erk Söderboom aber entgegen«, sagte Arne.

Janssen hob die Hände zum Himmel und zog eine Miene, als wäre er zutiefst verzweifelt. »Der Mann ist stur wie ein Wikinger.«

»Also wie meine direkten Vorfahren«, warf Kuno ein, und Janssen entschuldigte sich umgehend. Er hatte wohl den belustigten Tonfall nicht mitbekommen, und Kuno fragte sich, ob ein Typ wie Janssen, der so schön und so wichtig und den Göttern so nah war, überhaupt in der Lage war, Scherze zu verstehen.

Arne stützte die Fingerkuppen beider Hände gegeneinander. »Warum fand das Gespräch denn im Hinterzimmer statt, wenn es kein Geheimnis war? Ich nehme an, dass es nur um einen grundsätzlichen Austausch zwischen Ihnen beiden ging, um die Möglichkeit des Verkaufs auszuloten. Über eine Kaufsumme werden Sie nicht gesprochen haben, oder irre ich?«

Janssen schüttelte den Kopf. »Sie liegen völlig richtig mit Ihrer Annahme. Aber ich wollte allein mit ihm reden, weil ...« Er zierte sich auf lächerliche Weise. »Ich hatte mit Erk Söderboom ein ziemlich ernstes Wort zu reden, und ich wollte keine Zeugen dafür.«

Arne neigte den Kopf zur Seite. In seine Gesichtszüge brannten sich leichte Zweifel. Eine nachvollziehbare Regung. Auch Kuno erschien der Agenturchef und Neu-Amrumer von Satz zu Satz unglaubwürdiger.

»Wie ernst war das Wort, das Sie mit ihm reden wollten?«, fragte Arne.

Immer hektischer wechselte Janssen die Sitzposition. Seine Hände suchten Halt und fanden ihn endlich an den Sessellehnen, die sie fest umklammerten. »Erk Söderboom hat mich bedroht.«

»Womit?«, hakte Arne sofort nach. »Mit Worten oder mit einer Waffe?«

Janssen stierte ihn an wie die Schlange das Kaninchen. »Er versucht, mich zu erpressen.«

»Wie bitte?« Kuno setzte sich aufrecht hin. »Erk Söderboom erpresst Sie? Womit?«

Janssen wehrte die Frage mit beiden Händen ab. »Das alles ist ein unsäglicher Quark«, schimpfte er. »Sie haben doch bestimmt schon die Journalistin kennengelernt, die da drüben wohnt.« Er zeigte mit der Hand in die Richtung, in der das Haus von Ellen von Holthusen stand.

»Wir haben von ihr gehört«, antwortete Kuno und hielt den Atem an.

»Die Frau spioniert mich aus. Alle Nase lang steht sie vor meinem Grundstück, versteckt sich hinter einem der Sträucher und knipst uns. Oder sie belauscht unsere Gespräche. Dann spinnt sie irgendwelche Geschichten daraus und erzählt sie Erk Söderboom. Und der versucht, meine Familie ... Ach, ich mag nicht mehr darüber reden. Kinderkram ist das. Erk hat es nach wie vor darauf angelegt, uns von hier zu vertreiben.«

Kuno glaubte dem Mann kein Wort. Ein Blickwechsel mit Arne genügte, um sich stumm darüber zu verständigen, dass sie dieses Spiel langsam zu Ende führen und dann das Haus verlassen würden. Es war pure Zeitverschwendung, sich diese Märchen noch länger anzuhören.

Arne setzte ein naives Gesicht auf. Ein Mienenspiel, das er so gut wie wohl kein anderer erwachsener Mann verstand. »Warum zeigen Sie Erk Söderboom nicht an?«

»Ich sagte doch gerade«, erwiderte Ulf Janssen, »dass ich nicht mehr darüber sprechen möchte. Außerdem – wie soll ich die Erpressung beweisen? Es gibt keine Zeugen dafür, und ich habe keinen Erpresserbrief.« Er schlug mit der Hand auf die Sessellehne. »Das wär's doch. Ich sollte Herrn Söderboom bitten, mir seine Erpressungsversuche schriftlich vorzulegen. Dann würde ich damit zu Ihnen kommen.«

»Na«, sagte Kuno, »dann warten wir einfach mal ab. Wenn Sie was in der Hand haben, kommen Sie gerne bei uns vorbei. Wir kümmern uns drum.«

Arne und er standen auf. »Danke für Ihre Offenheit«, sagte Kuno zum Abschied zu Janssen und wunderte sich, wie gut auch er sich auf einmal verstellen konnte.

»Starker Tobak«, posaunte Arne aus, als sie sich weit genug von dem Haus entfernt hatten.

»Das ist es. Trotzdem müssen wir Erk dazu anhören.« Er nahm sein Handy und suchte Erks Nummer aus dem Online-Telefonbuch heraus. Erk meldete sich bald, und Kuno gab ihm zu verstehen, dass er ihn in zehn Minuten auf der Wache sehen wolle.

»Ist das eine Vorladung?«, fragte der Rinderzüchter aufgebracht, als er wenige Minuten später das Büro der Kommissare betrat.

Kuno lehnte an der Fensterbank. Anders als Arne hatte er noch nicht die Ruhe gefunden, sich wieder an seinen Schreibtisch zusetzen. »Nicht direkt, aber es kommt der Sache ziemlich nah. Setz dich.« Er tigerte auf und ab, die Hände in den Hosentaschen.

Erk blickte ihn zerknirscht an. War doch etwas dran an der Geschichte, die Janssen ihnen aufgetischt hatte?

Kuno blieb vor ihm stehen. »Warum erpresst du Ulf Janssen?«

Erk saß eine Sekunde wie versteinert da. Dann sprang er auf wie eine Rakete. »Ich erpresse ihn?«, brüllte er.

Erschrocken wich Kuno zwei Schritte zurück, während Arne das Spektakel von seinem Stuhl aus beobachtete, als wäre es ein experimentelles Theaterstück.

»Dieses arrogante Schwein erpresst mich.« Erk wies mit dem Finger auf sich. »Mich, versteht ihr? Und wenn ich nicht verdammt aufpasse, dann bringt der Typ mich in den Knast. Das kann jeden Moment soweit sein. Ich mache kein Auge mehr zu, seit er mir gestern die Pistole auf die Brust gesetzt hat.«

Kuno traute sich wieder näher an Erk heran. Er legte ihm eine Hand auf die Schulter und drückte ihn sanft auf den Stuhl zurück. »Setz dich hin«, sagte er und nahm selbst Platz. »Und jetzt sprich. Die Wahrheit bitte.«

So jämmerlich hatte er Erk noch nie in seinem Leben gesehen, und er kannte Erk, seit sie zusammen in Windeln am Strand gespielt hatten.

Erk verbarg das Gesicht in den Händen und keuchte.

»Rede endlich«, sagte Kuno streng.

Erk ließ die Hände sinken. Die Verzweiflung stand ihm ins Gesicht geschrieben.

»Ulf Janssen hat einen Beweis gegen mich.«

»Was für einen Beweis?«, fragte Kuno scharf.

Erk wand sich. »Es ist nicht wirklich ein Beweis, aber es sieht so aus.«

Arne, der von Erks Rücken verdeckt war, rollte mit seinem Stuhl zur Seite, sodass er ihn besser sah. »Wir machen heute keine Rätselstunde, Herr Söderboom. Bitte reden Sie so, dass wir Ihnen folgen können.«

»Ulf Janssen«, sagte Erk zögerlich, »muss einen meiner Schlüssel haben. Einen Schlüssel zum Dünenhaus.«

Kuno verstand nicht, was daran so tragisch war, dass es Erk Söderboom an den Rand des Nervenzusammenbruchs trieb. »Wie ist er daran gekommen?«, fragte er.

Söderboom griff sich ans Herz und atmete mehrmals durch. Doch Kuno beschloss, ihn jetzt nicht danach zu fragen, ob er einen Arzt brauchte. Vermutlich war diese Geste nur Show. Er wollte Erk keine Gelegenheit zum Ausweichen geben. Sie waren jetzt dicht an der Lösung des Falls.

Erk atmete wieder ruhiger. Dann brach es aus ihm heraus. »Ich hab euch gestern angelogen, als ich gesagt hab, ich wusste nicht, was Hanna am Samstag am Dünenhaus wollte. Sie war mit mir verabredet. Um sechzehn Uhr wollten wir uns treffen. Ich war pünktlich da. Die Tür stand offen. Ich bin rein. Und dann sah ich sie da liegen, in all dem Blut.«

Kuno wurde skeptisch. »Hast du sie gleich erkannt?«

Erk verneinte. »Nicht sofort. Ich bin ein paar Schritte in den Raum reingegangen. Im ersten Moment war ich nicht sicher, ob es wirklich Hanna war, die da lag, oder ob es nicht Kathi Janssen war. Aber dann habe ich ein Armband gesehen, das sie getragen hat, als ich mit Jördis und ihr über den Hausverkauf gesprochen habe. Da wusste ich, es ist Hanna.«

»Bist du zu ihr gegangen, um festzustellen, ob sie wirklich tot ist?«, fragte Kuno.

Erk zog die Schultern zusammen und kauerte so erbärmlich auf dem Stuhl, dass Kuno Mitleid mit ihm bekam. »Ich glaube, sie hat nicht mehr geatmet. Ich wollte zu ihr gehen, den Puls fühlen. Aber dann habe ich ein Geräusch im Haus gehört, oben im ersten Stock. Es musste noch jemand da sein.«

»Was für ein Geräusch war das?«, wollte Arne wissen.

Erk zuckte die Achseln. »Weiß nicht. Es hörte sich an, als ob etwas von einem Tisch auf den Boden gefallen wäre. Ich hab Panik bekommen. Ich dachte, das ist ein Mörder, der sich da oben versteckt hat.«

»Da bist du rausgerannt?«, fragte Kuno.

»Ja.« Erks Schultern zitterten. »Ich bin durch die Dünen zum Strand gelaufen.«

»Warum dahin?«, fragte Kuno. »Warum nicht über den Bohlenweg nach Wittdün?«

»Ich weiß es nicht. Ich wollte von niemandem gesehen werden. Ich wollte nur weg vom Dünenhaus. Auf dem Weg durch die Dünen bin ich hingefallen und auf die Seite gerollt. Dabei muss mir der Schlüssel aus der Tasche gefallen sein. Ich hab das erst gemerkt, als ich wieder zu Hause war. Aber ich hab mich nicht getraut, wieder zurückzugehen und danach zu suchen.«

»Hast du das Haus abgeschlossen, bevor du weggerannt bist?«

Erk sah ihn erstaunt an. »Nein. Ich bin Hals über Kopf geflohen. An so was hab ich gar nicht gedacht.«

»Wieso haben Sie nicht die Polizei gerufen, als Sie ein Stück weit vom Dünenhaus weg waren?«, fragte Arne.

»Hätten Sie mir denn geglaubt, dass ich die Hanna nicht umgebracht hab?«, fragte Erk. »Der Mörder wäre doch längst über alle Berge gewesen, wenn Sie am Dünenhaus angekommen wären.«

Kuno konnte nachvollziehen, welche Panik Erk ergriffen haben musste. Die Frau, mit der er verabredet war, lag in einer riesigen Blutlache vor ihm, und niemand war da, der hätte bezeugen können, dass er ihr nichts getan hatte. »Und nun hat Ulf Janssen deinen Schüssel und erpresst dich damit?«, sagte er.

Erk zitterte, als hätte er Schüttelfrost.

Arne stand auf und holte aus einem Nebenraum eine Decke, die er ihm um die Schultern legte. Dann ging er zum Wasserkocher und setzte einen Tee für ihn auf.

»Hat Janssen dir denn erzählt«, fragte Kuno, »warum er selbst zu der Zeit am Dünenhaus war?«

Erk nickte. »Er sagt, er ist mit seiner Tochter dahingekommen, weil ihnen nicht wohl bei dem Gedanken war, dass Hanna sich alleine mit mir treffen wollte.« Er sah die Ermittler verzweifelt an. »Als ob ich der Hanna jemals was hätte antun können!«

Ein uniformierter Kollege kam herein und half Arne, Erk in einen Raum zu bringen, in dem eine Liege stand.

Kuno setzte die Bilder, die in seinem Kopf auftauchten, zusammen und ließ sie wie einen Film ablaufen.

Arne kehrte ins Büro zurück. »Dass einen Kerl wie Erk Söderboom das alles so mitnehmen kann, hätte ich nicht für möglich gehalten«, sagte er.

Kuno lachte leise. »Du kennst ihn nicht so gut wie ich. Für ihn wäre es der Tod, auch nur eine Nacht in einer Gefängniszelle verbringen zu müssen.«

»Verstehe«, sagte Arne, »deshalb hat er jetzt lieber die Flucht nach vorne angetreten.«

Kuno nickte. »Das ist sicher der Grund.«

»Sag mal, glaubst du ihm?«

»Ihm glaube ich eher als dem Janssen«, sagte Kuno spontan. »Wenn Ulf Janssen sicher wäre, dass Erk die Hanna umgebracht hat, dann hätte er uns doch was gesagt. Wenn er uns nichts erzählt hat, weil er Erk erpressen will, spricht das nicht gerade für ihn. Und ich gehe sogar noch einen Schritt weiter.«

Arne sah ihn gespannt an.

»Ich behaupte, Ulf Janssen ist derjenige, der sich im oberen Stock aufgehalten hat, als Erk die tote Hanna gefunden hat. Und ob Kathi ihn wirklich begleitet hat, da bin ich mir nicht so sicher.«

Arnes Augen blitzten auf. »Dann ist Ulf Janssen der Täter?«

»Zutrauen würde ich es ihm.« Kuno warf seinen Radiergummi gegen die Wand. »Jetzt müssen wir ihm die Tat nur noch beweisen.«

»Aber was ist das Motiv?«, fragte Arne. »Hanna war die beste Freundin seiner Tochter.«

»Gerade darin kann das Motiv liegen. Denk daran, was er über Ellen von Holthusen behauptet: Sie hat ihn beobachtet und belauscht, und nun erpresst sie ihn.«

Arne stierte aus dem Fenster. Nach einigen Momenten des Nachdenkens fragte er: »War es in Wahrheit Hanna, die Janssen erpresst hat? Wusste sie etwas über ihn, was nicht bekannt werden durfte?«

Kuno stand auf, bückte sich ächzend und hob den Radiergummi auf. »Das vermute ich. Sie ist bei den Janssens ein und aus gegangen.« Erneut warf er den Radierer gegen die Wand wie ein Dartspieler einen Pfeil. »Wir wissen immer noch nicht, wo das Handy von Hanna Lindegard abgeblieben ist.«

Diesmal pflückte Arne das Wurfgeschoss vom Boden auf. Er warf es seinem Chef zu. »Meinst du, auf dem Smartphone befindet sich Beweismaterial?«

»Etwas in der Art wird es wohl sein.«

Kunos Spielzeug für nervöse Momente flog erneut auf Arne zu. Vergeblich versuchte er, es aufzufangen. Es zog an ihm vorbei und prallte gegen die Wand. »Was hat es dann aber mit Ellen von Holthusen auf sich? Warum hat Janssen sie ins Spiel gebracht? Ich verstehe das nicht. Hat Hanna sich mit der Journalistin verbündet?«

Auch Kuno wusste darauf keine Antwort. Er setzte sich hin und schnaufte, als hätte er ein zweistündiges

Tennismatch absolviert. Müde beugte er den Kopf nach vorn und massierte sich die Schläfen. Dann stand er auf. »Feierabend. Heute kommen wir nicht weiter. Lass uns eine Nacht darüber schlafen.«

# 21

Wie ein Geist hockte Jördis Lindegard auf einem Findling im Vorgarten von Kuno Knudsen, als der Hauptkommissar, begleitet von Arne, an diesem Abend nach Hause kam.

Kuno war innerlich so angespannt, dass er sie kaum wahrnahm. Er reagierte erst auf sie, als Arne es aussprach: »Du hast Besuch.«

»Jördis«, sagte Kuno verwundert, »warum wartest du hier? Warum kommst du nicht auf die Wache, wenn du was auf dem Herzen hast?«

Jördis lachte bitter. Sie erhob sich, stemmte die Hände in die Hüften und sah zu ihm auf. »*Was auf dem Herzen*, du bist gut. Was glaubst du eigentlich, wie das Herz einer Mutter aussieht, die ihre einzige Tochter verloren hat – erst an eine hochnäsige neureiche Familie, dann an den Tod?«

Unangenehm berührt schwiegen die Ermittler. Welchen Trost hätten sie dieser Frau spenden können?

Kuno schämte sich abgrundtief dafür, dass er für eine winzige Weile den Gedanken in Erwägung gezogen hatte, Jördis Lindegard könnte Hanna in ihrem Frust darüber, dass ihre Tochter der verhassten Familie Janssen verfallen war, selbst getötet haben.

»Ihr habt noch keine heiße Spur, ihr habt niemanden im Verdacht, stimmt's?« Jördis' Worte klangen frustriert, verächtlich, hoffnungslos. So, als hätte sie den Glauben daran, dass die Kriminalpolizei alles unternahm, um den Mörder ihres Kindes zu finden, restlos verloren.

»Doch, Jördis«, sagte Kuno, »wir haben einen Verdacht, aber es ist zu früh, darüber zu sprechen. Und es gibt einige Spuren, die müssen aber noch ausgewertet werden. Wir sind auf einem ...« Er stockte. *Wir sind auf einem guten Weg*, hatte er sagen wollen. Doch wie höhnisch hätte das in den Ohren dieser Frau geklungen? »Wir sind sicher, dass wir dir bald mehr sagen können. Gib uns noch ein paar Tage Zeit. Bitte.«

Jördis ließ die Schultern hängen. »Egal, wie viel oder wenig Zeit ihr noch braucht, meine Tochter wird davon nicht wieder lebendig.« Sie ging an Kuno vorbei. An der Gartenpforte angekommen, sagte sie: »Ich fahre morgen früh zurück nach Föhr. Mit der Fähre um neun Uhr dreißig.«

Sie nahm ihr Fahrrad, das an einem Laternenpfahl lehnte, stieg auf und radelte davon.

»Das war ja eine echte Ermutigung für uns, mit vollem Engagement weiterzumachen«, raunte Arne seinem Chef zu.

»Was erwartest du von ihr?« Kuno legte ihm den Arm um die Schultern. »Komm, bevor du dich in deinem Zimmer verkriechst, trinken wir noch ein Glas Wein zum Abschalten.«

»Ich ruf eben Inka an und sag Bescheid, wo ich bin.«

»Sag ihr, wenn sie für heute fertig ist mit ihrer Arbeit, ist sie ebenfalls herzlich eingeladen. Bente freut sich bestimmt, sie zu sehen.«

Arne wählte die Nummer der Kriminaltechnikerin aus dem Smartphone. »Wie weit bist du?«, fragte er. Er hörte ihr eine Weile zu und sagte ihr, wo sie ihn nachher finden könne.

Bente hatte ein Bad genommen. Sie erschien im Bademantel und mit einem Handtuch, das sie wie einen Turban um den Kopf geschlungen hatte.

»Hätte ich gewusst, dass ihr zu zweit kommt ...«, sagte sie beim Anblick der Kommissare. »Ich mach mich schnell gesellschaftsfähig, dann bereite ich euch noch einen Snack zu.« Sie huschte wieder nach oben.

Arne schmunzelte. »Schön, wenn man sich so verwöhnen lassen kann.«

Auf dem Weg ins Wohnzimmer blieb Kuno am Fuß der Treppe stehen. »Bente?«, rief er hinauf.

»Ja?«

»Ist Okko nicht im Haus?« Sein Bruder fehlte ihm. Er hätte ihn gern mit in der Runde gesehen.

»Nein«, antwortete Bente. »Er ist mit seinem Professor in den Dünen am Wriakhörnsee unterwegs. Sie wollten noch mal die Tour abgehen, die sie morgen mit den Kursteilnehmern machen werden.«

»Am Wriakhörnsee?« Arne stand am Fenster und sah zum Festland hinüber. »Da drüben am Himmel braut sich ganz schön was zusammen, und wir haben Ostwind. Hoffentlich sind die beiden inzwischen bei Bubendey zu Hause.«

Kuno lachte. »Wer mit einem Umweltexperten unterwegs ist, dem wird draußen so schnell nichts passieren.«

»Da wäre ich mir nicht so sicher«, sagte Arne. »Der Bubendey ist Pflanzenexperte, kein Meteorologe. Der guckt eher auf den Boden als in den Himmel. Sollen wir die beiden nicht anrufen und warnen? Wenn sie an der Westküste sind, kriegen sie vermutlich gar nicht mit, was sich von Osten gerade nähert.«

Kuno suchte einen Rotwein aus dem Regal in der Küche aus. Scheinbar gelassen griff er zu dem antik anmutenden Korkenzieher aus Messing, den er vor urlanger Zeit von seinem Großvater geschenkt bekommen hatte. »Okko und Bubendey sind erwachsen. Lass sie machen, was sie für richtig halten.«

In dem Moment zuckte ein gewaltiger Blitz über den Himmel. Kuno zählte im Geiste mit. Acht Sekunden später hörte er ein Donnergrollen.

»Das ist noch ein Stück entfernt«, sagte er, als wäre er Arne eine Erklärung schuldig. »Jetzt dürften sie gewarnt sein und irgendwo Unterschlupf suchen.«

Arne schob ihm sein Glas hin. »Im Dünenhaus können sie nicht unterkommen. Das ist noch nicht wieder freigegeben.«

Kuno schenkte den Wein ein, setzte sich zu Arne und guckte nun doch etwas besorgt in den Himmel, der immer düsterer wurde. Die Abstände zwischen den Blitzen und dem Einsetzen des Donnergrollens wurden kürzer. Plötzlich heulte ein Sturm durch die Ritzen des Dachgeschosses.

Arne zeigte nach oben. »Hörst du das?«

»Bin ich taub?«, konterte Kuno.

Sein Smartphone schrillte. Hastig langte er danach. »Mensch, Okko, wo seid ihr? Sag bloß nicht, ihr steckt mitten in dem Unwetter.«

Bente tauchte im Türrahmen auf, nun mit frisch geföhntem Haar, in Jeans und einem bequemen Pulli. Sie bemerkte die angespannte Situation, machte eine besorgte Miene und spielte mit ihrem Kettenanhänger.

Kuno legte den Finger an die Lippen, damit sie nicht dazwischenredete, und lauschte seinem Bruder.

Dessen Stimme überschlug sich. Im Hintergrund warf Bubendey ihm hektische Satzfetzen zu.

Kunos Herz veranstaltete ein wahres Paukenkonzert. »Schafft ihr es bis zu Bubendey nach Hause?«, fragte er.

»Nicht, dass ihr auch noch ...« Er unterbrach sich mitten im Satz. Jetzt nicht noch mehr Panik schüren. »Arne und ich machen uns sofort auf den Weg.«

»Danke«, sagte Arne, als Kuno das Gespräch beendet hatte. »Ein gemütlicher Abend wäre jetzt auch zu schön gewesen.«

»Das Dünenhaus fackelt ab.« Erst als Kuno den Satz aussprach, begriff er selbst, was Okko ihm gerade mit stockendem Atem berichtet hatte.

Das Dünenhaus brannte lichterloh.

Arne blickte Kuno verständnislos an. »Wieso brennt das Dünenhaus?«

»Der Blitz muss ins Reet eingeschlagen sein. Okko und Bubendey waren in der Nähe, als das Gewitter über sie hinweg zog. Sie wollten sich zum Haus flüchten und wenigstens am Dachüberstand Unterschlupf suchen ...«

»Was ja auch nicht ganz ungefährlich gewesen wäre«, gab Arne von sich.

»Das ist doch jetzt schietegal«, brüllte Kuno. »Okko meint, dass jemand sich in dem Haus aufgehalten hat, als der Brand ausbrach, und nicht mehr rauskam.«

Arne sprang auf, als wäre er selbst in unmittelbarer Gefahr, vom Blitz getroffen zu werden. »Haben sie die Feuerwehr angerufen?«

»Komm, wir fahren zu Bubendey.« Kuno hechtete in den Flur und nahm seine Regenjacke vom Haken. »Darf ich?«, fragte er Bente und zeigte auf deren Jacke.

Sie nickte. »Selbstverständlich.«

»Die dürfte dir passen«, sagte Kuno und reichte Arne das Kleidungsstück. »Klar haben sie die Feuerwehr verständigt. Das war natürlich das Erste, was sie gemacht haben.«

Er nahm den Autoschlüssel von der Kommode im Flur und riss die Haustür auf.

»Wie kommen sie darauf, dass Leute im Haus waren? Es ist doch versiegelt.«

»Bubendey meint, jemanden am Fenster gesehen zu haben, oben im ersten Stock.«

»Im ersten Stock?« Arne trabte neben ihm her. »Und jetzt gehen die beiden zu Bubendey?«

Sie stiegen in den Wagen. Kuno nickte, während er den Motor anließ. »Sie erwarten uns da.«

Angespannt schweigend, jeder in Gedanken versunken, fuhren sie durch Nebel. Der Regen prasselte so heftig gegen die Windschutzscheibe, dass das Autofahren zum Wagnis wurde. In der weit geschwungenen Kurve zwischen Nebel und Süddorf geriet Kuno ins Schlingern, brachte den Wagen aber wieder auf die Spur.

»Auch noch Aquaplaning«, murrte er.

»Und die Feuerwehr?«, fragte Arne. »Mit einem Löschwagen kommen die doch gar nicht dahin.«

»Das ist das Problem.«

»Was machen sie dann? Schicken sie ein Löschflugzeug?«

»Löschflugzeug oder Hubschrauber. Was am ehesten verfügbar und am schnellsten an Ort und Stelle ist.«

Kuno nahm die letzte große Kurve in Höhe des Leuchtturms und erreichte die Inselstraße.

»Dann kommen sie aber doch viel zu spät. Wenn wirklich jemand im Haus ist ...« Arne klang, als wollte er selbst nicht wahrhaben, was er sagte.

Kuno schluckte. Auch er wollte sich nicht vorstellen, was sich in diesen Minuten in dem Haus abspielte. »Wie ich schon sagte, das ist das Problem.«

Es war aber auch zum Verzweifeln. Zwei Kilometer zwischen Dünenhaus und Wasserkante. Zwei Kilometer von der Brandstelle bis zum Ozean. Und dennoch keine Möglichkeit, das Haus per Löschzug zu erreichen und das Feuer unter Wassermassen zu ersticken.

Kuno verlangsamte das Tempo.

»Wir sind da«, sagte Arne lapidar.

Auf dem letzten Stück hatte der Regen mit einem Mal nachgelassen. Es nieselte nur noch. Okko und Bubendey standen in der Haustür und winkten ihnen zu.

Die Ermittler stiegen aus. Am westlichen Himmel flackerte ein riesiger orangefarbener Schein. Plötzlich hörten sie das Knattern. Sie blickten in den Himmel. Über ihren Köpfen zog ein Helikopter hinweg.

»Woher kommt der?«, fragte Arne.

Als ob das jetzt nicht egal gewesen wäre. »Von der Bundeswehr vermutlich.« Kuno sah dem Hubschrauber noch hinterher, als er schon hinter den Häusern und Dünen verschwunden war.

Noch lange durchdrang das dröhnende Geräusch der Rotorblätter die Totenstille, die über Wittdün lag.

Die Kommissare stiegen die Stufen zu Bubendeys Haus empor. Im Wohnzimmer des Professors ließen sie sich noch einmal berichten, was sich zugetragen hatte.

»Da war jemand drin«, sagte Okko immer wieder. »Wer kann das denn gewesen sein?«

Kuno verdrängte die Frage, die auch ihn bewegte.

»Wir hätten versuchen müssen, die Leute da rauszuholen«, jammerte Okko.

»Wie denn?«, erwiderte Bubendey. »Hast du eine Ahnung, welche Hitze von so einem großen Brand ausgeht? Ohne Schutzanzüge kommst du da gar nicht ran.«

Stumm betrachtete Kuno die beiden. Der Professor hatte seinem Bruder Kleidung geliehen. Okkos Haar klebte feucht an der Stirn. »Hoffentlich habt ihr euch nicht erkältet«, sagte er in die bedrückende Stille hinein. Dann stand er auf. »Ich geh mal kurz vor die Tür.«

Draußen rief er die Leitstelle an und bat um Rückruf der Einsatzkräfte auf seinem Handy.

Noch immer dröhnten die Rotorblätter.

Kuno ging zur Straße und blickte nach Westen. Der orangefarbene Schein war kleiner geworden. Brandgeruch lag in der Luft. Der Wind hatte gedreht, er kam jetzt aus Südwest.

Kuno kehrte ins Haus zurück, wo die anderen immer noch stumm und hilflos beisammensaßen.

Er hatte kein Gefühl dafür, wie viel Zeit vergangen war, als der erwartete Anruf der Einsatzkräfte kam. Wie er vermutet hatte, war ein Hubschrauber der Bundeswehr im Einsatz gewesen.

»Das Haus war nicht mehr zu retten«, sagte der Einsatzleiter. »Es ist bis auf die Grundmauern niedergebrannt. Zum Glück war die Umgebung durch den sintflutartigen Regen so nass, dass das Dünengras kein Feuer gefangen hat. Sonst hätten die Flammen sich womöglich noch weiter in die Dünen hineingefressen.«

Kuno nahm die Information zur Kenntnis. »Die Männer, die den Brand gemeldet haben«, sagte er, »vermuten, dass jemand im Haus war, als der Blitz eingeschlagen ist.«

»Das hat die Einsatzzentrale uns weitergegeben«, erwiderte der Mann. »Wenn es so gewesen sein sollte, konnten wir die Person nicht retten. Wir werden noch einmal Wasser tanken und über dem Haus ablassen, um den Schwelbrand so weit wie möglich zu löschen. Dann fliegen wir zurück zu unserem Standort. Die Amrumer Feuerwehr wird sich die Ruine morgen ansehen.«

»Danke«, sagte Kuno. Er machte sich auf eine schlaflose Nacht gefasst.

Zurück in Bubendeys Wohnzimmer berichtete er mit kargen Worten von dem Telefonat. Er vermied den Hinweis auf die Person, die vermutlich ums Leben gekommen war. »Arne«, sagte er kurz angebunden, »lass uns zurückfahren. Okko, kommst du mit? Und danke, Herr Bubendey, für die Bewirtung.« Er deutete auf die Bierflaschen, die der Professor bereitgestellt hatte und die Arne und er unangetastet gelassen hatten.

Okko kletterte auf den Rücksitz. Er hielt sich an den Lehnen der beiden Vordersitze fest und schob seinen Kopf zwischen die Häupter der Ermittler. »Was ist denn nun mit der Person im Haus?«

Kuno wich einer Antwort aus. »Die Löscharbeiten sind noch nicht beendet. Das hab ich euch doch gerade erklärt.«

Resigniert lehnte Okko sich auf dem Sitz zurück.

»Friedrich ruft an.« Arne wies auf das Telefon in der Freisprechanlage, das den Namen des Reporters zeigte.

Kuno gab unwillige Laute von sich und nahm das Gespräch an. »Friedrich, was gibt's?«

»Ellen von Holthusen ist weg. Sie ist nicht in ihrem Haus, und telefonisch ist sie auch nicht erreichbar.«

Kuno fluchte. »Wir sind gerade im Auto unterwegs nach Nebel. Kommst du zu mir?«

»Jo, bis gleich.«

»Ellen von Holthusen?«, fragte Okko. »Muss ich die kennen?«

»Nein«, beschied Kuno ihn. »Und sei mir nicht böse, aber du gehst bitte gleich nach oben in dein Schlafzimmer. Arne, Friedrich und ich haben was zu besprechen, was nicht für jedermanns Ohren bestimmt ist.«

»Für heute bin ich sowieso am Limit«, erwiderte Okko und seufzte laut.

Friedrich traf auf seinem klapprigen Fahrrad zur gleichen Zeit ein wie Kuno und seine Mitfahrer. Schon im Licht der Scheinwerfer erkannte der Hauptkommissar, dass der Reporter blasser und ernster aussah als sonst. Seine Stimme zitterte, als sie sich begrüßten.

Kuno bat ihn herein. Der Wein stand immer noch auf dem Tisch. Wortlos zog Bente sich mit ihrem Glas ins Schlafzimmer zurück, ohne dass Kuno ihr irgendetwas erklären musste.

Friedrich schielte auf den guten Tropfen.

Kuno erbarmte sich und schenkte ihm davon ein. »Wolltest du dich um diese Zeit noch mit Ellen von Holthusen treffen?«

Friedrich druckste herum. »Wir waren nicht verabredet. Ich wollte sie spontan zu einer Sache mitnehmen.« Er nahm zwei Schlucke Wein, und schon war das Glas halb leer. »Es hat gebrannt. Im Dünenhaus.«

Kuno nickte. »Ist uns bekannt. Wir kommen gerade aus Wittdün. Woher warst du darüber informiert?«

Friedrich riss die Augen auf. »Ihr wart am Dünenhaus?«

»Ich sagte, wir waren in Wittdün. Woher wusstest du von dem Brand?«

»Ich hab meine Quellen. Ich wollte Ellen mitnehmen, damit wir eine Story daraus machen können. Aber sie hat sich auf dem Handy nicht gemeldet. Ich bin zu ihr gefahren, hab angeklingelt, angeklopft, gerufen.« Friedrich breitete hilflos die Arme aus. »Sie ist weg.«

Hatte Ellen von Holthusen sich ins Dünenhaus geschlichen? Bisher hatte Kuno befürchtet, angesichts des aufziehenden Unwetters hätten Urlauber auf der Suche nach Schutz das Siegel aufgebrochen.

Friedrich kippte den Rest Wein hinunter und stellte sein Glas auf den Tisch, als erwartete er, dass Kuno nachschenkte.

»Friedrich«, sagte Kuno bedächtig, »ich denke, du solltest nach Hause radeln. An der Brandstelle hast du heute nichts verloren. Es ist sowieso inzwischen viel zu dunkel, da kannst du nicht mehr hin. Und deine Kollegin besucht vielleicht gerade Freunde auf der Insel. Morgen taucht sie bestimmt wieder auf.«

Der Reporter sah ihn enttäuscht an.

Kuno geleitete ihn zur Tür, wartete, bis er auf dem Rad saß, und kehrte zu Arne zurück. »Wir brauchen dringend einen Durchsuchungsbeschluss für das Haus, in dem Ellen von Holthusen wohnt.«

Arne grinste müde. »Dann weiß der Staatsanwalt, der Bereitschaftsdienst hat, wenigstens, warum er sich diese Nacht im Büro um die Ohren schlägt.«

Kuno suchte die Telefonnummer der Besitzerin des Ferienhauses aus dem Telefonbuch heraus. Er informierte sie darüber, dass Arne und er innerhalb der nächsten Stunde die richterliche Erlaubnis für die Durchsuchung des Hauses erwarteten und dringend Zutritt zu den Räumen brauchten.

Auf dem Weg zur Wache, auf der der Durchsuchungsbeschluss per Fax eintreffen sollte, gingen sie bei der Dame vorbei und holten den Hausschlüssel ab.

»Ich habe mir gleich gedacht, dass mit der Frau was nicht stimmt«, raunte die alte Amrumerin dem Hauptkommissar ins Ohr. »Hat sie was verbrochen?«

»Wir bringen Ihnen den Schlüssel wieder zurück, sobald wir ihn nicht mehr brauchen«, sagte Kuno trotz der aufkommenden Müdigkeit so freundlich, wie es sich gehörte. »Vielen Dank für ihre Unterstützung.«

Auf der Wache empfing der diensthabende Polizist die Ermittler mit einem aufgeschlagenen Kreuzworträtselheft in der Hand. »Nix los heute«, grummelte er.

»Das sehen wir anders«, erwiderte Arne trocken.

Um sich gegenseitig wachzuhalten, kramten Kuno und Arne in Erinnerungen an ihren ersten gemeinsamen Fall. Endlich sprang das Faxgerät an, und sie konnten mit dem Beschluss in der Hand zu dem Haus gehen, das die Kollegin des Inselreporters gemietet hatte.

Um sich zu vergewissern, ob wirklich niemand im Haus war, drückte Arne mehrmals auf die Klingel, doch niemand öffnete die Tür.

Die Ermittler zogen sich Latexhandschuhe über.

Vorsichtig, als befürchtete er immer noch, eine schlafende Bewohnerin wecken zu können, schloss Kuno auf und schaltete das Licht ein. »Frau von Holthusen?«, rief er. Flüchtig inspizierten sie die Räume im Erdgeschoss, dann gingen sie in das obere Stockwerk.

Im Schlafzimmer öffneten sie die Kleiderschränke. Sie waren mit Kleidung bestückt. Im Bad standen die Kosmetikartikel der Journalistin. Modeschmuck lag in einer Schale auf der Fensterbank.

»Abgereist ist sie jedenfalls nicht«, stellte Arne fest.

Sie stiegen die Treppe wieder hinab. In der Küche stand benutztes Geschirr auf dem Tisch, der Kühlschrank war mit Lebensmitteln und Getränken gefüllt. Im Wohnzimmer, auf dem Couchtisch vor dem Kamin, lagen Zeitschriften, ein Buch und eine Kladde.

Neugierig nahm Kuno das Notizbuch zur Hand und schlug es auf. Er stöberte darin herum.

Arne stellte sich neben ihn. »Was ist das?«

»Ein Tagebuch«, sagte Kuno tonlos. »Das Tagebuch von Annabelle Ahlfeldt, so steht es vorne drin.«

»Das nehmen wir mit«, antwortete Arne, der plötzlich hellwach klang.

Kuno nickte. »Das ist unsere Pflichtlektüre.« Er ging zu einem Regal, das neben einem der Fenster stand. Ein Fernglas lag darauf.

Arne stand am Couchtisch. »Komm mal her«, sagte er. »Guck dir an, was ich gefunden hab.« Mit zwei Fingern nahm er ein Blatt Papier auf und hielt es Kuno hin.

*Frau von Holthusen,*
*Sie beobachten uns. Ich weiß, warum.*
*Kommen Sie heute Abend ins Dünenhaus. 20 Uhr.*
*Die Tür wird offen sein. Gehen Sie einfach hinein.*
*Seien Sie pünktlich.*
*Ich werde Ihnen erzählen, wie und warum Annabelle zu Tode kam. Und ich werde Ihnen ein Angebot machen, das Sie nicht ausschlagen können.*

Kuno ließ das Schreiben sinken. »20 Uhr im Dünenhaus. Dann ist Ellen von Holthusen ...« Er mochte den Satz nicht zu Ende denken.

»Der Brief ist nicht unterzeichnet«, sagte Arne. »Aber sie konnte sich vermutlich denken, wer ihn geschrieben hat. Was meinst du, wer es war?«

Kuno zeigte auf die Kladde. »Das werden wir vermutlich erfahren, wenn wir das Tagebuch der Tochter lesen.«

Er blickte auf den Kamin, der offenbar kürzlich noch benutzt worden war. Seine grauen Zellen schlugen Purzelbäume, und einzelne Bruchstücke begannen, sich zu einer Geschichte zusammenzusetzen.

Was hatte den Brand im Dünenhaus ausgelöst?

Arne erwies sich als Gedankenleser. »War wirklich der Blitz die Brandursache, oder war ein Brandstifter am Werk?«

»Ich wage es, noch eine viel bösere Frage zu stellen«, sagte Kuno. »Ich frage mich: Ist Ellen von Holthusen die Tote, oder hat sie den Brand gelegt?«

# 22

Stunden verbrachten Kuno und Arne am nächsten Tag damit, das Tagebuch von Annabelle Ahlfeldt zu lesen. Schulter an Schulter saßen sie am Schreibtisch des Hauptkommissars, die Köpfe über die Kladde gebeugt.

»Eine schöne Schrift hatte sie, das muss man wirklich sagen«, meinte Arne, als Kuno wieder eine Seite umblätterte.

»Zum Glück ist das so. Stell dir vor, wir müssten außer der Person, die sich hinter dem Boss verbirgt, auch noch die Hieroglyphen enträtseln.«

»Warum sie den wohl immer nur beim Spitznamen genannt hat?«

Kuno sah seinen Kollegen von der Seite an. »Weil sie nicht damit gerechnet hat«, erwiderte er bissig, »dass unsereins ihre Aufzeichnungen würde lesen müssen.«

Arne seufzte. »Leider nicht. Sonst hätte sie die Korruptionsgeschichten, die sie entdeckt hat, bestimmt ein bisschen ausführlicher beschrieben. Darüber würden sich die Kollegen vom Wirtschaftsdezernat in Hamburg freuen.«

Kuno beugte sich wieder über das Tagebuch. Bald hatten sie es geschafft, sie waren bei den letzten Seiten angekommen. Das Wichtigste hatten sie wohl bereits erfahren. Schweigend lasen sie den Rest, dann klappte Kuno das Buch zu.

»Was schließen wir aus dem, was hier steht?«, fragte er. Er rollte mit seinem Bürostuhl ein Stück von Arne weg, stellte einen Fuß auf den Papierkorb und stützte einen Arm auf das Bein. »Annabelle Ahlfeldt hat sich offenbar in Ulf Janssen verliebt.«

Arne schüttelte den Kopf. »Hat sie dermaßen an Geschmacksverirrung gelitten?«

Kuno sah ihn tadelnd an. »Das Mädchen ist tot. Sie hat es nicht verdient, dass wir so über sie reden.«

Erneut schlug er das Tagebuch auf, doch ein Anruf hinderte ihn daran, sich wieder darin zu vertiefen. »Die Feuerwehr«, sagte er beim Anblick der Nummer.

Er nahm den Hörer ab und meldete sich. »Einen Augenblick noch, Kollege«, sagte er und wandte sich Arne zu, der ihm gerade ein Zeichen machte.

»Laut den Berichten im Internet«, sagte Arne leise, »hat Frau von Holthusen vergeblich versucht, Ulf Janssen anzuzeigen. Ich ruf mal bei den Hamburger Kollegen an und erkundige mich, ob die was über ein Verhältnis zwischen Janssen und Annabelle wissen.«

Kuno nickte ihm zu. »Da bin ich wieder«, sagte er zu dem Feuerwehrmann. »Wir sind schon gespannt, was ihr zu berichten habt.«

»Wir haben leider schlechte Nachrichten«, begann der Mann. »Ich fang mal mit der überraschendsten an. Das Haus wurde nicht vom Blitz getroffen. Die Ursache des Brandes ist ein Molotowcocktail. Der Brandsatz wurde durch ein eingeschlagenes Fenster auf der Rückseite des Gebäudes in einen größeren Raum geworfen.«

»Brandstiftung also.« Damit hatte eine von Kunos schlechten Vorahnungen, und zwar die harmloseste von allen, sich als Tatsache erwiesen.

»Jetzt kommt die übelste Nachricht.« Die Stimme des Mannes am anderen Ende der Leitung signalisierte, dass das befürchtete Grauen eingetreten war. »Eine Person ist bei dem Brand ums Leben gekommen.«

»Mann oder Frau?«, fragte Kuno spontan.

»Eine Frau, das können wir schon sagen. Zur Identifizierung wird eine DNA-Analyse erforderlich sein. Sind bei euch vermisste Personen gemeldet, deren DNA mit der der Leiche abgeglichen werden kann?«

Ellen von Holthusen ... Kuno schluckte. »Eine Frau ist mir bekannt.«

»Jemand von der Insel?«, fragte der Feuerwehrmann mit belegter Stimme.

Kuno hielt sich an seinen Grundsatz, keine Informationen zu verbreiten, wenn sie nur vage Vermutungen waren. »Bevor ich mich genauer dazu äußere, müssen mein Kollege und ich noch was klären«, erwiderte er. »Wir schließen uns dann noch mal mit euch zusammen. Wann übergebt ihr die Leiche der Rechtsmedizin?«

»Ist bereits geschehen, vor einer halben Stunde«, antwortete der Mann. »Wir haben noch einen Hinweis, der für euch wichtig sein könnte.«

»Und der lautet?«

»In der Haustür steckte ein Schlüssel. Durch die Hitze ist er zum großen Teil geschmolzen. Trotzdem konnten meine Leute feststellen, dass sich in der Schlüsselreide drei Bohrlöcher befanden.

Kuno zog die Stirn in Falten. »Wie muss ich mir das vorstellen? Der Schlüssel hat doch sicher eins der üblichen Löcher, durch die man einen Schlüsselring ziehen kann, um einen Anhänger daran zu befestigen?«

»Das hat er. Links davon hat jemand ein kleines Loch gebohrt, rechts davon zwei Löcher. Wozu das gut sein soll, weiß der Teufel.«

»Oder der, dem das Haus gehört.«

»Wenn der die Löcher gebohrt hat, wird er euch sagen können, warum.«

»Wir werden ihn fragen.« Kuno winkte Arne herein, der sein Telefonat im Nebenraum geführt hatte. »Habt ihr sonst noch was gefunden«, fragte er den Feuerwehrmann, »was für unsere Ermittlungen wichtig wäre?«

»Bisher nicht. Wir melden uns auf jeden Fall noch mal, spätestens wenn wir hier fertig sind.«

»Okay. Vielen Dank.« Kuno legte auf und wandte sich Arne zu. »Na, was erreicht?«

»Nee, noch nicht. Ich hab mich bis zu der Dienststelle durchgefragt, bei der Ellen von Holthusen die Anzeige erstattet hat. Aber die Kollegen, die was dazu sagen können, sind gerade in einem Einsatz. Sie werden zurückrufen, wenn sie wieder auf der Wache sind.«

»Gut, dann machen wir jetzt noch mal einen Abstecher zu Erk Söderboom.« Kuno griff zum Telefonhörer und informierte den Immobilienbesitzer und Gallowayzüchter über den anstehenden Besuch.

Auf dem Weg nach Norddorf berichtete Kuno seinem Kollegen, was er von der Feuerwehr erfahren hatte. »Ich bin gespannt, wie der Söderboom uns die Löcher im Schlüsselkopf erklärt.«

Erk pfiff seine Hunde zurück, als die Ermittler mit dem Dienstwagen auf sein Grundstück fuhren.

»Die sehen aber nicht sonderlich vertrauenerweckend aus«, meinte Arne.

»Dann haben sie ihren Sinn erfüllt«, sagte Kuno lachend. »Erk ist nicht einer der Ärmsten auf der Insel. Zwei Pekinesen mit rosa Schleifchen im Haar hätten nicht dieselbe Wirkung wie diese beiden Exemplare.«

»Ich dachte, bei euch sind Einbruch und Diebstahl verboten«, frotzelte Arne, dessen Miene in diesem Augenblick nicht sonderlich mutig wirkte.

»Sind sie auch, es hält sich nur nicht jeder dran. Und jetzt steig aus, du Feigling. Meinst du, ich merke dir nicht an, dass du unser Gespräch im Wagen am liebsten noch so lange rauszögern würdest, bis die Hunde ihr Nachmittagsschläfchen halten?«

Arne holte tief Luft, dann öffnete er die Beifahrertür.

Die Hunde streckten ihre Hälse nach ihm aus, doch Erk sprach beruhigend auf die Tiere ein. Als sie Kunos und Arnes Hände beschnüffelt hatten, verzogen sie sich in eine andere Ecke des Grundstücks.

»Eingangstest bestanden«, sagte Erk. »Kommt rein. Habt ihr auch schon mit der Feuerwehr gesprochen?«

Kuno nickte. »Du bist also informiert?«

»Ja. Schlimm, was da passiert ist. Der Versicherung hab ich den Brand schon gemeldet. Aber das mit der Leiche, das ist ein neuer Fall für euch.«

»Ein neuer Fall oder die Fortsetzung des vorherigen«, entgegnete Kuno. Er sprach Erk auf den Schlüssel an, den die Feuerwehr gefunden hatte.

»Drei Bohrlöcher, sagst du? Dann ist das der Schlüssel, den ich Hanna ausgehändigt habe. Moment, ich zeig euch was.«

Erk stand auf und verließ das Zimmer. Kurz darauf kehrte er mit einer Liste in der Hand zurück und setzte sich wieder zu den Ermittlern. »Guckt hier, das ist die Liste der Schlüssel, die ich zu dem Profilzylinder habe anfertigen lassen.«

Er legte ihnen das Blatt vor. Die Ermittler studierten die Einträge.

»Drei Originalschlüssel hast du, wenn ich das richtig verstehe«, sagte Kuno. »Und sechs zusätzliche Schlüssel hast du für deine Mieter anfertigen lassen.«

»Genau. Das heißt, ich habe nur noch zwei Originalschlüssel. Den dritten dürfte Ulf Janssen haben. Fragt ihn ruhig mal danach. Würde mich interessieren, wie er sich dann rausredet.«

Kuno schmunzelte und tippte mit dem Finger auf die Auflistung der weiteren Schlüssel, die mit Ziffern versehen war. »Erklär uns bitte mal, was das hier bedeutet.«

»Ganz einfach«, sagte Erk. »Damit ich die Schlüssel immer eindeutig einem Mieter zuordnen kann, habe ich kleine Löcher reingebohrt. Okko hat den Schlüssel mit einem Bohrloch, Bubendey hat den mit zwei Löchern. Hannas Schlüssel hatte drei.«

»Wozu der Zauber?«, fragte Arne.

»Damit es nie Verwechslungen gibt. Bei Verlust ihres Schlüssels sind meine Mieter verpflichtet, ein neues Schloss mit den zusätzlichen Schlüsseln zu bezahlen. Da lassen die sich gerne schon mal Tricks einfallen. Anhand der Bohrlöcher kann ich immer nachvollziehen, wer noch im Besitz des ausgehändigten Schlüssels ist.«

Kuno überprüfte die Liste, die vor ihm lag. Tatsächlich hatte Hanna Lindegard den Erhalt des Exemplars mit drei Bohrlöchern quittiert.

Kuno blickte Arne an. Ob sein Kollege denselben Gedanken hegte wie er? Bei der Leiche von Hanna Lindegard war kein Schlüssel gefunden worden. Doch das Dünenhaus war abgeschlossen, als Okko die Tote entdeckte. Der Mörder musste Hannas Schlüssel mitgenommen haben. Dass genau das Exemplar jetzt wieder benutzt worden war, deutete darauf hin, dass Hannas Mörder auch das Dünenhaus in Brand gesteckt hatte.

»Danke, Erk«, sagte Kuno. Er zeigte auf die Liste. »Kannst du uns davon eine Kopie machen?«

»Na klar.« Erk ging mit dem Papier in einen anderen Raum, in dem ein Kopierer stand.

Während das Gerät summte, flüsterte Kuno seinem Kollegen zu: »Auf dem Rückweg zur Polizeistation fahren wir bei den Janssens vorbei.«

»Lassen die Hunde uns ohne Leibesvisite raus?«, fragte Arne beim Abschied von Erk Söderboom.

Erk grinste. »Solange ich nicht rufe: ›Fass‹, benehmen die sich ganz manierlich, wenn jemand mein Haus verlassen will.«

Trotzdem lugte Arne immer mit einem Auge über die Schulter, bis er im Auto saß.

Kuno schnaubte vor Lachen. »Ich weiß, dass du wendiger bist als ich. Aber so schnell habe ich dich noch nie in den Wagen schlüpfen sehen.«

»Die Janssens haben zum Glück keine Hunde«, sagte Arne kleinlaut, als sie auf das Haus der Unternehmerfamilie zufuhren. »Aber Ulf Janssen ist mir noch unsympathischer als zwei geifernde Dobermänner.«

Kuno klopfte ihm väterlich auf den Schenkel. »Ich bin doch immer an deiner Seite.«

Auf ihr Klingeln hin ließ Ulf Janssen sich Zeit, die Tür zu öffnen. Er schien nicht sonderlich gewillt, die Kommissare hereinzulassen.

»Ich weiß, wir stören Sie wieder in einem kreativen Prozess«, sagte Kuno. »Aber wenn Sie uns schnell antworten, sind wir auch schnell wieder weg.«

»Wie darf ich das verstehen?« Janssen gucke ihn betont begriffsstutzig an.

»Dürfen wir kurz zu Ihnen hinein«, fragte Arne, »oder möchten Sie lieber eine Vorladung auf die Polizeiwache? Für uns ist beides okay.«

Der Spruch des Kommissars wirkte wie ein automatischer Türöffner.

»Würden Sie bitte auch den Rest Ihrer Familie dazu rufen?«, sagte Kuno, als sie das Wohnzimmer betraten.

Ulf verzog keine Miene. Er ging in den Flur zurück. »Kathi, Nils, kommt ihr bitte mal runter?«

»Ihre Frau bitte auch«, sagte Arne höflich.

Ulf Janssen rieb sich verlegen die Hände. »Meine Frau ist – im Moment nicht da.«

»Wo ist sie?«, fragte Kuno routinehalber.

Janssen stutzte. »Weg. Sie ist irgendwohin gegangen.«

Kuno wurde unruhig. »Wo liegt *irgendwo*?«

Der Hausherr zuckte unwillig mit dem Kopf. »Ich weiß nicht, wo sie sich aufhält. Sie ist weg.«

Die Ermittler tauschten vielsagende Blicke aus.

»Seit wann?«, fragte Arne.

»Seit gestern Abend.«

Vergeblich wartete Kuno auf weitere Erklärungen.

Was hatte das zu bedeuten – *seit gestern Abend*? War Erika Janssen ins Dünenhaus gegangen? Hatte sie das Haus in Brand gesteckt? Oder war sie das Opfer?«

»Herr Janssen«, sagte Kuno, während Nils und Kathi Janssen den Raum betraten. »Wissen Sie, dass es gestern Abend auf der Insel einen Brand gegeben hat?«

»Das hat sich herumgesprochen, ja.« Janssen leckte sich über die spröden Lippen. Er sah unsicher von einem Ermittler zum anderen.

»Ist Ihnen bekannt, dass ein Mensch dabei ums Leben kam?«

Kathi schrie vor Schreck auf. Ulf Janssen dagegen guckte die Kommissare an, als stünde er auf der anderen Seite einer durchsichtigen Wand und hörte sie nicht.

»Haben Sie vernommen, was wir gesagt haben?«, fragte Arne ihn.

Janssen stand wie versteinert da. Welche Schlüsse sollten sie daraus ziehen?

Kuno wechselte das Thema. »An dem Abend, als Hanna Lindegard starb«, sagte er und sah alle drei Janssens an, »wo waren Sie da?«

»Hier«, sagten Kathi und Nils wie aus einem Mund.

»Ich kann das bezeugen«, erwiderte Ulf. »Ich war auch im Haus, und meine Frau ebenfalls.«

Angewidert sah Kuno ihn an. »Erk Söderboom hat allerdings ausgesagt, Sie, Herr Janssen, und Ihre Tochter seien zum Dünenhaus gegangen, weil Sie Hanna nicht mit ihm allein dort wissen wollten.«

»Wie?« Ulf Janssen verzog das Gesicht. »Ach, das war doch nur so dahergesagt. Es war lediglich, um ... Ehrlich gesagt, ich wollte einfach nur Druck auf Erk machen, damit er zugibt, dass er ...« Janssen wusste nicht weiter.

»Seien Sie vorsichtig, was Sie sagen«, ermahnte Kuno ihn. »Ich glaube, Sie verheddern sich gerade.«

»Wir waren jedenfalls am Samstagabend alle hier.«

»Gibt es außerhalb der Familie Zeugen dafür?«, fragte der Hauptkommissar.

Die Janssens sahen sich ratlos an. Also gab es keinen einzigen glaubwürdigen Zeugen, kein Alibi.

»Gestern Abend, während des Unwetters, wo waren Sie da?«

»Hier natürlich.« Wieder sprachen Nils und Kathi gleichzeitig, und Ulf Janssen nickte zur Bestätigung.

»Aber Ihre Frau, Herr Janssen«, sagte Kuno, »die war zu der Zeit nicht hier?«

Janssen schüttelte den Kopf. »Sie war nicht im Haus.«

»Wo war sie?«, fragte Arne mit eindringlicher Stimme.

Ulf Janssen zuckte mit den Schultern. Kathi stand das Wasser in den Augen, und Nils vermied jeglichen Blickkontakt mit den Ermittlern.

»Herr Janssen«, sagte Kuno, »es heißt, Sie hätten einen Schlüssel zum Dünenhaus. Nämlich den, den Erk Söderboom am Samstagabend verloren hat, als er sich etwas überstürzt von dem Gebäude entfernt hat.«

Janssen zog spöttisch die Augenbrauen hoch. »So, heißt es das? Dann sagen Sie mir doch bitte, was ich mit so einem Schlüssel soll. Nachts ins Dünenhaus eindringen und das Material klauen, das meine Tochter da eingeschlossen hat?«

Kunos Blicke fixierten Ulf Janssen. »Wir befürchten leider, Ihre Frau könnte bei dem Brand ums Leben gekommen sein. Wir müssen Sie bitten, uns DNA Ihrer Frau zur Verfügung zu stellen, damit die Rechtsmedizin einen Abgleich durchführen kann.«

Kathi fing an zu schluchzen. Nils und Ulf Janssen versuchten, sich nicht anmerken zu lassen, was in ihnen vorging.

»Hol Muttis Bürste«, befahl der Vater seinem Sohn.

Nils ging nach oben und kam mit der Haarbürste seiner Mutter in der Hand zurück.

Arne zog sich Handschuhe über und nahm sie entgegen. Zurück am Wagen verstaute er sie in einer Asservatentüte. »Eigentlich wollte Inka heute Nachmittag zurück nach Sylt. Ich ruf sie gleich an, damit sie mit dem mobilen Labor erst gar nicht auf die Fähre fährt.«

»Mach das«, sagte Kuno, als sie ins Auto stiegen. »Sie wird sich freuen, dass sie noch ein paar Tage mit dir auf Amrum verbringen kann. Die Bürste wird nicht das letzte Stück sein, das sie in diesen Mordfällen wird untersuchen müssen.«

Während Kuno auf die Wache zufuhr, erhielt Arne den erwarteten Rückruf des Kollegen aus Hamburg, der mit Ellen von Holthusen nach dem Tod ihrer Tochter zu tun gehabt hatte. Er stellte den Lautsprecher an.

»Ellen von Holthusen«, berichtete der Polizist, »hatte Ulf Janssen im Verdacht, ihre Tochter in den Tod getrieben zu haben. Der Staatsanwalt sah aber keinen hinreichenden Grund, Anklage zu erheben. Die Zeugen des Unfalls konnten nicht bestätigen, dass Annabelle vor jemandem davongelaufen wäre. Als Frau von Holthusen von der Entscheidung erfahren hat, ist sie extra noch mal zu uns nach Hamburg gekommen. Sie hat vor meinem Kollegen und mir geschworen, wenn die Justiz nicht dafür sorge, dass der Täter bestraft wird, würde sie das übernehmen. Sie würde nicht eher ruhen, als bis der Tod ihrer Tochter gesühnt wäre.«

Arne bedankte sich für die Auskunft. Sein Magen grummelte nervös. Er holte einen Kaugummi aus dem Handschuhfach und wickelte ihn aus. »Wenn das keine eindeutige Aussage war.«

# 23

Zurück auf der Polizeiwache ließ Kuno sich auf seinen Stuhl fallen und beugte sich zu Arne vor. »Ich hätte zwei Versionen zu bieten, wie es zum Brand im Dünenhaus gekommen sein könnte.«

»Ich auch.« Arne warf den Kaugummi weg, fischte ein Käsebrötchen aus seinem Rucksack und biss hinein.

»Nummer eins lautet«, begann Kuno, »Ellen von Holthusen hat sich an Erika Janssen dafür gerächt, dass der Boss der Familie ihre Tochter in den Tod getrieben hat. Anschließend ist sie geflohen.«

»Und Nummer zwei«, setzte Arne fort, »klingt so: Ellen von Holthusen hat die Janssens bis nach Amrum verfolgt. Das wurde der Familie zu viel. Sie haben die anhängliche Frau in eine Falle gelockt. Erika Janssen hat den Brand gelegt, dann hat sie das Weite gesucht.«

»Dann müsste eine der beiden Frauen auch Hanna Lindegard umgebracht haben. Entweder hat Erika Janssen sie aus dem Weg geräumt, weil Hanna zu viel über die Familie wusste, oder Ellen von Holthusen wollte sich an Kathi Janssen rächen und hat Hanna tragischerweise mit ihr verwechselt.«

Arne nickte. »Das passt.«

Kuno trommelte mit den Fäusten gegen die Tischkante. »Wir brauchen DNA von Ellen von Holthusen. Gehst du noch mal ins Haus?«

»Mach ich. Aber erst rufe ich Inka an.« In dem Augenblick, als er zum Handy griff, kam sie ihm auf dem Festnetztelefon zuvor. »Hi, Inka«, sagte er, »wir haben noch was für dich und dein Labor. Kannst du nachher bei uns vorbeikommen?«

Inka erwiderte etwas. Arne hörte ihr gebannt zu. Kuno versuchte, in seinem Gesicht zu lesen.

»Stopp«, rief Arne aus. »Wir lassen Kuno mithören.« Er drückte auf die Lautsprechertaste.

»Moin, Inka«, rief Kuno dem Telefonapparat zu. »Ich lausche voller Spannung.«

»Ich mach's kurz. Ihr erinnert euch, auf der Haarspange, die bei der Leiche von Hanna Lindegard lag, haben wir die DNA von zwei Personen nachgewiesen. Eine davon ist logischerweise Hanna Lindegard selbst, die andere ist eindeutig Kathi Janssen.«

»Was auch logisch ist«, rief Arne ihr zu, »denn sie hat die Spange hergestellt.«

»Das behauptet sie zumindest«, warf Kuno ein.

»Auf der Visitenkarte, die unter dem Regal lag, haben wir keine DNA von Kathi Janssen identifizieren können. Was das Messer betrifft, so hat der Täter sich Mühe gegeben, es von DNA-Spuren zu befreien. Wir konnten aber Blutpartikel von Hanna Lindegard aus dem Holzgriff isolieren und dieses Messer damit als Mordwaffe identifizieren.«

Arne reagierte enttäuscht. »Schöner wäre natürlich, der Täter hätte seine biologische Visitenkarte darauf hinterlassen.«

»Warte ab«, beruhigte Inka ihn. »Jetzt kommt nämlich das Wichtigste. Die Tüte, in der das Messer steckte, war statisch geladen. Und im Inneren der Tüte hafteten winzige Fasern des Materials, das im oberen Stock des Dünenhauses in den Schränken lag.«

Kuno beugte sich noch weiter über den Schreibtisch, um dem Telefon näher zu kommen. »Die Schränke waren verschlossen, wenn ich mich recht erinnere.«

»Ja, wir haben sie mit unserem Werkzeug geöffnet.«

»Dann muss«, folgerte Kuno, »der Mörder von Hanna Lindegard im Besitz eines Schlüssels zu den Materialschränken gewesen sein.«

»So sehe ich das auch«, bestätigte Inka.

Arne lehnte sich zurück und zog die Stirn in Falten. »Dann heißt der Mörder Kathi Janssen.«

»Oder Nils Janssen«, entgegnete Kuno. »Er kann den Schlüssel von Kathi bekommen haben. Und genauso kommt der Vater infrage. Oder die Mutter.«

Inka war mit ihrem Vortrag noch nicht fertig. »Ihr erinnert euch an den Schuhabdruck, den wir in der Blutlache gefunden haben.«

»Ja«, sagten beide Ermittler gleichzeitig.

»Jetzt braucht ihr nicht mehr das Schuhwerk der ganzen Insel einzukassieren«, fuhr sie mit ihrer unerschütterlich guten Laune fort. »Ihr könnt gezielt die Schuhe der Familie Janssen beschlagnahmen.«

Während Inka redete, hatte Arne feurig rote Wangen bekommen. »Ich kümmere mich sofort um den Durchsuchungsbeschluss«, sagte er aufgeregt und verabschiedete sich von Inka.

Voller Elan zeigte Kuno mit dem Finger auf Arne. »Beantrage bitte auch gleich, dass wir die DNA-Probe von Kathi Janssen für die bisherigen Erkenntnisse und für weitere Untersuchungen offiziell nutzen und dass wir DNA von Ulf und Nils Janssen einfordern dürfen.«

Arne rief sofort den Staatsanwalt an und machte den Durchsuchungsbeschluss brandeilig.

Als er die administrativen Dinge auf den Weg gebracht hatte, grinste er Kuno an. »Verrätst du mir, was unter deiner Schädeldecke rumort?«

Kuno lehnte sich zurück und blickte zur Zimmerdecke, als hätte jemand einen Spickzettel für ihn dort oben angebracht. »All meine kleinen grauen Zellen kreiseln zurzeit um eine einzige Frage: Welches Motiv kann die Familie Janssen gehabt haben, Hanna umzubringen?«

Arne malte Kringel auf seinen Block. »Sie könnten sich am Samstag, als Hanna bei ihnen war, zerstritten haben. Daraufhin wollte Hanna die Zusammenarbeit mit Kathi beenden. Den Mietvertrag mit Erk Söderboom hatte sie allein unterschrieben. Sie hatte also freie Hand. Könnte sein, sie ist deutlich vor dem Termin, den sie mit Erk hatte, ins Dünenhaus gefahren, um Kathis Sachen aus den Schränken auszusortieren.«

»Das wäre denkbar. Ein Mitglied der Familie, das den Schlüssel für die Materialschränke hatte, ist Hanna gefolgt. Dann ist der Streit eskaliert, das Messer lag griffbereit da und landete in Hannas Herz.«

Arne zerstrubbelte sich die Haare. »Aber wie kann man nach solch einer Tat so klar sein, dem Opfer den Schlüssel abzunehmen und die Tür abzuschließen?«

Kuno versuchte, sich in die Situation hineinzuversetzen. »In solchen Momenten machen die Menschen die verrücktesten Sachen und können hinterher selbst nicht erklären, was dabei in ihnen vorgegangen ist.«

»Eine Portion klarer Verstand muss dabei schon im Spiel gewesen sein«, sagte Arne. »Denk mal an die Tüte, in der das Messer steckte. Der Täter muss ganz gezielt nach oben gegangen sein, den Schrank aufgeschlossen, eine Tüte geleert und das Messer reingesteckt haben.«

»Stimmt«, sagte Kuno, »dazu gehört Coolness. Ob eine Frau zu so etwas fähig wäre? Da würde ich doch eher auf Ulf Janssen tippen.«

»Der war's«, sagte Arne mit einer gewissen Befriedigung im Blick. »Ich wette, der war's. – Oh, das Fax!«

Ohne Arnes Hinweis hätte Kuno das Klingeln des Faxgerätes vermutlich überhört. Er war völlig überreizt. Jedes Geräusch war eins zu viel. Sein Hirn filterte zurzeit einfach alles weg, was störte.

Arne nahm den Durchsuchungsbeschluss aus dem Gerät. »Jetzt trommeln wir alle uniformierten Kollegen zusammen, die wir erreichen können, und dann laden wir uns bei Ulf Janssen zum Ostereiersuchen ein.«

»Na, der wird begeistert sein«, sagte Kuno. »Hoffentlich finden wir bei ihm nicht noch eine Leiche im Keller.«

Gemeinsam mobilisierten Kuno und Arne ihre uniformierten Kollegen, auch die, die heute frei hatten. Sie trafen sich auf dem Gelände der Wache und fuhren mit zwei Wagen bei Ulf Janssen vor.

Der empfing die Beamten mit einem Gesicht, mit dem er der Star in der Schwerverbrecherkartei der Polizei von Schleswig-Holstein hätte werden können. »Ohne meinen Anwalt geht heute nichts mehr«, rief er den Ermittlern zu.

Kuno zeigte ihm den Durchsuchungsbeschluss. »Das erzählen Sie mal dem Richter, der diesen Wisch unterzeichnet hat.«

Ulf Janssen wich zurück. Die Beamten betraten das Haus.

Arne legte Janssen gespielt fürsorglich eine Hand auf den Arm. »Wenn Sie mögen, dürfen Sie gerne zugucken, wie wir Ihr Haus Quadratzentimeter für Quadratzentimeter umgraben«, sagte er sanft. »Wenn Ihnen das aber zu sehr wehtut ... Wir hätten eine Kneipe in Süddorf, den *Seeräuber*, da ist es richtig gemütlich. Mit Chance treffen Sie auch unseren Inselreporter am Tresen an, den Friedrich Fliegenfischer. Der ist für Storys, wie Sie sie zu erzählen haben, immer aufgeschlossen.«

Janssen schlug Arnes Hand weg. Er und Nils folgten den Beamten von Raum zu Raum. Kathi dagegen verschwand nach dem ersten Schock von der Bildfläche. Sie fanden sie später im Schlafzimmer der Eltern, wo sie auf der Bettkante hockte und heulte wie ein Seehund-Junges, das seine Mutter verloren hatte.

Nur mit Mühe waren Ulf Janssen und sein Sohn davon zu überzeugen, dass sie nicht daran vorbeikamen, DNA-Proben abzugeben.

So verließen die Beamten das Haus mit reichhaltiger Beute: Sie hatten einen Sack voller Schuhe dabei, jeden einzelnen in eine Asservatentüte verpackt. Und unter der Matratze von Kathi Janssen hatten sie ein Handy gefunden. Sie behauptete, nicht zu wissen, wem es gehörte und wie es dahingekommen war.

Der Fund gab Arne Anlass, Inka noch einmal anzurufen, damit sie einen IT-Experten herbeorderte, der das Smartphone knackte, das natürlich ausgeschaltet war. Vermutlich war sogar der Akku leer. Doch das Beschaffen eines Kabels zum Aufladen würde das geringste Problem sein, das die Ermittler mit diesem Beutestück haben würden.

Zum Abschied erteilte Kuno der Familie Janssen die Auflage, Amrum vorerst nicht zu verlassen und sich täglich bei ihnen auf der Wache zu melden.

»Das hier«, sagte Arne, der vor Ulf Janssen stehen geblieben war und ihm mit seinen behandschuhten Händen einen Schlüssel vor die Augen hielt, »das hier dürfte der Originalschlüssel sein, den Erk Söderboom verloren hat. Jetzt frage ich mich, wie Sie daran gekommen sind. Was haben Sie bloß am Samstagabend am Dünenhaus gemacht? Wollten Sie wirklich Hanna beschützen?«

Er ließ den Schlüssel in einer Asservatentüte verschwinden und folgte Kuno und den anderen Kollegen zu den beiden Wagen.

»Das wird mein Anwalt Ihnen erklären«, rief Janssen ihm mit reichlich Verzögerung hinterher.

Arne drehte sich kurz um.

Kuno behielt ihn dabei im Auge. In letzter Sekunde griff er nach Arnes Hand. Fast hätte sein Kollege eine unanständige Geste gemacht. »Nicht ärgern«, raunte er Arne zu, »das ist er nicht wert.«

Arne wich seinem Blick aus. »Lass uns noch ins Haus von Ellen von Holthusen gehen«, sagte er, als wäre nichts gewesen, »und eine DNA-Probe holen.«

# 24

Die Hausdurchsuchung am Dienstagabend zog sich so lange hin, dass die Nacht für Kuno Knudsen und Arne Zander zu dem Zeitpunkt, als sie endlich zu Bett gehen konnten, schon fast wieder zu Ende war.

»Ich überlege«, sagte Kuno zu seinem Kollegen, der ihn am nächsten Morgen mit übernächtigtem Gesicht vor dem Gartenzaun seines Hauses empfing, »ob wir Ellen von Holthusen und Erika Janssen zur Fahndung ausschreiben sollen. Bis wir den Abgleich ihrer DNA-Analysen mit der DNA der Toten vom Dünenhaus erhalten, kann jede der beiden längst über alle Berge sein.«

»Sofern sie noch lebt«, erwiderte Arne. »Warte mal heute noch ab. Wie ich Sören Beers kenne, setzt er alles daran, uns das Ergebnis blitzschnell zu präsentieren.«

Kuno war nur halb überzeugt. »Trotzdem – ich rufe Ulf Janssen an. Wir brauchen eine Personenbeschreibung seiner Frau. Und Friedrich muss uns ein paar Informationen zum Aussehen seiner Kollegin geben.«

»Den Friedrich übernehme ich«, sagte Arne.

Müde schlichen die Ermittler sich in die Wache. Eine Möwe hatte sich auf dem Fenstersims vor ihrem Büro niedergelassen und pickte neugierig gegen die Scheibe.

Arne deutete mit dem Kopf zu ihr hinüber. »Ob die was gesehen hat, was für uns wichtig ist?«

»Und wenn schon«, grantelte Kuno. »Deren Sprache sprechen wir nicht.« Seine Laune war dem Nullpunkt so nah, dass nicht einmal ein Tee geholfen hätte.

Die Auskunftsfreude von Ulf Janssen hielt sich in Grenzen. Er beschrieb seine Frau so zögerlich, als erinnerte er sich nur noch schwach an sie.

Arne hatte mehr Glück. Obwohl er Friedrich mit seinem Anruf aus dem Schlaf riss, geriet der Reporter sofort ins Schwärmen. Erst nachdem er das aparte Gesicht und die langen Beine seiner Kollegin mit den schillernden Worten beschrieben hatte, fragte er den Kommissar, wozu er die Informationen benötigte.

»Ich erstelle ein Booklet für Hollywood«, antwortete Arne und wünschte Friedrich noch einen aufregenden Tag.

Sorgfältig stellten die Ermittler die Daten zusammen, um sie dem Staatsanwalt später vorlegen zu können.

Arne guckte auf die Uhr. »Ich denke, was wir hier machen, ist reine Beschäftigungstherapie. Für eine Personenfahndung ist es zu früh. Kein Richter wird zum jetzigen Zeitpunkt seine Zustimmung dazu erteilen.«

Arne hatte recht. Wutschnaubend warf Kuno seinen Kugelschreiber hin, drückte sich gegen die Rückenlehne und verschränkte die Arme. »Was machen wir solange? Däumchen drehen?«

»Teetrinken halte ich für die bessere Alternative.« Arne machte sich am Teebüfett zu schaffen und goss eine Kanne mit Kunos Lieblingssorte auf.

Kuno beobachtete ihn scharf. »Du machst das schon besser als ich. Aber jetzt klingelt dein Telefon.«

»Zwei Minuten muss er noch«, sagte Arne und eilte zu seinem Smartphone, das auf dem Schreibtisch lag.

An dem Strahlen, das über sein Gesicht huschte, erkannte Kuno, wer die Anruferin war, auch ohne dass sein Kollege bei der Begrüßung ihren Namen erwähnte.

Arne hörte zu, machte Notizen und sagte ab und zu »Aha, hmhm«.

Kunos Spannung stieg.

Nach dem Ende des Gesprächs stierte Arne lange schweigend vor sich hin.

»Dein Tee wird kalt«, sagte Kuno, als ihm der Geduldsfaden riss.

»Das Mobiltelefon, das wir bei Kathi Janssen konfisziert haben«, sagte Arne endlich, »ist geknackt. Sie haben den Akku aufgeladen und die PIN entschlüsselt. Wie wir schon vermutet hatten, ist es tatsächlich das Smartphone von Hanna Lindegard. Jetzt gucken sie sich die Inhalte an, die darauf gespeichert sind.«

Kuno fiel ein Stein vom Herzen. »Dann besteht also Hoffnung, dass wir anhand des Handys Rückschlüsse darüber erhalten, ob die Janssens ein Tatmotiv hatten.«

Er sah auf, denn im Vorraum wurden Stimmen laut. Ein Mann fragte nach Kuno Knudsen, dann sprach eine Frau mit den uniformierten Kollegen.

Auf einmal trat das Paar in Erscheinung.

»Ich bin Ellen von Holthusen«, sagte die Frau. »Und das hier ist mein Anwalt, Karl Steinbach.«

In Kuno keimte eine unerwartete Hoffnung auf. Er stand auf und ging auf die beiden zu. »Sie wollen ein Geständnis ablegen?«, fragte er Ellen.

»Nein«, antwortete Steinbach an ihrer Stelle. »Meine Mandantin will verhindern, dass Sie es fertigbringen, ungerechtfertigterweise eins von ihr zu erzwingen.«

»Ja, meinen Sie denn, wir leben in einer Bananenrepublik?«, rief Arne erbost aus.

»Pssst«, machte Kuno und ging zu seinem Schreibtisch zurück. Er bat einen uniformierten Kollegen, ihnen noch einen Stuhl in den Raum zu bringen.

Ellen von Holthusen und Rechtsanwalt Steinbach nahmen mit ernsten Gesichtern Platz.

»Bevor wir hierhergekommen sind, waren wir in meinem Amrumer Domizil«, sagte Ellen von Holthusen mit vorwurfsvollem Unterton. »Meine Vermieterin hat mir erzählt, dass Sie sich darin umgesehen haben.«

Kuno bestätigte das. »Es war Gefahr im Verzug«, sagte er, woraufhin der Anwalt die Nase rümpfte. »Wir haben einige Unterlagen mitgenommen.«

»Das Tagebuch meiner Tochter«, sagte die Journalistin. »Das bekomme ich aber wieder.«

Kuno ließ den Satz ohne Erwiderung stehen. »Wie Sie sich denken können«, fuhr er fort, »haben wir die Aufzeichnungen gelesen. Auch mit unseren Kollegen in Hamburg haben wir gesprochen.« Seine Mimik und Stimmlage ließen offen, was Arne und er aus dem, was sie erfahren hatten, folgerten.

Ellen von Holthusen blickte ihm fest in die Augen. »Dann kennen Sie die Hintergründe meines Aufenthalts auf Ihrer Insel«, sagte sie gefasst. Sie streckte den Arm aus und zeigte in die Richtung, in der das Haus der Janssens lag. »Der Stalker meiner Tochter sitzt da drüben. Er heißt Nils Janssen.«

»Nils Janssen?«, fragte Kuno. »Sind Sie sicher?«

Ellens Blicke wurden eiskalt. »Ich habe es aus dem Mund von Kathi Janssen erfahren. Sie hat ihren Bruder ›Boss‹ gerufen, als er im Garten war. Ich stand in der Nähe des Grundstücks, ich habe es selbst gehört.«

Also stimmte es, was Ulf Janssen ihnen erzählt hatte: Ellen von Holthusen versteckte sich hinter den Vogelbeersträuchern und bespitzelte seine Familie.

»Die Janssens«, sagte er vorsichtig mit Blick auf den Anwalt, »haben bemerkt, dass Sie sich ihnen des Öfteren genähert und ihre Gespräche belauscht haben.«

»Belauscht!« Steinbach schnaubte gekünstelt. »Meine Mandantin hat verständlicherweise herausfinden wollen, wer ihre Tochter auf dem Gewissen hat.«

Ellen berührte leicht seinen Arm. »Schon gut«, sagte sie und wandte sich wieder an die Ermittler. »Sie haben das Schreiben mitgenommen, das auf meinem Couchtisch lag.«

»Wir haben es ebenfalls zu unseren Akten genommen«, sagte Kuno. »Wissen Sie, wer es verfasst hat?«

Ellen verneinte. »Ich wusste nur, dass es einer der Janssens war. Ich hatte den Vater, den Sohn und die Tochter im Verdacht, einen der drei. Die Mutter hält sich aus allem raus. Soweit ich beurteilen kann, ist die Ehe längst nicht mehr das, was man gemeinhin darunter versteht. Bei meinen ...« Sie senkte verlegen den Blick. »... Beobachtungen habe ich sogar den Eindruck gewonnen, dass Erika Janssen mit ihrem Mann und selbst mit den Kindern nicht mehr viel zu tun hat und lieber ihr eigenes Leben lebt.«

Kuno machte sich eine Notiz dazu. »Gut«, fuhr er fort. »Wann haben Sie das Schreiben erhalten?« Er holte einen Ordner hervor, in dem eine Kopie abgeheftet war.

»Ich habe es am Montag in meinem Briefkasten entdeckt. Ich kam von einem Spaziergang, habe nach der Post gesehen und dieses Schreiben vorgefunden. Nur dieses Blatt, ohne Briefumschlag. Mir war sofort klar, wer es eingeworfen hatte.«

Arne sah sie skeptisch an. »Es war kein Absender angegeben, und Sie wussten trotzdem sofort, von wem es stammte?«

Ellen sah ihn abschätzig an. »Junger Mann«, sagte sie, »was verstehen Sie vom Leben?«

Steinbach räusperte sich unangenehm berührt. »Können wir diesen Satz bitte streichen?«, sagte er. Dabei sah er Kuno an, als fände er in ihm einen Verbündeten.

Kuno machte eine beschwichtigende Geste. »Wir haben ihn nicht gehört. Bitte, Frau von Holthusen, erzählen Sie weiter. Was haben Sie gemacht, nachdem Sie das Schreiben gelesen haben?«

»Ich habe mich aufs Sofa gesetzt und einen Cognac getrunken«, antwortete sie. »Dann hab ich überlegt, ob ich auf das Treffen eingehen soll. Mir war klar, was die wollten.«

»Nämlich?«, fragte Arne vorwitzig.

»Sie wollten mir Geld bieten. Um ihr schlechtes Gewissen mir gegenüber abzubezahlen und damit ich sie in Zukunft in Ruhe lasse.«

»Können Sie uns das näher erklären?«, fragte Kuno.

Ellen seufzte. Ihr Anwalt nickte ihr ermutigend zu. »Die Janssens«, erzählte sie stockend, »dürften schnell begriffen haben, warum ich nach Amrum gekommen bin. Sie haben sicher erkannt, dass ich ein spezielles Interesse an ihnen habe. Was macht man in solchen Fällen als wohlhabende Familie?« Sie hob die Augenbrauen und blickte die Ermittler schulmeisterlich an.

»Man bringt in Erfahrung, wie die neugierige Dame heißt«, sagte Arne, der in solchen Dingen versiert war, »und dann googelt man munter drauflos.«

»Die dürften sich ganz schön erschreckt haben.« Ellen lachte verbittert. »Wer uns nicht kennt, bringt meinen Nachnamen natürlich nicht mit Annabelle Ahlfeldt in Verbindung. Aber was die Janssens im Internet gefunden haben, dürfte sie bald beunruhigt haben.« Selbstsicher hob sie den Kopf. »Denn eins ist klar: Auch wenn der Staatsanwalt es nicht für erwiesen hält, dass Nils Janssen meine Tochter in den Tod getrieben hat – dieser junge Mann weiß genau, was er getan hat.«

Kuno erinnerte sich an Annabelles Hinweise auf die Korruption, die die Familie Janssen betrieb. »Soweit ich verstehe, haben Sie keine Beweise dafür, dass Nils Janssen Ihre Tochter auf dem Gewissen hat. Damit könnten Sie die Familie kaum in Bedrängnis bringen. Ihre Vermutungen, dass die Janssens Ihnen Geld bieten wollten, basieren also nicht nur auf dem, was Nils Janssen sich Ihrer Ansicht nach hat zuschulden kommen lassen?«

Ellen zierte sich. Per Blickkontakt verständigte sie sich mit ihrem Anwalt, der ihr wieder zunickte.

»Die Janssens haben ziemlich dubiose Geschäftspraktiken. Bei meinen journalistischen Recherchen von Hannover aus habe ich bereits einiges zusammengetragen, und während meines Aufenthalts auf Amrum habe ich noch ein paar Dinge herausgefunden und Fotos gemacht. All die beweihräuchernden Homestorys, die in den letzten Jahren über die Janssens in den Hochglanzmagazinen und den Wirtschaftsjournalen veröffentlicht wurden, hätte ich mit einer einzigen Story widerlegt.« Triumphierend sah sie die Ermittler an. »Wenn ich will, kann ich die Janssens in Grund und Boden schreiben.«

»Deshalb die Bereitschaft, Ihnen Schweigegeld zu zahlen«, sagte Kuno. »Wobei in diesem Schreiben von einer Zahlung nicht explizit die Rede war.«

»Worin sonst hätte das Angebot, das sie mir angekündigt haben, bestehen sollen?«

Kuno hatte selbst keine plausiblere Erklärung parat. »Wie haben Sie sich dann entschieden?«, fragte er. »Haben Sie sich auf das Treffen eingelassen?«

»Ich habe intensiv darüber nachgedacht und mich nach einigem Hin und Her dagegen entschieden.«

»Dagegen?«, rief Arne ungläubig aus.

»Sie haben richtig gehört«, erwiderte Ellen. »Um mich abzulenken, bin ich in den Supermarkt im Ortskern gegangen und habe ein paar Kleinigkeiten eingekauft. An der Kasse spürte ich plötzlich einen Blick in meinem Rücken. Als ich mich umdrehte, stand Erika Janssen hinter mir.« Ellen unterbrach sich. Die Erinnerung daran wühlte sie noch immer sichtlich auf. »Ich habe bezahlt, bin rausgegangen und habe vor der Tür auf sie gewartet. Als sie rauskam, habe ich sie angesprochen.«

»Sie haben ihr von dem Schreiben erzählt?«, fragte Kuno.

»Ja.« Ellen wirkte auf einmal sehr gefasst. »Ich sagte ja bereits, ich hatte den Eindruck, dass sie sich von ihrer Familie distanziert hatte. Ich dachte, ich hole sie auf meine Seite. Im Bruchteil einer Sekunde hatte ich mich auf den zwei Metern von der Kasse zum Ausgang umentschieden. Ich habe Erika Janssen von dem Schreiben berichtet und sie gebeten, ebenfalls zum Dünenhaus zu kommen.«

»Warum sollte sie dazukommen?«

»Ich wollte, dass sie sich anhört, was ihr Sohn mir erzählen und welches Angebot er mir machen würde. Und ich wollte Nils dazu bringen, dass er zugibt, Annabelle in den Tod getrieben zu haben. Erika Janssen sollte Zeugin des Geständnisses werden. Ich habe ihr vorgeschlagen, sich auf der Toilette oder in einem Nebenraum zu verstecken. So etwas muss es da doch gegeben haben. Kein Haus von der Größe hat im Erdgeschoss nur einen Raum.«

Kuno kamen Zweifel. »Meinen Sie denn, Frau Janssen hätte sich später vor Gericht auf Ihre Seite geschlagen und gegen ihre eigene Familie ausgesagt?«

»Auch Frau Janssen ist Mutter«, sagte Ellen schnippisch. »Ich wollte wenigstens, dass sie mich versteht.«

»Wie haben Sie sich das im Einzelnen vorgestellt?«, fragte Arne. »Wollten Sie mit Frau Janssen gemeinsam zu dem Treffen gehen?«

Ellen schüttelte den Kopf. »Ich habe ihr den Vorschlag gemacht, eine gewisse Zeit vor dem verabredeten Termin dort hinzugehen. Ich selbst wollte auch etwas früher eintreffen, gegen halb oder Viertel vor acht.«

»Und?«, fragte Kuno. »War sie da?«

Ellen schüttelte den Kopf. »Nein, sie hat gekniffen.«

Kuno sah sie eindringlich an. »Sind Sie sicher?«

Wer, wenn nicht Erika Janssen, war dann die Tote im Dünenhaus?

Die Journalistin zuckte die Achseln. »Ich habe sie jedenfalls nicht gesehen. Ich habe nach ihr gerufen, ich bin die Treppe zum Obergeschoss halb hinaufgegangen und habe geguckt, aber ich habe sie nicht entdecken können, und nichts hat sich gerührt.«

»Die Treppe halb hinauf, sagen Sie.« Kuno erschauderte. Wäre Ellen von Holthusen ganz hinaufgegangen, hätte sie womöglich gesehen, dass jemand da war.

Der Anwalt schaltete sich ein. »Was tut das zur Sache, ob meine Mandantin ganz hinaufgestiegen ist oder nur zur Hälfte?«, fragte er mit abweisender Miene.

Kuno verstand den Einwand. Womöglich hätte es nichts am tragischen Ausgang der Sache geändert. Und doch – wer konnte schon sagen, ob es nicht einen Einfluss auf den Verlauf des Treffens gehabt hätte?

»Aber Nils Janssen ist gekommen?«, fragte Arne.

»Nils Janssen ist gekommen«, bestätigte Ellen von Holthusen tonlos. »Allerdings war er nicht allein.«

Rechtsanwalt Steinbach stieß sie an. »Nun erzählen Sie schon die ganze Geschichte.«

Ellen guckte aus dem Fenster, als spielte sich die Szene noch einmal vor ihr ab. »Sie kamen zu zweit. Nils war in Begleitung seiner Schwester. Sie kamen nicht den Weg entlang, auf dem ich sie erwartet hätte. Sie haben nicht den Bohlenweg genommen. Ich habe sie entdeckt, als sie durch die Dünen schlichen.« Sie stockte. »Als ich sie sah ... Ich habe Angst bekommen. Ich habe mich gefühlt, wie Annabelle sich gefühlt haben muss, als Nils sie durch den Volksdorfer Wald gejagt hat.«

Arne fuhr aufgebracht dazwischen. »Aber Sie waren doch gar nicht dabei, als Ihre Tochter ...«

Kuno bat ihn mit einem stummen Blick, sich zurückzuhalten.

Mit belegter Stimme fuhr Ellen fort. »Ohne auch nur eine Millisekunde Zeit zu verlieren, habe ich mich umgedreht und bin aus dem Haus gestürzt, zum Strand und dort am Dünenrand entlang. Im ersten Moment war mir gar nicht klar, wohin ich lief. Ich wollte nur weg. Weg von diesem Haus. Als ich mich einmal umdrehte, um zu sehen, ob die Janssens mich verfolgten, habe ich plötzlich die bedrohliche schwarze Wolkenwand wahrgenommen, die von Osten kam, und dann diesen Blitz. Kurz darauf habe ich einen unsäglichen Knall gehört, und eine riesige Stichflamme stieg auf. Ich dachte, der Blitz hätte ins Haus eingeschlagen, und habe dem Himmel gedankt, dass er mich vorher hinausgelassen hat.«

Ellen schloss die Augen und atmete schwer.

Die Ermittler und der Anwalt warteten geduldig darauf, dass sie weitersprach.

Arnes Telefon schrillte, Ellen zuckte zusammen und riss die Augen auf.

»Entschuldigung«, sagte Arne. »Das ist wichtig.« Er blinzelte Kuno zu, als wollte er die Dringlichkeit des Anrufs bekräftigen, und nahm das Gespräch entgegen. »Wir sind gerade in einem wichtigen Gespräch, Inka«, sagte er leise. »Aber erzähl kurz, was gibt's?« Mit versteinerter Miene hörte er zu.

Das Gespräch dauerte länger, als Kuno es erwartet hätte. Anscheinend hatte Inka Wichtiges zu berichten.

Leise verabschiedete Arne sich von Inka und legte auf. Er wirkte jetzt fahrig und unkonzentriert.

Kuno wandte sich wieder Ellen von Holthusen zu. »Wohin sind Sie in der Nacht geflohen?«

Ellen wirkte nun etwas gefasster. Die kleine Pause während des Telefonats hatte ihr sichtlich gutgetan. »Ich bin die Dünenkette entlang Richtung Nebel marschiert. Um ehrlich zu sein: Um nicht entdeckt zu werden, bin ich fast immer mitten durch die Dünen gelaufen, auch wenn mir klar war, dass das wegen des Dünenschutzes verboten ist. Aber mein Leben war mir in dem Fall wichtiger als der Umweltschutz.«

»Sind Sie in Ihr Haus zurückgekehrt?«, fragte Kuno.

»Ja«, sagte Ellen, »aber nicht auf direktem Weg. Ich habe stundenlang im Wald bei Nebel ausgeharrt, bis ich sicher sein konnte, dass die Janssens zu Hause waren und schliefen. Es war drei Uhr nachts, als ich mich in mein Haus geschlichen habe. Ich habe geduscht, im Dunkeln natürlich. Ich hab mir frische Kleidung angezogen, mein Geld genommen und bin mit dem Fahrrad zum Fähranleger gefahren. Auf einer der Toiletten am Fährhaus habe ich mich eingeschlossen und gewartet, bis die erste Fähre fuhr.«

»Die Fähre um sechs Uhr früh«, sagte Arne, der sich durch seine wechselnden Einsätze auf den Inseln zum Experten für die Fahrpläne der Fähren und Ausflugsschiffe entwickelt hatte.

Ellen nickte. »Von Dagebüll aus«, fuhr sie mechanisch fort, »bin ich mit dem Zug nach Hannover und habe meinem Mann erzählt, was geschehen ist. Dirk hat mich darüber aufgeklärt, dass das Dünenhaus durch einen Brandsatz in Flammen aufgegangen ist und dass es eine Tote gegeben hat.« Ängstlich sah sie die Ermittler an. »Wer war das, der da ums Leben gekommen ist?«

»Darüber reden wir später«, sagte Kuno.

»Eins steht jedenfalls fest«, sagte Rechtsanwalt Steinbach. »Mit der Person, die sich in dem Dünenhaus befunden hat, hat meine Mandantin nichts zu tun. Und sie hat auch deren Tod nicht zu verantworten.«

Kuno erwiderte seinen Blick. »Ich denke, da sind wir einer Meinung.« An Ellen gewandt, fragte er: »Sie bleiben noch eine Zeit lang auf der Insel?«

»Nicht mehr allzu lange.« Verunsichert sah die Journalistin ihren Anwalt an. »Höchstens noch zwei Tage.«

Kuno guckte auf den Kalender an der Wand gegenüber und notierte sich das Datum. »Wo können wir Sie erreichen, wenn Sie die Insel verlassen haben?«

Ellen von Holthusen gab ihm ihre Visitenkarte mit der heimischen Adresse.

Der Anwalt überreichte den Ermittlern ebenfalls seine Karte und erhob sich. »Wir überlassen Sie dann wieder Ihren Ermittlungen.«

Der Hauptkommissar begleitete die beiden zum Ausgang der Wache und sah ihnen nachdenklich hinterher. Dann ging er in sein Büro zurück.

Arne drehte sich auf seinem Bürostuhl hektisch hin und her. »Ich bin sicher, dass die Tote im Dünenhaus Erika Janssen ist.«

»Ich auch.« Kuno setzte sich hin. Sein Tee war kalt geworden. Doch jetzt hätte er sowieso etwas Stärkeres gebraucht.

»Warum«, fragte Arne eindringlich, »hat sie sich nicht gemeldet, als Frau von Holthusen sie gerufen hat?«

Kuno hatte nur eine Erklärung dafür. »Ich vermute, sie hat im letzten Moment Skrupel bekommen. Sie wollte hören, was ihr Sohn offenbaren würde, aber sie wollte sich nicht gegen ihre Familie stellen. Hätte sie sich in dem Haus gezeigt, dann hätte sie damit rechnen müssen, dass Ellen von Holthusen sie später notfalls an den Haaren vors Gericht gezerrt hätte.«

Arne nickte traurig. »So wird es wohl sein. Sie hätte die Aussage verweigern können, wenn Anklage gegen ihre engsten Verwandten erhoben worden wäre. Aber das war ihr wahrscheinlich in dem Moment nicht klar.«

Auf einmal erinnerte Kuno sich an Arnes Telefonat vorhin. »Was hatte Inka eigentlich Neues zu berichten?«

»Inka?« Arne brauchte einige Augenblicke, um sich zu sammeln. Dann schüttelte er den Kopf. »Jetzt geht es mir wie Frau von Holthusen nach Erhalt des Schreibens der Familie Janssen: Ich brauch erst mal einen Cognac.«

# 25

Kurzentschlossen bat Kuno die uniformierten Kollegen, Arne und ihn in der nächsten Stunde nicht zu stören. »Wir treten jetzt in die heiße Analysephase der Ermittlungen ein«, erklärte er umständlich, »und brauchen ein paar ruhige Minuten zum Brainstormen«.

»Schon klar«, erwiderte ein Kollege und zwinkerte ihm zu. »Nehmt eure Tüte voll Büroschlaf. Wir passen auf, dass niemand bei euch reinplatzt.«

Den Blick geschäftig auf den Boden gerichtet, stiefelte Kuno ins Büro zurück und schloss die Tür.

Arne hatte inzwischen die alte Kaffeemaschine eingeschaltet. Das braune Gebräu tröpfelte in die Glaskanne. Arne füllte es in zwei Becher und gab Zucker dazu.

Verstohlen holte Kuno den Rum aus dem untersten Fach eines stets fest verschlossenen Aktenschranks und goss einen Schluck davon in jeden Kaffee. Obendrauf gab er Sprühsahne. Fertig war der Pharisäer.

Kuno schob Arne einen Becher zu. »Ist noch zu heiß zum Trinken«, warnte er. »Jetzt erzähl, was sagt Inka?«

»Sekunde.« Fahrig suchte Arne Notizen zusammen und klickte auf dem Monitor herum. »Ah, endlich, die Mail ist eingetroffen.« Er rückte mit seinem Stuhl vom Bildschirm weg, um freie Sicht auf Kuno zu haben.

»Inka hat per Schnellanalyse festgestellt, dass an einem der Schuhe, die wir bei den Janssens einkassiert haben, Blut von Hanna Lindegard klebt. Der Schuh passt in Form und Größe zu dem Abdruck, den sie in der Blutlache im Dünenhaus gefunden hat.«

»Wem gehört der Schuh?«, fragte Kuno. »Jetzt komm mir nicht mit dem Spruch ›*Dreimal darfst du raten.*‹.«

Arne machte ein wichtiges Gesicht. »Kathi Janssen. Auf die hättest du sicher nicht sofort getippt.«

»Hanna Lindegards beste Freundin.« Kuno nickte stumm. Er hätte es sich denken können. »Dann muss es tatsächlich ungefähr so abgelaufen sein, wie wir uns das gestern ausgemalt haben.« In Kunos Vorstellung spielte sich die imaginäre Szene noch einmal ab. »Aber was ist das Motiv?«, sagte er. »Wir brauchen ein Motiv.«

»Haben wir. Guck mal in deine Mailbox. Da ist gerade was von Inkas Technikkollegen eingetrudelt.«

Kuno stärkte sich mit einem Schluck Pharisäer und vertiefte sich in die Anhänge der Mail. Der Kriminaltechniker hatte Fotos und Texte geschickt, die er auf dem Handy von Hanna Lindegard gefunden hatte.

»Trink deinen Pharisäer aus«, sagte Kuno, als er alles gesichtet hatte. »Jetzt schreiten wir zum letzten Akt.«

Zum Staunen der Kollegen verließen sie das Büro weit vor Ablauf der erbetenen Stunde des ungestörten Nachdenkens. Die Müdigkeit steckte Kuno in den Knochen, und trotzdem spürte er mit einem Mal einen Elan wie an einem Montagmorgen nach einem kraftspendenden Nordwestwind-Wochenende. War es der Alkohol, der ihn so beflügelte, oder war es die Erleichterung, den Fall bald gelöst zu haben?

Sie gingen zu Fuß zum Grundstück der Janssens. Kurz vor dem Ziel piepte Arnes Handy. Er zog es aus der Tasche, blickte aufs Display, und sein Gesichtsausdruck veränderte sich von tatendurstig zu todernst.

»Was ist denn?«, fragte Kuno.

Arne hielt ihm das Display hin. »Eine SMS von Inka. Die DNA der Toten im Dünenhaus stimmt mit der von Erika Janssen überein.«

Kuno nahm die Nachricht zur Kenntnis. »Dann ist das nun also amtlich.« Bedrückt sah er zu dem Wohnhaus der Janssens hinüber.

Mit einem mulmigen Gefühl im Magen läutete er an der Haustür. Er nahm den Finger erst von der Klingel, als Ulf Janssen wütend die Tür aufriss.

»Haben wir denn gar keine Ruhe mehr vor Ihnen?«, schleuderte er den Kommissaren entgegen.

»Nein«, sagte Kuno. Er klärte die Janssens, die mit einem Mal alle drei vor ihm standen, über ihre Rechte auf. »Am besten, sie rufen gleich einen Anwalt an«, sagte er und bahnte sich den Weg ins Haus.

Arne wartete, bis Ulf, Nils und Kathi Janssen dem Hauptkommissar ins Wohnzimmer gefolgt waren, und schloss hinter ihnen die Tür.

»Frau Janssen«, sprach Kuno Kathi an, »die Beweislage spricht eindeutig gegen Sie. Zwar befindet sich Ihre DNA nicht an der Tatwaffe. Aber es war keine gute Idee, das Messer nach der Tat in eine Tüte zu stecken, die Sie aus Ihrem Materialschrank geholt haben.«

Ulf Janssen wollte lautstark protestieren.

Doch Kuno ließ ihn erst gar nicht zu Wort kommen. »Bevor Sie widersprechen«, sagte er, »sollten Sie wissen, dass Ihre Tochter mit einem Schuh in die Blutlache getreten ist, die sich um Hanna Lindegard gebildet hatte. Wann ist das passiert, Frau Janssen? Ich vermute, nachdem Sie oben waren und die Tüte für das Messer aus einem Ihrer Schränke geholt haben.«

»Meine Tochter war mit Kathi Lindegard eng befreundet«, rief Ulf Janssen aus. »Warum sollte sie die Frau umbringen, mit der sie gemeinsam so erfolgreich kunstgewerbliche Workshops veranstaltet hat?«

»Warum sie das getan haben soll?«, fragte Kuno. »Das kann ich Ihnen erklären. So weit her war es mit der Freundschaft am Ende nämlich nicht. Hanna Lindegard hat auf ihrem Smartphone Informationen gesammelt, mit deren Weitergabe an Menschen wie zum Beispiel – sagen wir: Frau von Holthusen sie Ihnen massiv hätte schaden können. Damit hat sie Kathi unter Druck gesetzt.« Er sah Kathi an. »Sie hat Sie erpresst, stimmt's?«

»Sie bluffen doch nur«, erwiderte Ulf Janssen aufgebracht. »Was Sie hier aufführen, ist nichts als Show. Sie stecken mit Erk Söderboom unter einer Decke. Sie wollen uns von der Insel vertreiben.«

Kuno zählte langsam bis drei, bevor er weitersprach. »Ich persönlich hätte nichts dagegen, wenn Sie Amrum verlassen würden. Aber ich verschwende keine Energie daran, Sie zu verscheuchen. Das erledigen Sie drei schon ganz allein. Beginnen wir mit Ihrer Tochter. Wir nehmen Sie, Frau Janssen, wegen des dringenden Verdachts des Totschlags an Hanna Lindegard vorläufig fest, und Sie täten gut daran, ein Geständnis abzulegen.«

Kathi wurde blass und fing an zu zittern.

»Wollen Sie sich nicht selbst zu der Sache äußern?«, fragte Arne sie in sanfterem Ton.

Kathi schien in ihrem Sessel zu versinken. »Hanna hat mich unter Druck gesetzt«, sagte sie leise. »Sie war auf einmal völlig durchgeknallt.«

»Würden Sie uns das ein bisschen genauer erklären?«, fragte Kuno bissig.

»Sie wollte Geld, viel Geld. Und für den Fall, dass Erk Söderboom meinem Vater das Dünenhaus verkauft, wollte sie, dass wir ihr eine Hälfte des Hauses überschreiben.«

Ulf Janssen saß mit hochrotem Kopf da. Seine Hände krallten sich an den Armlehnen fest. »Was für einen Blödsinn du redest.«

Kathi traute sich nicht, ihren Vater anzusehen. Sie sprach so leise, dass sie kaum zu verstehen war. »Hanna hatte Fotos auf dem Handy. Aufnahmen von den Überwachungskameras, mit denen wir die Gäste heimlich filmen. Aber auch Fotos von den Frauen im Garten des Gästehauses in eindeutiger Pose mit meinem Vater.«

Janssen wurde blass. »Wie wollte sie denn an die Aufnahmen unserer Kameras gekommen sein?«

»Der Kameraraum zwischen deinem und meinem Arbeitszimmer war nicht immer abgeschlossen«, sagte Kathi kleinlaut. »Sie muss da reingegangen sein, wenn du zusammen mit Nils unterwegs warst und ich auf der Toilette oder in der Küche war. Sie hat die Monitore abfotografiert.«

Wütend schlug Janssen mit den Händen auf die Armlehnen. »Ja, kann man denn nicht mal mehr in seinem eigenen Haus machen, was man will, ohne Angst haben zu müssen, dass jemand daherkommt und einen ausspioniert?«

Kuno beendete den Disput zwischen Vater und Tochter. »Wir haben nicht nur Hinweise auf Korruption auf Hannas Smartphone gefunden, Herr Janssen. Hanna hat auch Packungen mit einschlägig bekannten Drogen fotografiert, die auf Ihrem Schreibtisch lagen. Das alles fällt nicht in unser Ressort, aber unsere Kollegen der zuständigen Dezernate werden sicher in Kürze mal bei Ihnen vorstellig werden.«

Ulf Janssen versuchte, betont cool zu bleiben. »Die müssen mir erst mal was nachweisen.«

Kuno wollte sich nicht länger mit diesem Mann auseinandersetzen. Die Kollegen würden schon wissen, wie sie mit ihm umzugehen hätten.

Er wandte sich erneut an Kathi. »Hanna war Samstagnachmittag hier, haben Sie uns am Montag gesagt.«

»Ja. Wir haben den nächsten Kurs besprochen, den wir anbieten wollten. Als wir damit fertig waren, hat sie auf einmal wieder mit den Daten angefangen, die sie über uns gesammelt hat. Sie hat sich aufgeführt, als müssten wir mit dem Weltuntergang rechnen, wenn wir nicht auf ihre Forderungen eingehen.«

»Sie haben sich heftig gestritten an dem Tag?«, fragte Kuno nach.

Kathi nickte. »Hanna wusste, dass wir das Dünenhaus gerne kaufen wollten. Sie hat gesagt, ich soll endlich mit meinem Vater Klartext reden, sie würde sich nicht mehr lange gedulden. Dann ist sie nach Wittdün gefahren.«

»Sie sind ihr gefolgt?«

Kathi sah in den Garten hinaus. »Ich hab eine halbe Stunde gewartet, dann bin ich nach Wittdün geradelt und zum Dünenhaus gegangen. Die Tür stand offen, ich bin rein und hab Hanna gerufen. Ich dachte, sie wäre oben. Aber dann hab ich die Wasserspülung gehört, und kurz danach kam sie aus der Toilette.«

»Es kam erneut zum Streit?«, fragte Arne.

Kathi sah betreten an ihm vorbei.

»Wer von Ihnen beiden hat angefangen?«

Kathi fing an, zu weinen. »Das weiß ich nicht mehr. Wir haben uns gegenseitig angebrüllt. Plötzlich wurde sie ganz ruhig. Sie hat mich so komisch angesehen und wieder Geld und das halbe Haus gefordert. Ich hab ihr gesagt, wir könnten Erk Söderboom doch nicht dazu zwingen, uns das Haus zu verkaufen. Aber sie hat mich ausgelacht und gemeint, das sei alles nur eine Frage des Geldes und wir hätten doch genug davon. Dann ist sie an mir vorbeigestiefelt, als wäre ich Luft. Ich hab sie vor lauter Wut am Zopf festgehalten.«

»Dabei hat sich die Haarspange gelöst?«, fragte Kuno.

Kathi überlegte. »Kann sein. Ich weiß es nicht mehr.«

»Was ist dann passiert?«

»Hanna hat sich zu mir umgedreht und mich ganz giftig angeguckt. Auf einmal hatte ich das Messer in der Hand, das auf dem Regal lag, und dann ...«

»... haben Sie zugestochen«, vollendete Arne den Satz.

Kathi nickte, ohne die Ermittler anzusehen.

»Sie haben Ihre beste Freundin mitten ins Herz getroffen«, sagte Kuno.

»Hanna hat sich zur Treppe gedreht, als wollte sie nach oben laufen. Aber auf einmal ist sie umgefallen. Da ist mir erst bewusst geworden, was geschehen war.«

»Wie haben Sie dann reagiert?«

Kathi überlegte lange, bis sie weitersprach. »Ich bin zur Toilette gegangen, mit dem Messer in der Hand. Ich hab das Messer unter den Wasserstrahl gehalten, hab es mit Papierhandtüchern abgetrocknet, das Papier in die Toilette geworfen und abgezogen. Dann bin ich nach Wittdün zurück und von da nach Hause gefahren.«

»Ganz so war es nicht«, widersprach Kuno. »Bevor Sie das Dünenhaus verlassen haben, haben Sie Hanna den Schlüssel für die Eingangstür abgenommen.«

»Stimmt nicht«, sagte Kathi. »Der Schlüssel steckte von innen im Schloss.«

»Okay, dann haben Sie ihn abgezogen und von außen abgeschlossen.«

Kathi zuckte mit den Schultern. »Kann sein, dass es so war. Ich kann mich nicht mehr daran erinnern.«

Das glaubte Kuno ihr nicht. »Aber daran, wo Sie den Schlüssel versteckt hatten, konnten Sie sich zwei Tage später, als Sie Ellen von Holthusen ins Dünenhaus gelockt haben, gut erinnern.«

Darauf erwiderte Kathi nichts.

»Auf dem Weg vom Dünenhaus nach Wittdün haben Sie einen Spaziergänger vom Bohlenweg geschubst«, sagte Kuno, »weil Sie Angst hatten, er könnte sich später an Sie erinnern, wenn Sie ihn überholen würden.«

»Das ist nicht wahr!«, rief Kathi aus. »Ich bin nicht über den Bohlenweg zurückgegangen. Ich hab den Trampelpfad durch die Dünen genommen.«

Auch das glaubte Kuno ihr nicht, doch er konnte ihr das Gegenteil nicht beweisen. »Aber dass Sie versucht haben, den Verdacht auf Professor Bubendey abzuwälzen, werden Sie nicht bestreiten.«

Kathi wollte protestieren, doch zu Kunos Erleichterung schwieg sie.

»Sie wussten«, donnerte Kuno, »dass das Messer, das auf dem Regal lag, ihm gehörte. Sie haben es oft genug an seinem Gürtel gesehen, wenn Sie sich im Dünenhaus begegnet sind. Sie haben die Tatwaffe in seinem Blumenkübel versteckt und wollten uns mit einem anonymen Hinweis auf die falsche Fährte locken. Nur haben Sie die Sache nicht bis zum Ende durchdacht. Das war Ihr Pech.«

Kathis Miene zeigte keine Regung.

»Wie sind Sie an den Schlüssel gekommen«, fragte Arne, »der Erk Söderboom gehört? Haben Sie gesehen, wie er ihn verloren hat, oder war das Zufall?«

»Erk lief auf einmal auf das Dünenhaus zu«, sagte Kathi. »Ich hab einen riesigen Schrecken gekriegt.«

»Sie waren noch im Haus, als er kam?«

Kathi nickte. »Ich war im Obergeschoss, um das Messer in eine Tüte zu stecken. Als er ins Haus ging, habe ich mich in eine Ecke gedrückt. Dabei ist mir das Messer aus der Hand gefallen. Ich dachte, jetzt kommt er hoch und findet mich. Aber dann hörte ich, wie er hinauslief. Ich habe ihm durchs Fenster hinterhergeguckt. Er ist hingefallen, aufgestanden und weitergerannt. Da, wo er gestürzt war, habe ich etwas in der Abendsonne blitzen sehen. Als ich das Haus verlassen habe, bin ich zu der Stelle hingegangen und habe festgestellt, dass es der Schlüssel war. Ich hab ihn mitgenommen. So hatte ich auf einmal zwei Schlüssel zum Dünenhaus.«

»Dann wäre Hanna gar nicht gestorben«, sagte Arne, »wenn Erk ein paar Minuten eher da gewesen wäre.«

Kuno wandte sich an Ulf Jansen. »Wie kam es, dass Sie von dem Schlüssel wussten?«

Janssen guckte, als hätte er die Frage nicht verstanden. Kathi antwortete an seiner Stelle. »Ich habe meinem Vater erzählt, was passiert ist und wie ich an Erks Schlüssel gekommen bin. Es war seine Idee, dass wir das Missgeschick für uns nutzen könnten.«

»Erklären Sie mir noch eins«, sagte Kuno. »Warum haben Sie Hannas Handy aufbewahrt? Warum haben Sie es nicht zerstört und irgendwo entsorgt?«

»Weil ...« Kathi warf einen Blick auf ihren Vater. »Ich kannte Hannas PIN, ich kam an die Daten ran. Ich dachte, mit diesen Fotos kann ich meinen Vater dazu bringen, noch mehr Druck auf Erk Söderboom zu machen, damit er uns das Dünenhaus verkauft.«

Kuno brauchte einen Augenblick, bis er begriff. »Sie wollten allen Ernstes Ihren Vater erpressen? Aber Sie wären damit doch nicht an die Presse gegangen. Wollten Sie etwa Ihren Vater an Ihre Mutter verraten?«

Kathi schwieg. Plötzlich nahm sie ein Sofakissen und warf es gegen die Wand. »Ich hab gedacht, Hanna wäre meine Freundin. Aber sie war nicht besser als diese schreckliche Journalistin, die da drüben wohnt.« Sie deutete mit dem Kopf zum Haus von Ellen von Holthusen.

Kuno sah Kathi unverwandt an. »Deshalb wollten Sie und Ihr Bruder Frau von Holthusen aus dem Weg räumen. Weil sie so schrecklich für Sie war.«

Nils Janssen, der bis zu diesem Moment mit einer Miene im Wohnzimmer gesessen hatte, als hätte er mit all den Ereignissen nichts zu tun, wurde auf einmal unruhig. »Was soll ich mit der Frau zu schaffen haben?«, fragte er mit rauer Stimme. »Mich stört sie nicht.«

Kuno antwortete mit einer Gegenfrage. »Wer von Ihnen beiden hat das Dünenhaus in Brand gesetzt?«

Kathi deutete mit dem Kinn auf ihren Bruder. Er war anscheinend zu überrumpelt, um zu widersprechen.

»Herr Janssen, wir nehmen Sie vorläufig fest wegen Brandstiftung mit Todesfolge. Sie werden den Rest Ihres Lebens damit zurechtkommen müssen, dass Ihre Mutter Opfer der Flammen geworden ist.«

Ulf Janssen sprang auf, blieb dann aber wie angewurzelt stehen.

»Du Idiot«, brüllte Kathi ihren Bruder an. Bevor Kuno es verhindern konnte, griff sie zu einer Kristallvase, die auf dem Tisch stand, und schleuderte sie auf Nils.

Der konnte sich gerade noch wegducken, sodass das Wurfgeschoss ihn nur am Ohr streifte. Er hielt die

Hand auf die Stelle. Blut tropfte zwischen seinen Fingern hindurch.

Kuno richtete seine Blicke auf ihn. »Sollten Sie tatsächlich Annabelle Ahlfeldt in den Tod getrieben haben, werden Sie vermutlich das zweifelhafte Glück haben, niemals dafür büßen zu müssen. Aber den Tod Ihrer Mutter, den werden Sie sühnen.«

# 26

Der erholungsbedürftige Arne und seine Inka blieben bis zum Wochenende auf Amrum. Nach alter Tradition lud Kuno Knudsen seine Freunde und Bekannten zum traditionellen Angrillen am Samstagabend ein.

Okko, der sich zum leidenschaftlichen Event-Manager gemausert hatte, übernahm die Aufgabe, für die Getränke zu sorgen und dafür, dass sie beim Start des Festes die optimale Trinktemperatur hatten. Im Frischemarkt in Wittdün hatte er Bier und Softdrinks beschafft, und auch zwei Kästen Mineralwasser waren dabei.

Die Vorbereitungen liefen auf Hochtouren. Nicht mehr lange, und die ersten Gäste würden eintreffen. Die Küchentür stand weit offen. Kuno und Arne bereiteten die Steaks und Würste vor, während Bente und Inka letzte Hand an die Salate legten. Okko und Bubendey waren eifrig dabei, den Kühlschrank mit den Getränken zu füllen.

Aufgeregt lief Erk Söderboom den Waasterstigh hinab und blieb am Zaun vor Kunos Grundstück stehen. »Habt ihr schon gehört?«, rief er. »Ulf Janssen will seine Häuser verkaufen. Er hat die Nase voll von der Insel.«

Kuno winkte ihn herbei. »Wenn die Kollegen vom Wirtschafts- und vom Rauschgiftdezernat die richtigen Beweise finden, wird er sowieso in nächster Zeit nicht so viel Gelegenheit haben, nach Amrum zu kommen und sich in Entschleunigung zu üben. Die werden ihn ganz schön auf Trab halten.«

»Das will ich hoffen«, erwiderte Erk. Zufrieden schob er die Hände in die Hosentaschen. »Ich hätte da eine Idee«, sagte er geheimnisvoll.

»Und zwar?«, fragte Kuno.

Erk winkte Okko und Bubendey herbei, die gerade auf die Terrasse traten und sich nach weiteren Flaschen in den Kästen bückten, die sie nach dem Ausladen aus dem Wagen neben der Terrasse abgestellt hatten.

»Was gibt es denn?«, fragte Okko und guckte seinen Bruder und Erk neugierig an.

Kuno zuckte die Achseln. »Noch bin ich genauso schlau wie ihr.«

Erks Mund verzog sich zu einem breiten Grinsen. »Ulf Janssen will seine Häuser verkaufen, aber er findet keine Käufer. Niemand will sie haben.«

»Diese schönen Häuser?« Okko wurde nervös. »Ja, aber was wird denn dann daraus?«

Erk boxte ihn gegen die Schulter. »Machen wir 'nen Deal, du, dein Professor und ich?« Er zwinkerte Bubendey zu.

Der Professor trat von einem Fuß auf den anderen. »Wie würde der aussehen?«

Erk versuchte sich vergeblich an einem todernsten Gesicht. Der Reihe nach guckte er die Männer an. Bei Bubendey blieb er hängen und platzte mit seiner Idee heraus. »Hätten Sie ein Problem damit, Ihre Seminare in einem ehemaligen Privatbordell abzuhalten?«

Bubendey schüttelte unsicher den Kopf. »Nö, eigentlich nicht. Du, Okko?«

»Nö«, erwiderte Kunos Bruder beherzt.

»Was soll der Bau denn kosten?«, fragte Bubendey. »So ganz billig wird der Janssen die Hütte wohl nicht hergeben.«

Erk grunzte. »Ich hab ihn schon ordentlich runtergehandelt. Auf jeden Fall wird es bezahlbar. Ich bekomme von der Versicherung einen dicken Batzen Geld für das abgebrannte Dünenhaus. Aber an der Stelle will ich vorerst kein neues Haus bauen. Das Geld stecke ich lieber in den Kauf des Hauses, das Janssen für seine miesen Geschäfte genutzt hat. Nur reicht es nicht ganz.«

Bubendey hörte ihm aufmerksam zu. Nach kurzer Überlegung sagte er. »Wenn ich mein Haus in Bremen verkaufe, was meinen Sie, wird es dann reichen?«

»Ich denke schon«, sagte Erk. »Über die genauen Zahlen müssten wir noch reden, aber wenn es keine Bruchbude ist, sollten wir damit auskommen.«

Okkos Miene schwankte zwischen Unglücklichsein und Nachdenklichkeit.

»Was ist los, Bruderherz?« Kuno stieß ihn aufmunternd mit der Schulter an.

»Ich würde mich auch gern beteiligen. Aber ein Drittel der Summe, die für so ein Haus benötigt wird, werde ich nicht aufbringen können.«

Dionisius Bubendey und Erk Söderboom nickten sich in stillem Einverständnis gegenseitig zu.

»Muss es ein Drittel sein?«, fragte Söderboom. »Lass uns morgen drüber reden, was dir möglich ist. Ein Prozent reicht doch auch. Hauptsache, du bist mit dabei.«

Okko stand der Mund offen. »Dann kaufen wir das Haus zu dritt?«

»Warum nicht?«, sagte Bubendey.

Nun wurde Okko auch noch Hausbesitzer. Kuno blickte kurz in den Himmel und wünschte sich, dass seine Eltern da oben auf einer Wolke säßen und Zeugen dieser Szene würden. Er rieb sich die Hände und sah Erk Söderboom an. »Wenn du Lust hast, iss ein Steak mit uns.«

»Kannst auch deine Frau dazurufen«, sagte Okko. »Getränke haben wir für alle genug.«

»Die Hunde müssen aber zu Hause bleiben«, schob Arne, der den Wortwechsel mitbekommen hatte, schnell hinterher.

Erk zögerte nicht lange. »Einverstanden, ich rufe Marga an. Dann feiern wir schon mal den Hauskauf.«

Während er mit seiner Frau telefonierte, zeigte sich ein weiterer Überraschungsgast an der Gartenpforte, ein Mann von Mitte vierzig mit einem Blumenstrauß in der Hand. »Bin ich hier richtig bei Hauptkommissar Knudsen?«, fragte er Dionisius Bubendey, der am dichtesten am Zaun stand.

»Das sind Sie«, antwortete Bubendey und rief Kuno herbei.

»Ich wollte eigentlich den Bruder des Hauptkommissars sprechen«, sagte der Mann, doch Kuno lief schon auf ihn zu.

»Schmidt-Dahlheim ist mein Name«, sagte der Mann verlegen. »Ich bin Lehrer aus Pinneberg. Ich wohne mit meiner Schulklasse im Schullandheim in Wittdün. Wir sind letzten Samstagmittag hier angekommen und fahren morgen früh wieder zurück.«

»Ja, und – was kann ich für Sie tun?«, fragte Kuno.

»Es ist mir furchtbar unangenehm«, sagte der Lehrer. »Zwei meiner Schüler haben sich beim Mittagessen damit gebrüstet, dass sie letzten Samstag einen Mann vom Bohlenweg am Wriakhörnsee gestoßen haben. Sie sind durch die Dünen gestrolcht, wo sie gar nichts zu suchen hatten, und dann ... Ich habe herumgefragt und erfahren, dass es sich bei dem Mann um Ihren Bruder gehandelt haben muss.« Er hielt Kuno den Blumenstrauß hin.

Kuno lachte. »Okko«, rief er, »für dich.«

Okko kam an die Gartenpforte.

Kuno ging zurück zu Arne an den Grill und beobachtete, wie der Lehrer seinen Spruch noch einmal aufsagte und Okko endlich den Blumenstrauß überreichte.

Als Schmidt-Dahlheim sich verabschiedete und Okko mit den Blumen in der Hand durch den Garten lief, klatschte Arne in die Hände und rief: »So, Leute, das Fleisch ist fertig vorbereitet. Jetzt fehlen nur noch die Gäste, dann können wir anfangen.«

»Ich bin doch schon da«, tat Friedrich Fliegenfischer freudig kund und stellte sein verrostetes Fahrrad am Gartenzaun ab. Er schlenderte durch die Pforte und steuerte zielsicher einen Bierkasten an, der an der Hauswand neben der Terrasse stand.

»Weißt du es schon?«, fragte Okko ihn. »Ulf Janssen verkauft seine Amrumer Häuser.«

»Ups«, machte Friedrich erstaunt. »Gefällt es ihm auf einmal nicht mehr bei uns?« Seine Miene zeigte gespieltes Bedauern.

Okko strahlte ihn an. »Erk, Dionisius und ich werden sein Gästehaus kaufen.« Er warf die Fäuste in die Luft und jubelte. »Das wird ein tolles Seminargebäude.« Seine Stimme überschlug sich vor Glück.

Erk Söderboom gesellte sich zu den beiden Männern.

»Und das Wohnhaus«, fragte Friedrich, »was passiert damit?«

»Ist noch nicht entschieden«, sagte Erk und trank einen Schluck Bier aus der Flasche.

Friedrichs Augen leuchteten. »Das könnte Ellen von Holthusen kaufen, für unsere Online-Redaktion. Ich könnte unten sitzen und sie oben und ...«

»Vergiss es«, sagte Söderboom. »Frau von Holthusen zieht nach Hannover zurück, zu ihrem Mann.«

Friedrich brauchte einen Moment, um zu begreifen, was Erk ihm eröffnet hatte. »Und warum erfahre ich das als Letzter?«, fragte er entsetzt.

»Das musst du sie schon selbst fragen.« Erk Söderboom wandte dem Reporter den Rücken zu und steuerte den Grill an.

Kuno verteilte die ersten Steaks.

Frustriert entnahm Friedrich dem Bierkasten eine Flasche und hielt sie an die Wange. »Stellt ihr das noch kalt«, tönte er, »oder gibt es heute nur warmes Bier?«

»Zwei Kästen sind schon im Kühlschrank verstaut«, rief Okko ihm zu. »Was da steht, ist die Reserve.« Er reichte dem Reporter eine gekühlte Flasche.

Eingehend studierte Friedrich das Etikett. Dann hielt er die Flasche entgeistert in die Höhe. »Alkoholfrei. Sag mal, ist das dein Ernst?«

Okko eilte zu ihm und legte ihm brüderlich einen Arm um die Schulter. »Musst du nicht trinken«, tröstete er ihn. »Für dich steht Buttermilch im Kühlschrank.«

# Bücher der Autorin

**Reihe ›Ein Fall für die Kripo Wattenmeer‹**

1. Der Pfauenfedernmord
2. Jaspers letzter Flirt
3. Flaschenpost vom Mörder
4. Mord auf der Hallig
5. Countdown in Westerland
6. Die Tote im Dünenhaus

**Reihe ›Anders und Stern ermitteln‹**

1. Mordsrevanche
2. Mordsverrat

**Reihe ›Kripo Greetsiel ermittelt‹**

1. Tod am Deich
2. Mordskuss
3. Mordsleben
4. Mordsschwestern
5. Mordsfinale

**Weitere Bücher**

- Himmelhochjauchzendhellblau
- Leichte Mädchen haben's schwer
- Der Blaue Stern
- Tod auf Juist

# Nachwort der Autorin

Liebe Leserin, lieber Leser,

herzlichen Dank, dass Sie meinen Krimi gelesen haben!
Wie in allen meinen Romanen sind auch in diesem Buch sämtliche Personen und Handlungen frei erfunden. Ähnlichkeiten mit lebenden Personen oder mit wahren Begebenheiten lassen sich nie völlig ausschließen, wären jedoch unbeabsichtigt.

Sollten Sie Interesse an weiteren Büchern von mir haben, informiere ich Sie gern in meinem Newsletter über Neuerscheinungen. Zum Erhalt des Newsletters folgen Sie bitte diesem Link:
http://ulrike-busch.de/newsletter/

Zudem können Sie mir auf Facebook folgen:
https://www.facebook.com/Ulrike-Busch-Autorin

Und wenn Sie anderen Lesern etwas über dieses Buch mitteilen möchten, würde ich mich über eine kurze Rezension auf der Produktseite des Buches bei Amazon freuen.

Vielen Dank! Herzlichst, Ihre
Ulrike Busch